Für John Ordover,
einen guten Freund und
wundervollen Redakteur.

1

Das Shuttle neigte sich zur Seite und erbebte. Geschickt wahrte Chefingenieur B'Elanna Torres das Gleichgewicht. Mit der einen Hand hielt sie sich an der Konsole fest, die Finger der anderen huschten virtuos über die Kontrollen. Sie justierte und konfigurierte, öffnete und schloß energetische Transferkanäle. Seit der Akademieausbildung hatte die Klingonin nur selten Gelegenheit gefunden, ein Shuttle zu fliegen, doch sie wußte instinktiv, worauf es ankam.

Eigentlich hätte der Einsatz ganz einfach sein sollen. Der größte Asteroid im Sektor enthielt Armalkolit – diese Substanz wurde benötigt, um die oltionischen Schaltkreise eines Warpprozessors zu reparieren. Torres hatte Captain Janeway die Erlaubnis abgerungen, mit einem Shuttle aufzubrechen, um Erz zu holen. Die von den Sensoren ermittelten Daten stellten einen ruhigen, ereignislosen Flug in Aussicht. Doch der Asteroidengürtel erwies sich als ebenso gefährlich wie die Badlands. Wenn sie das vorher gewußt hätte, wäre sie nicht ohne Lieutenant Paris aufgebrochen, den besten Piloten an Bord der *Voyager*.

Statt dessen saß der vulkanischer Sicherheitsoffizier Tuvok neben ihr am Navigationspult. Falten bildeten kleine Täler in seiner Stirn, und dadurch wölbten sich die Brauen nicht mehr so weit nach oben. Er wirkte ruhig, doch einige Schweißtropfen an den Schläfen deuteten auf Anspannung hin. Mit Paris konnte er es nicht aufnehmen, aber er gab trotzdem einen guten Navigator ab.

So nahe... Die Sensoren der *Voyager* hatten eine hohe

Erzkonzentration festgestellt. Und Torres brauchte das Armalkolit – dringend.

»Ich bezweifle, daß das Shuttle diesen Belastungen noch lange standhalten kann«, sagte Tuvok und schien dabei jede einzelne Silbe zu betonen. Er sprach immer sehr deutlich.

»*Ich* halte es auch nicht mehr lange aus.« Torres beugte sich ein wenig zur Seite, wodurch sie fast aus dem Gleichgewicht geraten wäre. Sie wünschte sich, daß endlich etwas funktionierte. Irgend etwas. Dauernd fehlte es an Zeit oder den richtigen Geräten; alles schien sich gegen sie verschworen zu haben.

»Bericht«, tönte Captain Janeways Stimme aus dem Lautsprecher der externen Kommunikation. Torres fühlte sich versucht, Haltung anzunehmen – ein Reflex, den sie bis zur ersten Begegnung mit Janeway überwunden geglaubt hatte.

Sie sah zum Bildschirm. Asteroiden umringten das kleine Raumschiff, wie Cardassianer einen hilflosen Bajoraner. Was noch vor wenigen Stunden ein Zeichen der Hoffnung gewesen war, schuf nun immer mehr Ärger.

»Es sind nach wie vor jene Subraumkräfte am Werk, die hier einen Planeten zerrissen und in einen Asteroidenhaufen verwandelt haben«, sagte Torres und versuchte, sich nichts von dem Zorn anmerken zu lassen, der immer heißer in ihr brannte. Sie konnte ihre Empfindungen nicht annähernd so gut verbergen wie Tuvok. Der Vulkanier schien ganz Intellekt und Rationalität zu sein; im Vergleich zu ihm wurde ihr Wesen allein vom Emotionalen bestimmt. »Ohne eine wirkungsvolle Abschirmung besteht die Gefahr, daß unser Shuttle auseinanderbricht.«

»Dreißig Sekunden bis zum Ziel«, sagte Tuvok.

»Ich schlage vor, Sie kehren zum Schiff zurück«, ließ sich Janeway vernehmen. »Wir besorgen uns das Erz auf eine andere Weise.«

»Vielleicht ist dies unsere einzige Chance, Captain.«

Tuvok sah sie an und hob warnend eine Braue. Torres hatte sich noch immer nicht an die strenge Kommandostruktur an Bord eines Starfleet-Schiffes gewöhnt. »Zwanzig Sekunden«, sagte er.

»Die Entscheidung liegt bei Ihnen, B'Elanna. Aber ich möchte nicht zwei Offiziere bei einer eher unwichtigen Mission verlieren.«

B'Elanna setzte zu einer scharfen Antwort an, doch Tuvok griff nach ihrem Arm und schüttelte den Kopf.

Dieser Einsatz schien nur für sie wichtig zu sein. Sie brauchten das Erz dringend, um die Bordsysteme der *Voyager* zu reparieren. *Torres* brauchte es. Sie war es, die praktisch rund um die Uhr arbeiten und immerzu irgendwelche Dinge zusammenbasteln mußte. Wenn die Kommandantin auf diese Weise beschäftigt gewesen wäre ... Dann hätte sie die Mission bestimmt nicht als ›unwichtig‹ bezeichnet.

Das Shuttle schlingerte auch weiterhin in den Subraum-Turbulenzen. Tuvok wahrte einen sicheren Abstand zu den größeren Asteroiden, doch es gelang ihm nicht immer, den kleinen Felsbrocken auszuweichen. Ab und zu prallten welche an die Schilde.

»Nur noch einige wenige Sekunden, Captain ...«

Ein oder zwei Sekunden lang trübte sich das Licht in der Raumfähre, und erneut flogen B'Elannas Hände über Schaltflächen. Ein besonders großer Asteroid schob sich ins Zentrum des Bildschirms und schwoll an.

»Wie ist Ihre Situation?« fragte Janeway.

Die Subraum-Turbulenzen verursachten technische Defekte, die Torres nicht ohne weiteres beheben konnte. Die Folge: Das energetische Niveau sank, auch und gerade bei den Lebenserhaltungssystemen.

»Das Shuttle reagiert nicht mehr zuverlässig auf die Navigationskontrollen«, meldete Tuvok.

B'Elanna fluchte leise. Wenn sie jetzt nicht umkehrten, bekamen sie vielleicht keine Gelegenheit mehr dazu. Das Erz spielte eine große Rolle für sie, zugegeben. Doch es war nicht wichtig genug, um deshalb ein Shuttle zu verlieren.

Und auch noch das Leben.

»Verschwinden wir von hier«, sagte die Klingonin.

Tuvok nickte knapp – er schien zu befürchten, daß er die Kontrolle über das Shuttle verlor, wenn er sich zuviel bewegte. Stumm beugte er sich vor, als könnte er die Raumfähre allein mit Willenskraft steuern. Innerhalb weniger Sekunden brachte er sie auf einen Kurs zurück zum Schiff.

Immer wieder erzitterte sie, und die Turbulenzen schienen jetzt sogar noch schlimmer zu werden. Ein beständiges, an den Nerven zerrendes Heulen drang aus den Kom-Lautsprechern.

Einmal mehr trübte sich das Licht – und erlosch dann ganz. Jähe Dunkelheit veranlaßte B'Elanna, die linke Hand zur Faust zu ballen. Mit der rechten drückte sie weiterhin Tasten.

»Zusatzenergie aktiv«, sagte sie. Kurzes Flackern – und dann verdrängte die Notbeleuchtung zumindest einen Teil der Dunkelheit. »Kapazität der Schilde auf zwanzig Prozent gesunken. Wir sollten einen großen Bogen um alle größeren Hindernisse machen.«

»Bei so schwachen Schilden kann auch die Kollision mit einem kleinen Objekt katastrophal sein.« Tuvok sprach in dem ruhigen Tonfall eines geübten Rhetorikers. B'Elanna beschloß, beim nächsten Mal Paris mitzunehmen. Der fühlte sich wenigstens nicht verpflichtet, alle ihre Bemerkungen zu kommentieren.

Sie beugte sich ebenfalls vor, als die Intensität der Subraum-Turbulenzen weiter zunahm. *Wie ein Fluß*, dachte Torres. *Zuerst haben wir uns von der Strömung tragen lassen, und jetzt kämpfen wir dagegen an.*

Es knirschte und knackte im Rumpf des Shuttles.

»Captain ...«, sagte B'Elanna langsam. »Die Lebenserhaltungssysteme haben kaum mehr Energie, und die strukturellen Belastungen erreichen einen kritischen Wert. Sie sollten einen Traktorstrahl auf uns richten.«

»Erledigt«, erwiderte Janeway.

Tuvok schwitzte jetzt deutlicher als vorher.

Und seine Finger flogen ebenso schnell über die Kontrollen wie B'Elannas.

Das Shuttle schüttelte sich im Wirkungsfeld einer Turbulenz. Eine halbe Sekunde später knallte es.

»Was ...«

Das Licht der Notbeleuchtung flackerte mehrmals, und Funken stoben. Nach verbrannten Isolierungen riechende Rauchschwaden trieben umher.

»Wir sind von einem zehn Zentimeter durchmessenden Stein getroffen worden«, stellte Tuvok sachlich fest.

»Kapazität der Schilde bei fünf Prozent.« B'Elanna starrte auf die Displays. Es war problematisch genug gewesen, in den Asteroidengürtel *hinein*zugelangen; als noch schwieriger erwies es sich nun, ihn zu verlassen. »Ich gebe mir alle Mühe, aber es läßt sich keine zusätzliche Energie in die Deflektoren leiten. Es steht einfach nicht mehr zur Verfügung.«

Wieder erbebte das Shuttle, und kurz darauf knallte es noch einmal, wenn auch nicht so laut wie vorher. B'Elanna schnitt eine Grimasse, als ein roter Indikator auf ihrer Konsole leuchtete. »Ein kleines Leck im Heckbereich. Automatische Sicherheitsisolierung.«

Hinter ihnen glitt das Schott zu.

»Jener Stein durchmaß nur anderthalb Zentimeter«, sagte Tuvok.

Torres atmete tief durch. Manchmal konnte die Ruhe des Vulkaniers ansteckend wirken; sie bemühte sich, einen Teil davon aufzunehmen. »Ich halte die Schilde bei fünf Prozent Kapazität stabil«, verkündete sie leise. »Aber dafür müssen wir auf die Lebenserhaltungssysteme verzichten.«

»B'Elanna, Mr. Tuvok«, ertönte Captain Janeways Stimme. »Wir beamen Sie an Bord, sobald wir den Transferfokus auf Sie richten können.«

Die Raumfähre erzitterte immer heftiger, während aus

dem Knacken und Knirschen in der Außenhülle ein regelrechtes Donnern wurde. Tuvok lenkte sie an den größten Brocken im All vorbei, und die Schilde schützten mit fünf Prozent Potential vor Staub und Mikrometeoriten.

Wieder kam es zu einer Kollision, die das Shuttle schlingern ließ.

»Noch zwanzig Sekunden«, sagte Janeway.

»Hoffentlich überleben wir solange«, murmelte Torres. Mit dem Ärmel wischte sie sich Schweiß von der Stirn. »Ich deaktiviere das Triebwerk und verwende die Energie für den bugwärtigen Schild.«

»Logisch«, entgegnete Tuvok. »Warten Sie auf mein Zeichen. Ich wähle einen möglichst hindernisfreien Kurs.«

Die Raumfähre kippte ein wenig, und etwas traf ihr Heck. »Jetzt!«

Tasten klickten unter den Fingern der Klingonin, als sie die gesamte Energie in die Schilde leitete. Neben ihr erstarrte Tuvok förmlich – es hatte nun keinen Sinn mehr, die Navigationskontrollen zu bedienen.

»Kapazität der bugwärtigen Deflektoren sechzig Prozent.«

»Das genügt nicht.« Der Vulkanier deutete zum Bildschirm: Ein mehrere Dutzend Meter durchmessender Felsen raste ihnen entgegen.

»*Voyager!*« rief B'Elanna. »Zielerfassung der Phaser auf den Asteroiden vor uns. Zerstören Sie das Ding, bevor es uns erwischt!«

»Ortung positiv.« Die Kommandantin klang ebenso ruhig wie Tuvok. Spürte sie nicht die geringste Anspannung?

Im letzten Augenblick spürte sie das Prickeln des beginnenden Transfers. Als die Entmaterialisierung begann, warf sie noch einen schnellen Blick auf den Bildschirm und sah, wie ein Phaserstrahl den großen Felsen traf.

Captain Kathryn Janeway stand mitten auf der Brücke: die Füße auseinander, die Hände auf den Rücken gelegt.

Sie beobachtete, wie der Asteroid explodierte. Ein von der *Voyager* ausgehender Traktorstrahl zog das Shuttle gerade noch rechtzeitig beiseite.

»Beide Offiziere sind an Bord, Captain.« Fähnrich Hoffmans melodische Stimme klang ein wenig blechern aus dem Lautsprecher der internen Kommunikation.

Janeway ließ den angehaltenen Atem entweichen. Eine knappe Sache. So fern der Heimat wurde selbst ein routinemäßiger Einsatz zu einem Risiko. *Zwei weniger erfahrene Mitglieder meiner Crew hätten diese Mission sicher nicht überlebt,* dachte die Kommandantin.

»Direkter Treffer bei dem Asteroiden«, meldete Fähnrich Harry Kim. Zwar mangelte es ihm noch an Erfahrung, aber er war bereits ein tüchtiger Offizier. »Das Shuttle ist nicht mehr in Gefahr.«

»Gute Arbeit, Fähnrich«, lobte Janeway. Sie drehte sich zu Lieutenant Paris um. »Das gilt auch für Sie. Ein anderer Pilot hätte uns wahrscheinlich nicht so schnell so nahe an den Asteroidengürtel herangebracht. Sie haben einen wichtigen Beitrag für die Rettung von Tuvok und B'Elanna Torres geleistet.«

Paris lächelte, ohne den Blick von den Anzeigen seiner Konsole abzuwenden. »Danke, Captain.«

Janeway verharrte in ihrer steifen Haltung und rang mit einer besonderen Art von Unruhe, die sich immer dann in ihr regte, wenn sie sich erinnerte: Zehntausende von Lichtjahren trennten das Raumschiff *Voyager* von der Föderation. Nicht zum erstenmal mußte sie bei einem Flug allein zurechtkommen, ohne die Unterstützung eines anderen Schiffes, aber dabei hatte sie immer gewußt: Es erforderte höchstens einen mehrere Tage langen Warptransfer, um die nächste Starbase zu erreichen. Doch die *Voyager* befand sich im Delta-Quadranten, über den man in der Föderation überhaupt nichts wußte.

Dieser Umstand besorgte sicher auch die anderen, obwohl sie nie darüber sprachen. Der Erste Offizier Chakotay gehörte nicht zu den Leuten, die über solche Dinge viele Worte verloren. Er stand hinter Paris, als hätte er kein Vertrauen zu seinen Fähigkeiten als Pilot. Die beiden Männer kannten sich von früher, und zwischen ihnen kam es immer wieder zu Auseinandersetzungen – was jedoch nichts daran änderte, daß sie sich gegenseitig respektierten. Es erfüllte Janeway mit Zufriedenheit, daß sie auf die Hilfe solcher Offiziere zurückgreifen konnte. Hier draußen brauchte sie Leute, die aufbegehrten und nicht zögerten, Risiken einzugehen. Der durchschnittliche Starfleet-Offizier mußte einige Fähigkeiten erlernen, die für derartige Männer so normal waren wie das Atmen.

Auch der junge Kim bildete einen wichtigen Bestandteil der Brückencrew. Angesichts seiner Unerfahrenheit übernahm er das Verhaltensmuster der Kollegen. Er war intelligent und entschlußfreudig – zwei Eigenschaften, auf die Janeway großen Wert legte.

Die Kommandantin sah sich um. Zwei andere Fähnriche beugten sich über die wissenschaftliche Konsole und werteten Daten aus, die den Asteroidengürtel betrafen. Ein Lieutenant nahm Tuvoks Platz an der Sicherheitsstation ein und wartete auf die Rückkehr des Vulkaniers.

Der Flug zu den Asteroiden hatte an diesem Morgen für etwas Abwechslung gesorgt. Mehr steckte nicht dahinter.

So schien es.

Durch die Shuttle-Mission waren mehrere Probleme deutlich geworden, die Janeways Aufmerksamkeit erforderten.

»Um neun Uhr dreißig erwarte ich die Senioroffiziere im Konferenzzimmer«, sagte die Kommandantin und schritt zum Bereitschaftsraum, um dort Vorbereitungen zu treffen. »Sie haben das Kommando, Chakotay.«

Im Konferenzzimmer dominierte ein metallisches Blaugrau, wie auch im Rest des Schiffes. Der Raum war für Schnelligkeit und Komfort geschaffen, wie alles an Bord der *Voyager*. Wenn Janeway ihn betrat, gewann sie immer den Eindruck, daß hier selbst sehr wichtige Entscheidungen innerhalb kurzer Zeit getroffen werden konnten.

Ein leises Gespräch verstummte, als sie das Schott passierte. Neelix und Kes saßen auf der anderen Seite des Tisches, fielen sofort durch ihre sehr individuelle Kleidung auf. Sie hatten ihren Nutzen als Reisebegleiter und Gefährten bereits mehrfach unter Beweis gestellt; Janeway bedauerte es nicht, sie mitgenommen zu haben.

Chakotay saß links vom Sessel des Captains. Mit seiner kräftigen Statur wirkte er so robust wie die *Voyager*. Paris hatte ihm gegenüber Platz genommen und bildete einen auffallenden Kontrast zum Ersten Offizier. Er war weder kräftig gebaut noch robust, sondern schlank, lebendig und gelegentlich auch genial. Sein Wesen zeichnete sich durch eine Tiefe aus, die er unter einem sanften Zynismus verbarg.

Janeways Blick glitt weiter und verharrte bei den Passagieren des Shuttles. Tuvok offenbarte wie immer unerschütterliche Gelassenheit. Seine Präsenz erleichterte die Kommandantin. Er bot ihr einen Halt, den sie dringender brauchte, als ihr selbst lieb war.

Sie benötigte auch B'Elanna Torres. Die Klingonin lächelte – eine Reaktion, die Janeway überraschte. Die Begegnung mit dem Tod mochte dazu geführt haben, daß sie das Leben nun aus einer anderen Perspektive sah.

Janeway sank in den Sessel neben Chakotay.

»Offenbar bekommen wir kein Erz aus dem Asteroidengürtel«, sagte sie ohne Einleitung. »Ich möchte so schnell wie möglich einen Bericht über die Ereignisse und den Status des Shuttles.«

»Sie bekommen ihn innerhalb einer Stunde«, erwiderte Tuvok.

»Captain«, begann B'Elanna, »ich habe Lieutenant Carey beauftragt, die Systeme der Raumfähre zu überprüfen und alle notwendigen Reparaturen vorzunehmen.«

»Gut.« Janeway nickte kurz und beugte sich ein wenig

vor. »Die Schwierigkeiten mit dem Asteroidengürtel bieten ein weiteres Beispiel für den Ernst unserer Lage. Uns fehlen Ersatzteile. Die Replikatoren funktionieren alles andere als zuverlässig. Und uns stehen nicht einmal fünfzig Prozent Warppotential zur Verfügung. Ist das eine angemessene Beschreibung der Situation?«

Sie sah B'Elanna an, die aus irgendeinem Grund erleichtert wirkte. Hatte sie vielleicht befürchtet, daß nichts gegen die technischen Probleme unternommen wurde?

»Ich kann höchstens noch einen Tag Warpkapazität garantieren, wenn auch weiterhin dringend benötigte Ersatzteile fehlen«, meinte die Klingonin. »Einen Tag – vorausgesetzt natürlich, wir gehen vorsichtig mit dem Triebwerk um. Wenn plötzliche Beschleunigungsmanöver erforderlich werden ...« Sie seufzte. »In dem Fall bleiben uns möglicherweise nur zehn Minuten.«

Janeway nickte erneut. »Ich verstehe. Nun, wir sollten ...«

»Sie brauchen Austauschkomponenten für Ihr Schiff?« fragte Neelix. Er schien erst jetzt zu begreifen, worum es ging. »Sie hätten gleich darauf hinweisen sollen, Captain. Ich habe doch versprochen, Ihnen zu helfen, oder?«

»Ja, Neelix.« Janeway versuchte, ihre Erheiterung zu verbergen. »Sie wußten nicht genau, welches Erz wir brauchen, und deshalb ...«

»Erz.« Neelix hob die kleine, fleckige Hand und winkte ab. »Ich spreche nicht von Erz. Sie benötigen Ersatzteile für Ihr Schiff, und ich weiß, wo Sie welche bekommen können. Sogar jede Menge.«

Die Blicke aller Anwesenden richteten sich auf ihn, und der kleine Mann schien es zu genießen, im Zentrum der allgemeinen Aufmerksamkeit zu stehen. Kes berührte ihn am Arm und lächelte stolz.

»Bitte fahren Sie fort«, sagte Janeway.

Neelix lachte und drückte Kes' Hand. »Ich bringe Sie nach Alcawell. Wenn Sie mir gestatten, Ihnen die Koordinaten zu geben, Captain ...«

»Alcawell?« wiederholte Paris. Er schaffte es, mit diesem einen Wort gleich mehrere Fragen zu stellen. Und dafür zu sorgen, daß Janeway die Koordinaten erst entgegennehmen würde, wenn er Antworten bekommen hatte.

Die Kommandantin lehnte sich zurück und wartete. Manche Reaktionen der Offiziere waren inzwischen vorhersehbar und auch hilfreich.

Neelix zögerte nicht, das Wort zu ergreifen. »›Alcawell‹ bedeutet soviel wie *die Station*. Aber es handelt sich dabei nicht etwa um eine Raumstation, sondern um einen Planeten. Bei vielen Völkern in diesem Sektor gilt er als heilig, gewissermaßen als Heimstatt der Götter.« Er schlang den Arm um Kes, erweckte dadurch den Eindruck, als sei sein Vortrag allein für sie bestimmt. »Aber ich bin dort gewesen, und daher weiß ich: Dort wohnen keine Götter. Dort wohnt *niemand*.«

»Warum sollte jener Ort für uns interessant sein?« erkundigte sich Janeway.

»Weil es dort alte Schiffe gibt. *Viele* alte Schiffe.« Neelix lächelte. »Mehr Raumschiffe, als Sie in Ihrem ganzen Leben gesehen haben.«

»Das bezweifle ich«, sagte Paris leise.

Neelix wandte sich ihm zu. »Alcawell war bereits verlassen, als die hier lebenden Völker noch nicht einmal mit der Raumfahrt begonnen hatten. Dort gibt es so viele Schiffe, daß wir bestimmt finden, was Sie brauchen. Wir holen die benötigten Teile einfach aus den Wracks. Oder wir nehmen uns alle notwendigen Metalle, um die betreffenden Komponenten selbst herzustellen.«

Interessant, aber auch gefährlich. Janeway überlegte einige Sekunden lang. »Sie kennen also einen alten Raumhafen mit einigen aufgegebenen Schiffen. Warum hat sie noch nie jemand angerührt?«

Neelix zuckte mit den Schultern. »Wer weiß, ob sie angerührt worden sind oder nicht? Es gibt dort mehr Raumschiffe, als Sie zählen können. Glauben Sie mir: Niemand merkt es, wenn einige Teile fehlen.«

»Wir stehlen nicht«, sagte Chakotay. Die Schärfe in seiner Stimme schien Neelix ein ganzes Stück schrumpfen zu lassen.

Der kleine Fremde dachte nach und schmunzelte dann. »Wenn Sie Alcawell mit eigenen Augen gesehen haben ... Dann sprechen Sie bestimmt nicht mehr davon, irgendwelche Dinge zu stehlen. Wir bergen nur etwas.«

»Es kommt allerdings darauf an, ob Sie unter ›Bergung‹ das gleiche verstehen wie wir«, wandte Paris ein.

Neelix ignorierte ihn und richtete einen katzenartigen Blick auf Janeway, deren Gesicht Neugier zeigte.

»Welchem Volk gehörte die Basis?« fragte Tuvok.

»Ich weiß es nicht«, entgegnete Neelix. »Aber von wem auch immer sie gebaut wurde – die Konstrukteure verschwanden vor vielen Jahrhunderten.«

Der Vulkanier preßte die Fingerspitzen aneinander. »Wenn sich dort das Bergen lohnt ... Warum sind Sie dann nicht nach Alcawell zurückgekehrt?«

Neelix zog Kes etwas näher, und die junge Frau musterte ihn. Als er auch weiterhin schwieg, nickte sie ihm auffordernd zu.

Er neigte den Kopf ein wenig zur Seite und hob die buschigen Brauen. »Um ganz ehrlich zu sein ...« Er seufzte und ließ den Kopf sinken, um seinen Gesichtsausdruck zu verbergen. »Ich glaube, dort spukt es.«

Paris schnaubte abfällig und lehnte sich so zurück, als hätte er mit einer solchen Antwort gerechnet. Tuvok rührte sich nicht, aber subtile Veränderungen in seiner Miene wiesen Janeway auf Skepsis hin.

Nur B'Elanna schien noch immer interessiert zu sein. »Wie dem auch sei: Es gibt dort viele Raumschiffe.«

Neelix sah wieder auf. »Ja.«

»Verlassene Schiffe.«

»Ja.«

Die Klingonin wandte sich an Janeway. »Wenn wir ...«

Neelix unterbrach sie. »Captain ... Wenn es auf Alcawell nicht mehr Schiffe gibt, als Sie zählen möchten, so können Sie mich bei den Geistern zurücklassen.«

»Und mich ebenfalls«, fügte Kes leise hinzu.

»Danke, Liebste«, sagte Neelix und drückte ihre Hand. »Ist sie nicht wundervoll?« fragte er die anderen.

Janeway traf eine Entscheidung. Sie konnte es sich nicht leisten, eine gute Gelegenheit ungenutzt verstreichen zu lassen. »Ich glaube, wir sollten uns Alcawell ansehen. Was meinen Sie, Mr. Tuvok?«

»Ich teile Ihre Ansicht.«

Janeway sah Chakotay an, der stumm nickte.

Zufrieden stand sie auf. »Neelix, geben Sie Lieutenant Paris die Koordinaten von Alcawell. B'Elanna, ich möchte den Planeten so schnell wie möglich erreichen, ohne jedoch weitere Beschädigungen des Warptriebwerks zu riskieren. Was schlagen Sie vor?«

»Warp eins«, erwiderte Torres.

Janeway nickte und richtete den Blick auf Paris. »Bringen Sie uns auf den richtigen Kurs, Mister.«

Paris schob seinen Sessel zurück und bedeutete Neelix, ihm zur Brücke zu folgen.

Als sie gingen, wandte sich Janeway an die übrigen Offiziere. »Ob Bergungsgut oder nicht – wir brauchen die Ersatzteile. Die derzeitige Situation erlaubt uns keinen Stolz.«

Sie lächelte. »Außerdem ... Wer hat Angst vor ein paar Geistern?«

2

Captain Janeway saß im Bereitschaftsraum am Schreibtisch, blickte aufs Display eines Datenblocks und las Berichte. Manchmal wünschte sie sich, die Routinearbeit eines Captains einfach über Bord werfen zu können. Allerdings: Jedes Stück Routine verband sie mit der Heimat, und deshalb zögerte sie, sich von solchen Dingen zu trennen. Sie hatte bereits Entscheidungen getroffen, die ihr im Alpha-Quadranten nie in den Sinn gekommen wären.

Dann und wann sah sie zu den Panoramafenstern und beobachtete die Sterne. Gelegentlich bedauerte sie, keine vertrauten Konstellationen zu sehen. Andererseits: Dieser Raumbereich übte gerade deshalb einen so großen Reiz auf sie aus, weil er Unbekanntes bot.

»Captain ...« Fähnrich Kims Stimme unterbrach Janeways Überlegungen. »Wir sind jetzt über der Station.«

»In Ordnung, Fähnrich«, sagte sie. »Ich ...«

Kim unterbrach sie. »Sie sollten sich das ansehen, Sir.«

Janeway lächelte, als sie Faszination und Ehrfurcht in Kims Stimme hörte. Vielleicht hatte Neelix doch nicht so sehr übertrieben. Sie hoffte es. Die *Voyager* war nach Alcawell *gekrochen*, und die ganze Zeit über hatte Janeway befürchtet, kostbare Energie für ein sinnloses Unterfangen zu vergeuden.

Sie legte den Datenblock beiseite, stand auf und strich das Haar mit dem Handrücken zurück – jede einzelne Strähne mußte an ihrem Platz sein. Dann verließ sie den Bereitschaftsraum und betrat die Brücke.

Paris saß reglos am Navigationspult, Chakotay auf der

Kante des Kommandosessels. Tuvok stand wie üblich an der taktischen Station. Sie alle starrten zum Hauptschirm, und Janeway folgte ihrem Blick.

Eine Sekunde später klappte ihre Kinnlade nach unten. Rasch schloß sie den Mund wieder, dankbar dafür, daß niemand ihre Reaktion gesehen hatte. Doch die Verblüffung blieb.

Das Projektionsfeld zeigte kilometerlange Reihen von Raumschiffen. Bis zum Rand des Bildschirms reichten sie, und vermutlich auch darüber hinaus.

Sie konzentrierte sich auf die einzelnen Schiffe. Alle sahen praktisch gleich aus und ruhten auf stativartigen Landegerüsten. Die Abstände zwischen den einzelnen Raumern blieben konstant.

Die langen Reihen ... Bis in die Unendlichkeit schienen sie sich zu erstrecken. Wie war das möglich? Es fiel Janeway schwer, eine Vorstellung vom Maßstab zu gewinnen. Irgend etwas in ihr verglich die Schiffe mit fein säuberlich aufgestellten Kinderspielzeugen.

Aber es handelte sich um echte Raumer. Daran konnte kein Zweifel bestehen.

»Captain ...« Kim stand an der Funktionsstation und behielt die Displays im Auge. »Soweit sich das bisher feststellen läßt, ist dies der größte von vier ... Stützpunkten. Oder sollte man besser von Raumhäfen sprechen? Offenbar gibt es auf jedem Kontinent des Planeten eine solche Anlage.«

»Irgendwelche Anzeichen von Leben?« fragte Chakotay.

Kim berührte mehrere Schaltflächen und beobachtete, wie sich die Anzeigen vor ihm veränderten. Er schüttelte den Kopf. »Die Bio-Sensoren registrieren keine Lebensformen, die größer sind als Nagetiere.«

»Überall auf dem Planeten gibt es Hinterlassenschaften einer humanoiden Zivilisation, Captain«, sagte Tuvok. »Aber nichts ist so gut erhalten, wie es bei den Raumschiffen der Fall zu sein scheint. In regelmäßigen Abständen zwischen den Schiffen gibt es Ruinen von großen Gebäuden. Kein Raumer ist sehr weit von den Resten eines Bauwerks entfernt. Ein ausgezeichnetes System, das den vorhandenen Platz möglichst gut nutzt.«

»Wie groß ist jener Ort?« fragte Janeway, ohne den Blick vom Hauptschirm abzuwenden. »Mir fehlen Hinweise auf die Ausmaße.«

Tuvok nickte. »Allein diese Basis ist doppelt so groß wie der Luna-Stützpunkt von Starfleet. Wenn die Schiffe aller vier Raumhäfen, wie Mr. Kim die Anlagen nannte, auf Vulkan stünden, so würden sie ein Achtel der gesamten Oberfläche beanspruchen.«

»Die Grundfläche der Basis bildet ein Quadrat.« Janeway versuchte, die Dinge aus einem anderen Blickwinkel zu sehen. »Wenn wir uns die nordwestliche Ecke beim Hauptquartier der Föderation in San Francisco vorstellen ... Dann würde der eine Rand nach Süden bis zur Stadtmitte von Los Angeles reichen, und im Osten bis nach Reno.«

Paris pfiff leise.

»In der Tat, Captain«, bestätigte Tuvok. »Ich bezweifle allerdings, ob die Schiffe auf der Erde in solchen Reihen aufgestellt werden könnten.« Er atmete tief durch, und Janeway wußte die Pause zu deuten: Der Vulkanier zögerte immer, wenn er über etwas sprach, das nicht ganz und gar auf Fakten basierte. »Und noch etwas. Die Raumschiffe sollten nie fliegen, zumindest nicht auf eine uns bekannte Weise.«

»Wie bitte?« Janeway drehte sich zu Tuvok um und begegnete seinem ruhigen Blick. Er verstand ihre plötzliche Aufregung: Neelix hatte sie hier mit einer Technologie konfrontiert, die ihnen völlig fremd war.

Die Kommandantin klopfte auf ihren Insignienkommunikator. »Sehen Sie die Schiffe auf dem Schirm, B'Elanna?«

Torres befand sich im Maschinenraum. Sie hatte dort versucht, mit diversen Tricks das energetische Niveau des Warptriebwerks zu erhöhen. »Ja, Captain.«

»Irgendeine Ahnung, womit wir es zu tun haben könnten?«

»Nein. Ohne eine Untersuchung vor Ort bin ich nicht einmal imstande, Auskunft über die verwendete Energiequelle zu geben. Von der Funktion der Schiffe ganz zu schweigen. Aber eins steht fest: In den Raumern gibt es Installationen aus dem Metall, das wir für die Reparaturen brauchen.«

»Captain ...« Kim stand jetzt an der wissenschaftlichen Station. »Unter den Ruinen am Rand der Anlage existieren Ablagerungsschichten, die von früheren Bauwerken und dergleichen stammen. Sie gehen tief im Boden ins Sedimentgestein über.«

Janeways Blick kehrte zum Bildschirm zurück. Zahllose Raumschiffe, Seite an Seite, über viele Kilometer hinweg. »Ein sehr altes Volk. Irgendwann zog es weiter. Oder es starb vor langer Zeit aus.«

»So scheint es«, sagte Chakotay.

»Manchmal trügt der Schein«, gab Tuvok zu bedenken.

»Fahren Sie fort.«

»Es fehlt an Logik«, erklärte der Vulkanier. »Offenbar sind die Schiffe sehr alt, aber sie befinden sich in einem besseren Zustand als die Ruinen – damit meine ich sowohl die Gebäude am Rand der Anlage als auch die zwischen den Raumschiffen.«

»Welche Schlüsse ziehen Sie daraus?« fragte Janeway.

»Bisher noch keine«, erwiderte Tuvok. »Aber es wäre durchaus denkbar, daß die Eigentümer der Raumschiffe nicht mit den ehemaligen Bewohnern des Planeten identisch sind.«

Janeway nickte. Einmal mehr traf sie eine Entscheidung und klopfte auf ihren Insignienkommunikator. »B'Elanna, ich möchte, daß Sie sich eins der Schiffe vornehmen.«

»Aye, aye, Captain.« Torres' Tonfall wies darauf hin, daß sie es gar nicht abwarten konnte, mit der Untersuchung zu beginnen. Janeway lächelte und beneidete die Klingonin um diese Möglichkeit. Sie hätte den Planeten selbst gern besucht.

»Geben Sie Neelix Bescheid«, wandte sie sich an Kim. »Sie beide begleiten B'Elanna.« Aus den Augenwinkeln bemerkte sie Chakotays zustimmendes Nicken. Kim wirkte beruhigend auf Torres. Und Neelix konnte mit seinem Wissen helfen: Vielleicht fanden sie bei oder in den Schiffen etwas, das er kannte.

Kim eilte zur Tür und teilte die Aufregung des Chefingenieurs. Die Anlage wirkte sehr vielversprechend; vielleicht fanden sie dort neue Technologie, die ihnen eine Möglichkeit gab, zur Föderation zurückzukehren. Zumindest gab es dort Rohstoffe, die sie benötigten, um das Warptriebwerk und wichtige Bordsysteme in Ordnung zu bringen.

»Und noch etwas, Mr. Kim…«

Der junge Mann verharrte und drehte sich um. »Ja, Captain?«

»Ihre Aufgabe besteht darin, B'Elanna den Rücken freizuhalten. Und dafür zu sorgen, daß Neelix nichts passiert. Verstanden?«

Kim lächelte dünn. »Verstanden, Captain.«

Janeway sah Tuvok an. »Sie haben fünf Minuten, um in dem Heuhaufen dort unten die Nadel eines funktionierenden Schiffes zu finden. Wenn sich die Einsatzgruppe in den Transporterraum begibt, müssen die Zielkoordinaten feststehen.«

Erneut blickte sie zum Hauptschirm. Viele Raumschiffe in kilometerlangen Reihen. Zigtausende von Schiffen. »Das glaubt uns niemand, wenn wir heimkehren«, murmelte Janeway.

3

Der Retransfer erfolgte auf einem harten, betonartigen Boden am südlichen Rand der Anlage. Kalter Wind zerrte an B'Elannas Uniform und blies ihr Sand ins Gesicht. Die Luft roch irgendwie verbraucht und war so trocken, daß sie der Klingonin den Mund ausdörrte. Alles wirkte alt und tot. Mehr als nur die Kühle ließ Torres schaudern.

Sie drehte den Kopf – und erstarrte. Seite an Seite standen die Schiffe, und ihre Reihen reichten bis zum Horizont. Auf den ersten Blick betrachtet, erschienen sie wie Spiegelbilder, die sich überhaupt nicht voneinander unterschieden, doch wenn man genauer hinsah ... B'Elannas Aufmerksamkeit galt den Raumern in der Nähe, und sie bemerkte unübersehbare Spuren des Alters. Einige hatten die vielen Jahre voller Wind und Sand besser überstanden als andere.

Auf der linken Seite hatte ein stielartiges Landegerüst nachgegeben, und dadurch stand das betreffende Schiff ein wenig zur Seite geneigt. Voll aufgerichtet, ragten die Gerüste gut vier Meter weit empor. Von der Mitte eines jeden Schiffes streckte sich eine Rampe zungenartig dem Boden entgegen. Es sollte nicht weiter schwer sein, ins Innere der Raumer zu gelangen, denn die Luken standen offen.

B'Elanna sah zu den anderen Schiffen. Bei einem fiel ihr ein kleines Loch in der Flanke auf – eine Explosion im Innern schien das graue Metall zerfetzt zu haben. Doch im großen und ganzen hatten sie die Äonen weitaus besser überstanden als die Ruinen eines rund hundert Meter entfernten Gebäudes. Was den Boden betraf... Torres glaubte, die Reste vom Sand zerkratzter Markierungen zu erkennen, die von jeder Rampe aus zum Gebäude führten.

An Bord der *Voyager* war es B'Elanna gelungen, einen ungefähren Eindruck von den Ausmaßen des ›Raumhafens‹ zu gewinnen, doch das galt nicht für die Schiffe. Sie mochten gut doppelt so groß sein wie ein gewöhnliches Föderationsshuttle, und ihre Form entsprach der von abgeflachten Kugeln. Die Beine der Landegerüste durchmaßen etwa einen Meter, doch angesichts der Schiffsmasse wirkten sie dünn und zerbrechlich.

Die Klingonin drehte sich einmal um die eigene Achse. Wohin sie auch sah: Raumschiffe. Fremde Maschinen in einer sehr fremdartigen Umgebung.

An einigen Landegerüsten und Rampen hatte sich Sand angesammelt. Gelegentlich fauchten und zischten die Böen. Es klang nach dem Heulen von Phantomen.

B'Elanna schauderte und klappte den Tricorder auf. Kim folgte ihrem Beispiel. Mit der gespenstischen Atmosphäre dieses Ortes wurde man am besten fertig, indem man sich durch Arbeit ablenkte.

»Geister. Gespenster. Untote. Hier wandelt die Vergangenheit.« Neelix rief fast, um das Heulen des Winds zu übertönen. »Spüren Sie es?« Er schlang die Arme um sich selbst. »Ich weiß nicht einmal, warum ich hierhergekommen bin. Es ist kalt, sehr kalt. Vielleicht sollte ich zurückkehren und uns Mäntel holen.«

»Sie bleiben hier«, sagte B'Elanna scharf. Von *derartigen* Ablenkungen hielt sie nichts.

Neelix schnaufte und schwieg.

Die Sondierung ergab keine Hinweise auf Lebensformen oder irgendwelche Fallen. Es gab nur die gewaltige Anlage mit den vielen Raumschiffen, die nie dazu bestimmt gewesen waren, zu starten und durchs All zu fliegen. Seltsam. Hier war alles seltsam.

Torres wandte sich nach rechts und richtete den Tricorder auf jenes Schiff, das Tuvok für sie ausgesucht hatte. Die Außenhülle bestand aus dem gleichen grauen, verwitterten Metall wie bei den anderen, doch sie wies keine offensichtlichen Beschädigungen auf. Individuelle Besonderheiten ließen sich nicht feststellen, aber das Schiff vermittelte den Eindruck, nicht ganz so alt zu sein wie die anderen.

»Werfen wir einen Blick ins Innere«, schlug die Klingonin vor.

»Gut«, sagte Kim. »Der Sand geht einem wirklich auf die Nerven.«

B'Elanna sah zu ihm und Neelix. Beide hatten dem Wind den Rücken zurückgekehrt und schirmten sich die Augen ab. Es war sicher keine schlechte Idee, einen windgeschützten Ort aufzusuchen.

Sie setzte die Sondierungen mit dem Tricorder fort, hielt auch weiterhin nach Lebensformen und Fallen Ausschau, als sie zu dem betreffenden Schiff ging und den Kopf hob. Die Rampe neigte sich nicht sehr steil nach oben und wies Rillen auf, damit niemand ausrutschte. Die Luke am oberen Ende stand weit offen: B'Elanna sah einen verblaßten roten Pfeil, der nach rechts deutete. Vor der Rampe hatte sich ein wenig Sand angesammelt.

»Hier gab es einmal viel Verkehr«, sagte Kim, der die Rampe scannte.

»Verkehr?« wiederholte Neelix und blickte sich argwöhnisch um.

»Passagiere, nehme ich an«, erläuterte der junge Fähnrich. »Form und Abnutzungserscheinungen deuten darauf hin, daß diese Rampe häufig benutzt wurde.«

»Für was, frage ich mich«, warf Torres ein.

Kim zuckte mit den Schultern. »Dieser Ort erinnert mich an einen Shuttlehafen daheim.« Er sah auch weiterhin auf die Anzeigen seines Tricorders.

»Mich erinnert er daran, wie sehr ich die Kälte verabscheue«, erwiderte Neelix. »Wenn ich daran denke, daß es in meinem Quartier angenehm warm ist...«

B'Elanna schritt über die Rampe und hielt das aktivierte Ortungsgerät in der ausgestreckten Hand. Sie hätte am liebsten den Phaser gezogen, wußte jedoch, wie dumm das unter den gegebenen Umständen gewesen wäre. Nichts bedrohte sie. Auf diesem Planeten schien es gar keine Gefahren zu geben. Dennoch entstand ein flaues Gefühl in ihrer Magengrube; sie hätte einen Phaser anstelle des Tricorders vorgezogen.

»Das Schiff ist leer«, sagte Kim.

»Natürlich«, entgegnete Neelix. »Sie wurden schon vor langer Zeit aufgegeben.« Er schob sich an Kim und Torres vorbei, betrat das Raumschiff und ging durch den Korridor, in den der verblaßte Pfeil deutete.

Um ihn herum flackerte das Licht einer indirekten Beleuchtung.

»Neelix!« entfuhr es B'Elanna.

»Es ist warm hier drin!« freute er sich.

»Erstaunlich.« Kim sah auf das Display des Tricorders. »Nach so langer Zeit existiert noch immer eine aktive Energiequelle.«

»Ja.« Die Klingonin nahm eine neuerliche Sondierung mit ihrem eigenen Ortungsgerät vor, entdeckte jedoch nichts Bedrohliches vor Neelix.

Nach etwa zehn Metern knickte der Korridor nach links ab und endete in einem großen Raum: Bänke standen an den Wänden, und Sessel bildeten einzelne Sitzgruppen. Das Zimmer war größer als manche Maquis-Schiffe; mindestens hundert Passagiere hätten hier Platz gefunden.

Neelix blieb mitten in der Kammer stehen und breitete die Arme aus. »Sehen Sie? Leer. Ich habe es ja gesagt.«

»Es gibt keine anderen Räume«, meinte Kim. »Wie hat man diese Schiffe gesteuert?«

»Es sind praktisch nur leere Metallbüchsen«, betonte Neelix. »Wer sollte etwas dagegen haben, wenn wir uns einige Dinge nehmen, die wir brauchen?«

»Keine Spur von einem Maschinenraum«, sagte Kim. »Oder von einem Triebwerk.«

»Trotzdem sollten wir vermeiden, irgend etwas zu berühren.« B'Elanna sah Neelix an. »Bis wir herausgefunden haben, welchen Zweck diese Raumschiffe erfüllten und wer sie kontrollierte.«

Neelix seufzte, sank in einen Sessel und lehnte sich zurück. »Wenigstens weht hier kein Wind.«

»Sehen Sie sich das an.« Kim deutete auf einen blinkenden roten Indikator über dem Korridorzugang. Unverständliche Schriftzeichen glühten dort, gefolgt von einer zahlenartigen Sequenz, die sich ständig veränderte. »Das Blinken begann, als Neelix Platz nahm.«

»Versuchen Sie festzustellen, was es damit auf sich hat.« B'Elanna klopfte auf ihren Insignienkommunikator. »Einsatzgruppe an *Voyager*.«

»Hier *Voyager*«, erklang Janeways Stimme.

»Wir sind im Innern eines Schiffes. Anzeichen von Leben haben wir nirgends gefunden, aber durch unser Eintreten haben wir offenbar eine Energiequelle aktiviert.«

»Wissen Sie, wozu die Schiffe dienten?« fragte Janeway.

»Vermutlich zum Transport von Passagieren. Das Innere besteht nur aus einem großen Raum mit Sitzbänken und Sesseln. Mir ist jedoch ein Rätsel, *wohin* die Passagiere gebracht wurden. Und *wie*. Es dauert sicher noch eine Weile, bis wir Antworten auf diese Fragen finden.«

»Passagiere?« murmelte Janeway nachdenklich. Und etwas lauter: »Nun, seien Sie vorsichtig. Und melden Sie sich, sobald Sie etwas entdecken.«

»Verstanden«, bestätigte B'Elanna. Sie wandte sich an Kim. »Was halten Sie von dem Indikator?«

»Vielleicht handelt es sich um eine Art Countdown. Aber das sind nur Spekulationen. Eine genaue Auskunft kann ich Ihnen nicht geben.«

»Neelix...« Torres sah zu dem kleinen Mann, der sich mit halb geschlossenen Augen entspannte. »Kennen Sie jene Schriftsprache?« Sie deutete zu den in regelmäßigen Abständen aufleuchtenden Symbolen.

Er hob die Lider, blickte in die entsprechende Richtung und setzte sich auf. »Etwas Ähnliches habe ich schon einmal gesehen, irgendwo. Eins steht fest: Diese Sprache wird längst nicht mehr gesprochen.«

»Verstehen Sie die Bedeutung der Symbole?« fragte B'Elanna. Es klang ungeduldig – sie wollte endlich eine klare Antwort.

Neelix zuckte mit den Achseln. »Ich glaube, sie bedeuten: *Bitte nehmen Sie Platz*.«

»Und die Zahlen?« erkundigte sich Kim.

»Einfach nur Zahlen.« Neelix lehnte sich wieder zurück und schloß die Augen. »Geben Sie mir Bescheid, wenn Sie erneut meine Hilfe brauchen. Ich mache jetzt ein kleines Nickerchen.«

B'Elanna schüttelte den Kopf und wandte sich an Kim. »Stellen Sie eine Verbindung mit dem Hauptcomputer der *Voyager* her. Übermitteln Sie die Daten für eine Analyse. Vielleicht ergibt sich was. Ich suche nach ...«

Die Veränderungen der Zahlensequenz hörten plötzlich auf, und das Licht in dem großen Raum flackerte einmal. Etwas knirschte, und das Schiff erzitterte.

»Die Rampe wird eingezogen!« Kim wollte zur Luke laufen.

»Warten Sie!« B'Elannas Stimme hielt ihn zurück. »Wir bleiben zusammen.« Erneut schaltete sie ihren Insignienkommunikator ein. »*Voyager*. Das Schiff erwacht, und der Eingang schließt sich. Beamen Sie uns auf mein Zeichen hin an Bord.«

»Verstanden«, erwiderte Tuvok ruhig. »Wir richten den Transferfokus auf Sie.«

»Mr. Kim ...«, sagte B'Elanna. »Versuchen Sie, die Ursache für das derzeitige Geschehen festzustellen. Wir bleiben so lange wie möglich hier. Helfen Sie ihm, Neelix.« Sie sondierte mit dem Tricorder, doch die Energiequelle des Schiffes blieb verborgen. Es mußte eine geben. Irgendwo.

Es klirrte laut, und dann erklang ein sehr unangenehmes Kreischen: Metall kratzte über Metall.

»Die Luke ist geschlossen.« In Kims Stimme vibrierte fast so etwas wie Panik. »Das Schiff hebt ab.«

Die Luft *erschimmerte* kurz, und das Raumschiff setzte mit einem leichten Ruck wieder auf.

»Die Luke öffnet sich«, sagte Kim. Der Indikator über dem Korridorzugang blinkte wieder.

»Eine kurze Reise«, kommentierte Neelix. Er wirkte gelassen, war jedoch aufgestanden und trat etwas näher an B'Elanna heran.

Torres sah auf ihren Tricorder, dessen Anzeigen von einem praktisch unveränderten Status des Schiffes berichteten. Es hatte nur die Luke geschlossen, um dann einen Meter aufzusteigen und wieder zu landen. Warum? War der Flug unterbrochen worden? Wie konnte der Raumer überhaupt aufsteigen? Nichts deutete auf die Präsenz von Antigrav-Generatoren oder eines Triebwerks hin. An Bord gab es nur einen großen Raum mit Sitzen für Passagiere.

Plötzlich bemerkte die Klingonin einen Unterschied. Fast heiße Luft wehte durch den Korridor, und das durch die wieder offene Luke fallende Licht wirkte heller.

Kim hob seinen Tricorder und scannte den Eingang des Schiffes.

»Hier stimmt was nicht«, sagte er leise.

B'Elanna richtete ihr Ortungsgerät in die gleiche Richtung und betrachtete das Display. Es verkündete eine unmißverständliche Botschaft: Die durch den offenen Zugang dringende Luft war jetzt völlig anders beschaffen als vorher – sie enthielt mehr Mikroorganismen und Feuchtigkeit. Und sie zeichnete sich durch eine wesentlich höhere Temperatur aus.

Zusammen mit Kim und Neelix näherte sie sich der Luke. Als sie das obere Ende der Rampe erreichten, blieben sie stehen.

Und rissen die Augen auf.

»Meine Güte«, hauchte Neelix.

»Wo sind wir?« fragte Kim.

Vor ihnen erstreckte sich die gleiche große raumhafenartige Anlage wie vorher, doch jetzt standen dort nicht mehr annähernd so viele Schiffe. Bunte Linien bildeten komplexe Muster auf dem Boden, und die Gebäude wirkten neu. Große, hagere Humanoiden waren unterschiedlich schnell zwischen den Schiffen und Bauwerken unterwegs.

Für ihre Kleidung bevorzugten die Wesen ganz offensichtlich grüne, rote und purpurne Töne. Die meisten trugen blaue oder gelbe Hüte; erstaunlicherweise entstanden dadurch keine farblichen Disharmonien.

Einige Humanoiden gingen allein, andere in Gruppen. Viele führten Gepäck bei sich, aber es gab auch welche, die auf Taschen und dergleichen verzichteten.

Zehn Schiffe entfernt schloß sich lautlos eine Luke, und die Rampe klappte nach oben. Der Raumer hob ab und … verschwand.

Die in der Nähe befindlichen Humanoiden schienen den Vorgang für völlig normal zu halten.

B'Elanna ließ den Blick über die weite Anlage schweifen, bevor sie auf ihren Insignienkommunikator klopfte. »Einsatzgruppe an *Voyager*. Bitte melden Sie sich.«

Keine Antwort.

Kim rejustierte die Kontrollen seines Tricorders. Wenige Sekunden später sprach er mit brüchiger Stimme jene Worte aus, die B'Elanna Torres befürchtet hatte.

»Die *Voyager* befindet sich nicht mehr in der Umlaufbahn dieses Planeten.«

4

Es gefiel Janeway nicht sonderlich, daß sich drei ihrer Offiziere an Bord eines fremden Schiffes befanden, dessen Energiequelle aktiv geworden war. Sie stand mitten auf der Brücke. Chakotay hatte sich neben ihr postiert, und Paris saß an den Navigationskontrollen.

Ihr Blick galt dem Hauptschirm, und sie schien Antworten von ihm zu verlangen, die er nicht liefern konnte. Er zeigte ein unverändertes Bild: Lange Reihen von Raumschiffen erstreckten sich viele Kilometer weit. Wenn sie nicht gewußt hätte, in welchem Schiff sich B'Elanna Torres und ihre beiden Begleiter aufhielten ... Dann wäre sie kaum in der Lage gewesen, Anhaltspunkte für ihre Präsenz zu finden.

Tuvok nahm kontinuierliche Sondierungen vor. »Das Schiff hebt ab«, berichtete er nun.

Janeway klopft auf ihren Insignienkommunikator. Fähnrich Hoffman bediente die Transporterkontrollen besser also sonst jemand, und jetzt kam es vielleicht auf jede Sekunde an.

»Transporterraum«, sagte die Kommandantin. »Holen Sie unsere Leute zurück.«

»Aye, Sir«, erwiderte Hoffman förmlich – ein sicheres Zeichen für Anspannung.

Auch in Janeway zitterte Unruhe. Sie wollte nicht, daß ein Mitglied ihrer Crew zu Schaden kam. Wer hätte gedacht, daß eins der alten Schiffe startete, unter so geheimnisvollen Umständen?

»Das Raumschiff ist verschwunden«, sagte Paris. Normalerweise hatte seine Stimme immer einen zynischen Unterton, doch jetzt klang er vor allem überrascht.

»Bestätigung, Captain.« Selbst Tuvok hörte sich ein wenig seltsam an. Er schien so etwas nicht erwartet zu haben.

Einmal mehr betrachtete Janeway die Darstellungen des Hauptschirms. Wo sie zuvor gleichmäßig strukturierte Reihen gesehen hatte, zeigte sich nun eine Lücke.

»Transporterraum?« fragte sie. »Ist der Transfer gelungen, Fähnrich Hoffman?«

Stille. Janeway hob erneut die Hand zu ihrem Insignienkommunikator.

»Fähnrich Hoffman! Berichten Sie!«

Chakotay sah Janeway an. Sein Gesicht bot nur Ernst, keinen Trost.

»Es tut mir leid, Captain«, meldete Hoffman zerknirscht. »Ich konnte die Einsatzgruppe nicht an Bord beamen. Die Verbindung wurde unterbrochen, und Peilungsversuche für die neuerliche Ausrichtung des Transferfokus blieben erfolglos.«

Janeway wandte sich an Tuvok. »Können Sie den derzeitigen Aufenthaltsort der Gruppe feststellen? Wohin verschwand das Schiff?«

Der Vulkanier bediente bereits die Kontrollen. Chakotay eilte zur wissenschaftlichen Station, und Paris wertete Navigationsdaten aus.

»Ortung negativ«, sagte Chakotay.

»So etwas ist einfach unmöglich«, meinte Paris.

»Wir haben gesehen, wie es geschah«, ließ sich Tuvok vernehmen. »Deshalb kann es nicht unmöglich sein.«

»Verschieben Sie Ihre Debatte auf einen späteren Zeitpunkt, meine Herren«, sagte Janeway. »Ich möchte wissen, was mit der Einsatzgruppe passiert ist.«

Chakotay schüttelte den Kopf. »Ich fürchte, diese Frage kann ich nicht beantworten.«

»Captain ...« Tuvok zögerte kurz. »Das fremde Schiff

sowie die drei Personen an Bord existieren nicht mehr in der gegenwärtigen Raum-Zeit.«

»Sie *existieren nicht mehr?*« wiederholte Janeway. »Soll das heißen, B'Elanna Torres und die anderen sind tot?«

»Ich weiß es nicht, Captain«, erwiderte Tuvok. »Ich halte es jedoch für unwahrscheinlich. Das Schiff verschwand, und die Einsatzgruppe ebenfalls.«

»Es wurde nicht zerstört oder auf eine uns bekannte Weise transferiert«, stellte Chakotay fest. »Es hat sich weder in ein Tarnfeld gehüllt noch die Oberfläche des Planeten auf ›normale‹ Weise verlassen.«

Janeway nickte. »Die Frage lautet also: Was geschah damit?«

Tuvok sah auf und begegnete dem Blick der Kommandantin. Einige Sekunden lang schwieg er. »Das Schiff hörte einfach auf zu existieren.«

»Meine Herren... Ich bin nicht bereit, eine solche Erklärung zu akzeptieren. Die Einsatzgruppe ist verschwunden. Es geht nun darum, sie wiederzufinden.«

Janeway ging die Treppe zur wissenschaftlichen Station hoch. Als sie an Chakotays Seite trat, schnappte der verblüfft nach Luft.

»Captain ...!« entfuhr es den drei Männern synchron. Paris beendete den Satz: »Das Schiff ist zurück.«

Janeway sah zum Bildschirm – die Lücke in einer ganz bestimmten Schiffreihe hatte sich geschlossen. Sie ließ den angehaltenen Atem entweichen und aktivierte ihren Insignienkommunikator.

»Fähnrich Hoffman, beamen Sie Torres, Kim und Neelix an Bord.«

»Warten Sie, Captain«, sagte Chakotay. »Wir sollten besser keinen Transfer einleiten.«

»Ausführung des Befehls unterbrechen, Fähnrich.« Janeway sah Chakotay an. »Was ist los?«

»Es befindet sich nur eine Person an Bord«, entgegnete Chakotay.

»Ein Humanoide«, fügte Tuvok hinzu.

»Ein uns *unbekannter* Humanoide«, betonte Paris.

»Ein Fremder?« vergewisserte sich Janeway. Sie warf einen Blick auf die Anzeigen der wissenschaftlichen Station. Die Daten ließen keinen Interpretationsspielraum: Das Schiff war mit B'Elanna und ihren beiden Begleitern verschwunden – um mit einer einzelnen Person an Bord zurückzukehren. Doch diese Person war kein Mensch, gehörte nicht einmal zu einem der Föderation bekannten Volk.

Von der Einsatzgruppe fehlte jede Spur.

Warme Luft und die vom betonartigen Boden unter der Rampe abgestrahlte Hitze bildeten einen krassen Kontrast zu den Erinnerungen, die Torres mit dem Planeten verband. Ganz deutlich entsann sie sich an heulenden kalten Wind und Tausende von aufgegebenen Schiffen. Ein bleigrauer Himmel hatte sich über der Anlage gewölbt, und die Sonne war kaum mehr als ein mattes Glühen am Horizont gewesen.

Jetzt leuchtete sie hoch oben am Firmament, und ein heller, gelber Schein ging von ihr aus. Es gab weniger Schiffe, und sie wirkten neu.

Wo sich zuvor nicht eine einzige Lebensform gezeigt hatte, schritten Hunderte von bunt gekleideten Humanoiden. Ruhig waren sie zwischen den Raumschiffen und Gebäuden unterwegs. Offenbar entstammten sie alle der gleichen Spezies: Sie mochten etwa so groß sein wie Klingonen, hatten jedoch ein breiteres Kinn und eine kleinere Stirn. Es gab ebenso große individuelle Unterschiede wie bei Klingonen; hinzu kamen unterschiedliche Haarfarben und Staturen. Auch die Beschaffenheit der Kleidung wies auf ausgeprägte Individualität hin.

Es fehlten Hinweise darauf, wozu sie die Schiffe verwendeten.

B'Elanna überwand den Schock – es nützte nichts, sich jetzt der Verblüffung hinzugeben – und sah zu dem Raumer auf, der sie hierhergebracht hatte. Ihr Blick strich über verwittertes graues Metall. Kein Zweifel: Dieses Schiff war wesentlich älter als die anderen.

Sie sah Kim an. Der junge Mann war ebenso blaß wie bei ihrer ersten Begegnung im Ocampa-Hospital, und Torres wußte die Zeichen zu deuten: Er gab sich beherrscht, obgleich er zutiefst erschrocken war.

Nun, er geriet bestimmt nicht in Panik. Trotz seiner Jugend verfügte er über ein erstaunliches Maß an innerer Kraft. Allerdings vergaß er manchmal, diese spezielle Energie rechtzeitig zu nutzen.

»Finden Sie heraus, wo wir sind«, fragte die Klingonin. Sie flüsterte fast, als befürchtete sie, daß jemand lauschte.

Kim starrte auf den Tricorder hinab. »Womit soll ich beginnen?« erwiderte er ebenso leise.

»Mit den Schiffen in unserer Nähe. Nehmen Sie sich anschließend die Leute vor.« Eigentlich spielte es überhaupt keine Rolle, was Kim zuerst sondierte, und deshalb nannte B'Elanna die einfachste Reihenfolge. Einfach... Hier schien alles kompliziert zu sein. In solchen Situationen kam es noch mehr als sonst auf klares Denken und rasches Handeln an.

Hinter ihnen stand Neelix völlig reglos. Seine kleinen, fleckigen Hände hatten sich krampfhaft fest um den Rand der Luke geschlossen.

»Ist alles in Ordnung mit Ihnen?« fragte Torres.

»Geister«, ächzte Neelix. »Sehen Sie nur die vielen Geister. Ich habe ja gesagt, daß es hier spukt.«

»Ich glaube nicht, daß es Phantome sind«, sagte B'Elanna. »Mr. Kim?«

Der Fähnrich nickte. »Die Wesen bestehen aus Fleisch und Blut. Hier ist alles real.« Der Klang seiner Stimme wies darauf hin, daß er hoffte, mit offenen Augen zu träumen. Doch er war hellwach.

Zwei Männer und eine Frau – sie trugen grüne Umhänge über purpurnen Hosen – verharrten drei Schiffe entfernt vor einer Rampe. Sie sprachen miteinander und lachten. Die Frau hatte silbrig funkelndes Haar, das eine fast hundert Zentimeter hohe Säule auf ihrem Kopf bildete. Einer der Männer winkte, woraufhin die Frau nach dem silbernen Berg griff und ihn abnahm. Darunter kam kurzes schwarzes Haar zum Vorschein. Sie klemmte sich die Perücke unter den Arm, ging die Rampe hoch und betrat den Raumer. Die beiden Männer folgten ihr.

»Das Schiff hat uns ganz offensichtlich *irgendwohin* gebracht«, sagte B'Elanna. »Dabei wurde eine Transfermethode verwendet, die schneller ist als alle uns bekannten. Kim, stellen Sie fest, wie weit wir von der *Voyager* entfernt sind.«

Erneut veränderte der Fähnrich die Justierungen seines Tricorders. B'Elanna wischte sich den Schweiß von der Stirn. Noch vor zehn Minuten hatte sie bedauert, keinen Mantel zu tragen. Jetzt wünschte sie sich eine leichtere Uniform.

»Die Sterne in der Nachbarschaft dieses Sonnensystems sind noch immer an Ort und Stelle.« Ein wenig unsicher fügte Kim hinzu: »In gewisser Weise.«

»In gewisser Weise?« wiederholte Torres. »Könnten Sie sich etwas genauer ausdrücken?«

Kim sah zu ihr, und B'Elanna erkannte seinen Gesichtsausdruck wieder. Sie hatte ihn schon einmal gesehen, als sie durch die unterirdische Ocampa-Stadt gegangen waren, kurz nach dem unfreiwilligen Transfer in den Delta-Quadranten. Der Fähnrich staunte noch immer über Dinge, mit denen ihn das All konfrontierte. Manchmal bot diese Fähigkeit Vorteile, aber gelegentlich brachte sie auch Nachteile mit sich.

»Ich meine, es sind die gleichen Sterne wie vorher. Anders ausgedrückt: Wir sind noch immer im Delta-Quadranten ...«

»Ich habe Sie nicht um einen Vortrag über Astronomie gebeten, Mr. Kim«, sagte Torres. »Erklären Sie mir, was es mit ›in gewisser Weise‹ auf sich hat. Dies ist keine Prüfungsfrage oder dergleichen. Ich möchte schlicht und einfach eine Auskunft von Ihnen.«

»Die Antwort bringt gewisse Probleme mit sich. Die Sterne sind genau dort, wo sie sich befinden müßten, wenn sie jünger wären. Man könnte meinen, sie ...« Kim unterbrach sich und suchte vergeblich nach den richtigen Worten.

B'Elanna verstand ihn auch so – obwohl sie sich ein wenig gegen die Erkenntnis sträubte. Sie sondierte mit dem eigenen Tricorder, und wenige Sekunden später zeigte ihr das Display die Resultate.

»Dreihundertzehntausend Jahre«, sagte sie leise.

»Was?« fragte Neelix. Er zog die Hände von der Lukenkante fort und gestikulierte vage. »Dreihundertzehntausend Jahre *was*?«

Jähe Besorgnis vibrierte in seiner Stimme, prickelte auch in B'Elanna. Sie versuchte, dieses Empfinden zu verdrängen und ebenso ruhig zu sein wie Tuvok. Allmählich wurde ihr klar, warum es Captain Janeway und dem Vulkanier selbst in kritischen Situationen gelang, gelassen zu wirken.

»Wir haben einen dreihundertzehntausend Jahre weiten Zeitsprung in die Vergangenheit des Planeten hinter uns«, sagte die Klingonin.

»Ausgeschlossen.« Neelix wich von ihr fort, bis er mit dem Rücken an den Rumpf des Schiffes stieß. Nervös zupfte er an seinem extravaganten Hemd. »Ich glaube lieber an Geister, wenn Sie gestatten. Stellen wir uns die Leute dort draußen als Phantome vor. Das ist immer noch besser, als sich mit dem Gedanken an eine Zeitreise anzufreunden, oder?«

Torres wußte nicht genau, ob sie dieser Situationsbewertung beipflichten sollte. Die vom Schock verursachte Benommenheit fiel nun von ihr ab, und dafür spürte sie Faszination. Sie erahnte zumindest einen Teil des Zwecks der gewaltigen Anlage, die sie immer mehr beeindruckte.

Bei den Schiffen handelte es sich um Zeit-Shuttles.

Und die Humanoiden ... Sie reisten so durch die Zeit,

als sei das eine alltägliche Sache. Ein Eindruck, der vermutlich nicht täuschte.

Wir haben ein funktionstüchtiges Zeit-Shuttle betreten, fuhr es B'Elanna durch den Sinn. *Und es brachte uns aus der fernen, toten Zukunft hierher.*

»Ich fürchte, wir müssen auf Geister verzichten und uns mit der Zeitreise abfinden. Sie bietet uns die einzige Chance zur Heimkehr.« Torres wandte sich an Kim. »Wir haben den temporalen Sprung des Schiffes irgendwie ausgelöst. Es kommt nun darauf an, die entsprechenden Kontrollen zu finden.«

»Wie wär's, wenn ich ins Schiff zurückkehre und dort warte, bis Ihnen eine Lösung des Problems einfällt?« schlug Neelix vor. »Ich habe ein Nickerchen versäumt und bin sehr müde. Oh, es würde mir nichts ausmachen, Ihre Lösung zu verpassen und in unserer Gegenwart zu erwachen. Das wäre sogar wünschenswert.« Langsam schob er sich in Richtung Luke und behielt dabei die Humanoiden im Auge.

»Rühren Sie nichts an«, sagte B'Elanna. »Suchen Sie einfach nur den Raum auf und setzen Sie sich dort ...« Sie unterbrach sich, als sie vor dem inneren Auge mehrere Bilder sah: Neelix nahm in einem Sessel Platz und lehnte sich zurück; über dem Korridorzugang blinkte ein Indikator ... »Nein, bleiben Sie stehen. Vielleicht befinden sich Sensoren in den Sesseln.«

»Wir bekommen Besuch«, sagte Neelix und deutete über die Rampe. Unten stand einer der Humanoiden: ein hochgewachsener Mann, der einen orangefarbenen Overall trug. Er stemmte die Hände an die Hüften und schütte mißbilligend den Kopf.

B'Elanna musterte den Fremden. Er hatte blaue, weit auseinanderstehende Augen, eine wie plattgedrückt anmutende Nase und mindestens acht Finger. Der Overall täuschte kaum über den breiten, massigen Oberkörper hinweg. Die Statur würde gut zu einem Klingonen passen, fand Torres.

»Es ist Ihnen nicht erlaubt, sich hier aufzuhalten«, sagte der Mann.

B'Elanna steckte den Tricorder ein und breitete die Arme zu einer beschwichtigenden Geste aus. »Das wissen wir«, erwiderte sie. »Aber ...«

»Sie müssen zum Kontrollzentrum mitkommen.«

»Wir würden lieber zurückkehren«, meinte Torres. »Wir haben nicht damit gerechnet ...«

»Ihr Aufenthalt an diesem Ort verstößt gegen die Verordnung acht fünf zwei Komma sechs eins.«

»Das tut uns leid«, sagte Kim. Er warf B'Elanna einen raschen Blick zu. »Wir wollten keine Gesetze übertreten. Durch Zufall lösten wir einen Transfer hierher aus ...«

»Ein Achthunderter-Verstoß erfordert die Präsenz der betreffenden Personen im Kontrollzentrum. Wenn Sie mich nicht freiwillig begleiten, bin ich gezwungen, Gewalt anzuwenden.«

»Oh, wir kommen freiwillig mit!« Neelix hob die Hände, als er aus dem Schiff trat. »Das stimmt doch, Freunde, oder?«

Torres seufzte. Sie wollte nie in Schwierigkeiten geraten, und doch geschah das immer wieder.

»Also los«, sagte der Mann ungeduldig. »Es ist notwendig, daß wir uns so schnell wie möglich um diesen Verstoß kümmern. Dieses Schiff muß die Plattform in spätestens drei Stunden verlassen haben. Dann kehrt die Echtzeit-Einheit zurück.«

B'Elanna sah zu ihren Begleitern und hoffte, daß sie mehr verstanden. Kim zuckte mit den Schultern. Neelix hielt die Hände noch immer hoch erhoben, trat über die Rampe und näherte sich dem Humanoiden. Neben ihm blieb er stehen – er reichte dem seltsamen Mann gerade bis zur Taille.

Torres beobachtete, wie der Fremde Neelix eine Zeitlang musterte. So etwas wie Verwirrung huschte durch seine Züge, die sich gleich darauf wieder glätteten – er schien Neelix' Andersartigkeit für unwichtig zu halten.

»Beeilung«, sagte er, drehte sich um und ging fort. Offenbar rechnete er damit, daß ihm die drei ›Verbrecher‹ folgten.

»Uns bleibt keine Wahl«, sagte B'Elanna. Sie bedeutete Kim, als erster hinter dem Mann im orangefarbenen Overall zu gehen. Anschließend kam Neelix, und sie selbst bildete den Abschluß der Kolonne. Unterwegs prägte sie sich alle Einzelheiten der Umgebung ein – um später zu dem Schiff zurückzufinden, das sie in die Vergangenheit des Planeten gebracht hatte.

Hoffentlich bekommen wir eine Chance zur Rückkehr, dachte sie besorgt.

5

Der Alarm ertönte im warmen Inneren des Hauses auf der Hügelkuppe und weckte Drickel, der auf einer Couch lag und schlief. Schon seit Jahren war der Alarm nicht mehr ausgelöst worden, und er hatte fast vergessen, wie sehr ihm das sanfte Bimmeln auf die Nerven gehen konnte.

»Schon gut, schon gut«, sagte er. »Alarm aus.«

Das Läuten verklang, wich den herrlichen Klängen von Flöten aus der Dritten Ära. Die Melodien stammten von den besten Musikern aus Rollingburgs Zuflucht.

Drickel gähnte herzhaft und setzte sich auf. Die grünen Töne des Wohnzimmers mit den verschiedenen Sitzgruppen erschienen fast übergangslos ins Grün des draußen wuchernden Dschungels überzugehen. Die Wände bestanden zum größten Teil aus breiten Fenstern und gewährten ihm einen Blick auf Dutzende von verschiedenen Tieren. Jenseits des Urwalds ragten zerklüftete Berge empor. Manchmal fokussierte er die Aussicht aufs Gebirge. An anderen Tagen zog er Bereiche tief im Innern des Dschungels vor. Bevor er sich für den Nachmittagsschlaf auf der Couch ausstreckte, hatte er für den Darstellungsfokus eine Ansammlung aus Büschen und Sträuchern gewählt. Nur wenig Licht filterte durch die dichte Vegetation. Das kühle, feuchte Halbdunkel wirkte sehr verlockend, doch Drickel mußte auf einen Alarm reagieren.

Er fluchte lautlos und erweiterte das Panorama. Ein warmer, sonniger Tag bot sich ihm dar, und in der Ferne lockten die Berge. Manchmal erforschte er nach dem Erwachen die oberen Bereiche des Gebirges und richtete den Fokus auf das Funkeln von strömendem Wasser. Mannigfaltigkeit hieß einer der Gründe, die ihn veranlaßt hatten, sich in dieser Ära niederzulassen. Verdammten Alarmen auf den Grund zu gehen… So etwas stimmte ihn zornig.

Nach sechs Komma sieben Jahren Echtzeit konnte er sich noch immer ärgern. Der letzte Alarm hatte fast zwei Tage seiner Echtzeit in Anspruch genommen und ihn gezwungen, eine kalte Ära aufzusuchen, noch dazu während des Winters. Nach der Rückkehr brauchte er fast eine Woche Echtzeit, um das Trauma jener gräßlichen Erfahrung zu überwinden.

Das Abenteuer brachte ihm eine Belobigung ein, die jedoch keinen Ausgleich schuf für die Tage des Frostes. Saunen, Dampfbäder, Holzhacken im heißen Dschungel – selbst damit gelang es ihm nicht, die Kälte aus sich zu vertreiben. Schließlich mußte er medizinische Hilfe in Anspruch nehmen: Ein spezieller Balsam war nötig, um den Winter in seinem Innern zu besiegen.

Es nützte nichts, sich zu beklagen. Etwas hatte einen Alarm ausgelöst, und dieser Umstand zwang ihn, aktiv zu werden. Eigentlich sollte er sich gar nicht darüber ärgern, daß er manchmal eine Aufgabe zu erfüllen hatte. Ohne das Gehalt des Wächters hätte er sich kein so prächtiges Haus leisten können.

Drickel stand auf, streckte sich und lockerte angespannte Muskeln. Vor dem Nickerchen hatte er die ersten Übungen dieses Tages beendet. Sein weiter, grüner Overall roch danach, und das Kopfband klebte an der Stirn.

Mit einem letzten sehnsüchtigen Blick auf den herrlich grünen Dschungel und die Berge in der Ferne wandte er sich einer kleinen Konsole neben der Küchentür zu, um dort einen aus sieben Ziffern bestehenden Code einzugeben. Er verwendete die Konsole jeden Tag, um Bericht zu erstatten. Sie versorgte ihn mit Nahrungsmitteln und Ausrüstungsmaterialien. Ab und zu gab sie ihm Gelegenheit, mit Freunden zu sprechen. Wie dem auch sei: Es fühlte sich seltsam an, erneut den Sicherheitscode einzugeben.

Eine Meldung erschien auf dem Bildschirm. Drickel las das Datum und seufzte. Er befürchtete eine neuerliche Konfrontation mit Kälte und Dunkelheit. Siebeneinhalb Millionen Jahre in der Zukunft. Konnte nicht jemand einen Monat im Sommer wählen, um die Zeitstationen zu manipulieren? Nein, wahrscheinlich nicht.

Nach der Zweiten Expansionsära waren die Stationen aufgegeben worden, und die entsprechenden Schiffe ruhten herrenlos auf ihren Gerüsten. Nun, wenigstens bekam er es nicht mit Leuten aus dem eigenen Volk zu tun. Es gab nur wenige Irre, die sich für einen Abschnitt so weit vorn an der Zeitlinie entschieden, und die meisten von ihnen lebten noch eine Million Jahre weiter in der Zukunft. Es handelte sich um vollkommen verrückte Typen, die aus irgendeinem Grund Gefallen an Wüsten und Trostlosigkeit fanden.

Drickel verabscheute den ihn erwartenden Einsatzort, aber wenigstens war er allein. Seine Artgenossen mischten sich manchmal ein, wenn es um fremde Manipulanten ging. Ihm erschien es besser, allein mit solchen Dingen fertig zu werden.

Vielleicht verdiente er sich mit dieser Sache eine weitere Belobigung.

Das bedeutete eine beträchtliche Erhöhung des Gehalts. Dann konnte er auch im Westflügel des Hauses Panoramafenster installieren lassen.

Genug geträumt. Er mußte sich um den Alarm kümmern. Die Anzeigen der Konsole wiesen ihn darauf hin, daß seit Tausenden von Echtzeitjahren niemand in der Nähe des Auslösezeitpunkts lebte.

Drickel hatte einige Erfahrungen mit der betreffenden Ära. Normalerweise wurden solche Alarme von Planetenspringern ausgelöst, und der Umgang mit ihnen erwies sich immer als problematisch. Zwar hatten sie die Möglichkeit, durchs All zu reisen, was auf einen recht hohen Entwicklungsstand hindeutete. Aber gleichzeitig waren sie noch immer primitiv genug, um sich auf physische Bewegungen zu beschränken.

Nur Planetenspringer hielten die alten Zeitstationen für vollkommen verlassen und glaubten, daß sie geplündert werden konnten. Während seines letzten Aufenthalts in jener Ära hatte Drickel fünf Echtzeittage lang wie eine Dschungelkatze geheult, bis ihm folgendes klar wurde: Die Planetenspringer glaubten, daß die Geräusche vom Wind stammten.

Glücklicherweise kannte er andere Tricks, um die lästigen Planetenspringer in ihre Vakuumschiffe zurückzuschicken.

Er gab den Bestätigungscode ein, und dadurch wußte die Mittlere Zeitkontrolle: Er hatte den Alarm empfangen und reagierte nun auf ihn. Dann drehte er sich um und ging mit langen Schritten durch einen angenehm grünen Flur zum Schlafzimmer. Dort blickte er auf den Bildschirm einer zweiten Konsole.

Natürlich. Region und Jahreszeit ließen fast so niedrige Temperaturen wie beim letzten Einsatz vermuten. Er brauchte seine gesamte warme Kleidung.

»Warum wählen die Unruhestifter nicht Sommer oder Frühling?« murmelte Drickel. »Wäre das zuviel verlangt?«

Niemand antwortete ihm – immerhin lebte er schon seit sechzehn Jahren Echtzeit allein.

Er schob sein Gepäck in die Transportnische des Schlafzimmers, betätigte einige Tasten und bestimmte das Ziel: die nächste Zeitstation. Seine einzige Hoffnung bestand darin, diese Mission möglichst schnell zu beenden.

Im Innern des Gebäudes war es noch wärmer als draußen. Torres strich sich einige Strähnen von der höckrigen Stirn und staunte jetzt darüber, daß sie jemals gefröstelt hatte. Neben ihr schnaufte Kim. Neelix schwieg, zum Glück. Unmittelbar hinter der Tür blieben sie stehen.

Das Gebäude entsprach nicht B'Elannas Erwartungen. Andererseits: Wenn sie jemand gefragt hätte, womit sie rechnete, wäre sie kaum in der Lage gewesen, darauf zu antworten. Verblüfft stellte sie fest, daß es hier von Leuten wimmelte. Es waren so viele, daß sie ihre Individualität verloren und zu einer bunten, lauten Masse verschmolzen, die wie ein Meer wogte. Es wirkte desorientierend, die wellenförmigen Bewegungen der Menge zu beobachten; Torres konzentrierte sich statt dessen aufs Gebäude.

Sie befanden sich nun in einem großen Saal mit Treppen an der Nord- und Südseite. Die Decke war doppelt so hoch wie die an Bord der *Voyager* und glänzte in einem strahlenden Weiß. Das Funkeln ging von winzigen Lampen in den Kacheln aus. Unter normalen Umständen hätte das Weiß sicher dominierend gewirkt, aber seine Herrschaft reichte nur bis zur Schulterhöhe der vielen Leute, wich dort schmutzigen Streifen und Flecken. Zeichnungen bedeckten den Boden. Zuerst hielt B'Elanna sie für ein Äquivalent von Graffiti, doch dann wurde ihr klar, daß es sich um Diagramme handelte: Sie wiesen unerfahrenen Reisenden den Weg zu Nischen, die in verschiedenen Bereichen des Saals Gruppen bildeten.

»Transporternischen«, sagte Kim. So etwas wie Ehrfurcht dämpfte seine Stimme. Er sah in die gleiche Richtung wie Torres.

Sie nickte. Durchsichtige Wände umgaben die Transporter, und es wurde jeweils nur eine Person transferiert. Alles deutete auf die gleichen Funktionsprinzipien wie beim Transporter der *Voyager* hin. Die Nischen präsentierten bunte Farben, und über ihnen leuchteten Hinweisschilder. Man betrat sie an der einen Seite, verließ sie an der anderen. Vor dem Eintreten zögerten die Reisenden nur kurz, um die Tasten eines kleinen Schaltpults zu betätigen – ein oder zwei Sekunden später entmaterialisierten sie. B'Elanna war sehr beeindruckt, als sie sich erinnerte: Die Sensoren der *Voyager* hatten die Ruinen von Tausenden solcher Gebäude geortet.

Vor einigen Nischen bildeten sich kurze Schlangen von Wartenden, und andere wurden nur selten benutzt. B'Elanna vermutete, daß sie Verbindungen zu bestimmten Regionen des Planeten darstellten.

Die Männer und Frauen vor den Nischen wirkten gelangweilt. Torres kannte den Gesichtsausdruck: So sahen Leute aus, die jeden Tag den gleichen Weg nahmen. Fast alle trugen kleine, kofferartige Behälter. Manche reisten mit ihren Familien, andere allein. B'Elanna hatte solche Szenen zahllose Male in der Föderation gesehen. Der Saal stellte ein Verkehrszentrum dar. Die vielen Leute begaben sich von hier aus zu ihren Arbeitsstellen, traten mit Urlaubs- oder Geschäftsreisen an.

Die Shuttles außerhalb dieses Terminals dienten nicht dazu, Passagiere in den Orbit zu bringen – sie ermöglichten einen Transfer durch die Zeit. Woraus folgte: Bei den vielen Leuten handelte es sich um temporale Wanderer. B'Elanna fragte sich, wie eine solche Gesellschaft funktionierte und auf welche Weise sie Paradoxa verhinderte. Warum forderte sie überhaupt derartige Probleme heraus?

Torres wünschte sich Antworten auf ihre Fragen.

Neelix hatte offenbar genug gesehen. Er trat vom einen Bein aufs andere und versuchte, die Aufmerksamkeit des Mannes im orangefarbenen Overall zu erringen. »Bringen Sie uns nach Hause?«

Der Mann musterte Neelix wie ein lästiges Insekt. »Ich bringe Sie zur Mittleren Zeitkontrolle für diese Ära.«

»Ära?« wiederholte Torres.

»Kontrolle?« Neelix wandte sich an Kim. »Die Sache gefällt mir nicht.«

Der Humanoide brummte etwas Unverständliches, drehte sich um und schritt durch die Menge. Er schien den übrigen Anwesenden keine Beachtung zu schenken;

die Reisenden ignorierten sowohl ihn als auch die Landegruppe der *Voyager*.

Torres und Kim mußten sich beeilen, um nicht den Anschluß zu verlieren. Neelix zupfte am Ärmel des Mannes. »Ich glaube, Sie sollten uns besser gehen lassen. Lieutenant Torres kann ziemlich unangenehm werden ...«

»Neelix!« entfuhr es B'Elanna.

»Ich wollte nur darauf hinweisen, daß wir alles andere als harmlos sind. Und daß es uns nicht gefällt, kontrolliert zu werden. Unter solchen Umständen können wir ziemlich unangenehm werden.« Neelix hing noch immer am Ärmel des Mannes, der verärgert auf ihn herabsah.

»Ich glaube nicht, daß wir mit Konsequenzen drohen sollten«, flüsterte Kim. »Bisher ist noch nichts passiert.«

»Wenn etwas passiert ist, dürfte es zu spät sein, oder?« erwiderte Neelix. »Wer auch immer uns kontrollieren will: Er soll wissen, daß wir B'Elanna bei uns haben. Ihrer Geduld sind Grenzen gesetzt. Nicht wahr, B'Elanna?«

Ja, dachte die Klingonin. *Grenzen, die inzwischen fast erreicht sind.*

»Ich bezweifle, daß wir irgend etwas zu befürchten haben«, sagte Torres. »Mittlere Zeitkontrolle ... Ich nehme an, das bezieht sich auf etwas, äh, Durchschnittliches.«

»Auf etwas Durchschnittliches?« entfuhr es Neelix. Er erbleichte. »Halten Sie es für möglich, daß man uns *durchschneiden* will?«

Der Mann im orangefarbenen Overall blieb stehen und löste Neelix' Hand vom Ärmel. »Die Mittlere Zeitkontrolle befaßt sich mit Problemen außerhalb der Echtzeit.«

»Oh«, erwiderte Neelix. »Dann ist ja alles klar.« Er schüttelte verwirrt den Kopf.

Torres gewann allmählich einen klareren Eindruck von der Situation.

»Sie haben eindeutig definierte Zeitperioden?« fragte sie. »Darauf bezogen Sie sich, als Sie von der Zeitkontrolle für diese Ära sprachen, nicht wahr?«

Der Mann nickte und schob sich an einer Familie vorbei. Torres und Kim folgten ihm. Neelix blieb stehen und starrte zu einigen Kindern, die größer waren als er. Dann stellte er fest, daß die anderen den Weg fortgesetzt hatten, und er beeilte sich, um zu ihnen aufzuschließen.

»Wie lang ist eine Ära?« fragte Torres.

»Fünfhunderttausend Jahre«, antwortete der Mann in einem geringschätzigen Tonfall. Offenbar vertrat er die Ansicht, daß über solche Dinge alle Bescheid wissen sollten.

In B'Elanna verdichtete sich unterdessen der Eindruck, das Konzept des Mannes zu verstehen. Wenn die Humanoiden in Ären dachten, dabei zwischen Echtzeit und Mittlerer Zeit unterschieden ...

»Die Echtzeit vergeht für Sie auf die gleiche Weise wie für uns. Sie führt linear in die Zukunft ...«

»Verstreichende Zeit führt immer in die Zukunft. Allerdings: Manchmal reisen wir auf dem Zeitstrom zurück.«

Torres verabscheute den herablassenden Tonfall. Ein Professor an der Akademie hatte auf diese Weise gesprochen und ... ihre Geduld auf eine harte Probe gestellt.

Sie sah zu Neelix und beherrschte sich – um nicht zu beweisen, daß er recht hatte.

»Ich weiß noch immer nicht, warum Sie uns zur Zeitkontrolle bringen wollen.«

»Wahrscheinlich deshalb, weil wir Fremde sind«, sagte Kim. Er warf B'Elanna einen Blick zu, der von tiefem Unbehagen kündete. Die Klingonin verstand seine Empfindungen, denn auch in ihr selbst prickelte Unruhe. Allerdings: Es entsprach ihrem Wesen, Konfrontationen herbeizuführen. Kim hingegen neigte dazu, sich immer zu fügen.

Nur mit meiner Methode können wir hoffen, Antworten zu bekommen, dachte Torres.

»Die Mittlere Zeitkontrolle reguliert den Reiseverkehr«, erwiderte der Mann. Er schien der Meinung zu sein, damit alles erklärt zu haben.

»Na schön«, brummte B'Elanna. Und etwas lauter:

»Wir wollten das Schiff nicht stehlen und sind gern bereit, es Ihnen zu überlassen. Sie brauchen uns nur die Rückkehr zu ermöglichen.«

»Sie können nicht zurück.«

»Vielleicht doch«, warf Neelix ein. »Es wäre gar nicht schwer. Wir betreten das Schiff. Ich nehme in einem Sessel Platz, für ein Nickerchen. Daraufhin wird der Indikator aktiv und ...«

»Nein«, sagte der Mann. »Es ist gegen das Gesetz.«

»Gegen welches Gesetz?« fragte Torres.

»Verordnung acht fünf zwei Komma sechs eins«, entgegnete der Humanoide. »Ich habe bereits darauf hingewiesen.«

»Und die Verordnung regelt was?«

»Den Intraären-Verkehr.«

»Wenn man nicht zwischen den Ären unterwegs sein darf – wie sollen Zeitreisen dann legal sein?« erkundigte sich Kim.

»Die Rede ist von *Intra*ären-Verkehr«, erläuterte Torres. »Man darf nicht innerhalb einer Ära unterwegs sein, oder?« Die Frage richtete sich an den Mann. »Weil dadurch die Echtzeit durcheinandergeriete. Deshalb lassen Sie die Zeit linear verstreichen. Sie leben innerhalb einer Ära und ...«

»Nein. Wir dürfen jede beliebige Ära besuchen. Damit sind die Schwarzen Ären gemeint. Rote Ären sind natürlich verboten.«

»Natürlich«, hauchte Neelix.

B'Elanna bedachte ihn mit einem mahnenden Blick und wandte sich dann wieder an den Wächter. »Aber innerhalb der Ära sind Zeitreisen untersagt. Auf diese Weise beugen Sie Paradoxa vor. Faszinierend.«

»Ich wünschte, ich könnte das Phänomen von meinem Quartier aus untersuchen«, sagte Neelix. »Während ich in einer mit herrlich warmem Wasser gefüllten Badewanne liege. Ich höre schon, wie's plätschert, das dampfende, schaumige Wasser ...«

Kim stieß ihm die Ellenbogen in die Seite, und daraufhin schwieg Neelix.

Torres griff nach dem Arm des Mannes. Der Stoff des orangefarbenen Overalls fühlte sich wie sprödes Papier an. »Hören Sie ... Wir haben nicht absichtlich gegen Ihre Gesetze verstoßen. Ihr Schiff brachte uns hierher. Wir sind bereit, in unsere Epoche zurückzukehren. Mehr noch: Wir *möchten* zurück. Je länger Sie uns in dieser Ära herumführen, desto größer wird die Gefahr, daß wir irgendwelche fatalen Veränderungen bewirken.«

»Das wäre durchaus möglich«, räumte der Humanoide ein. »Die Zeitkontrolle wird darüber entscheiden.« Er blieb vor einer Nische stehen und drückte Tasten, forderte Torres dann mit einem Wink auf, die kleine Kammer zu betreten.

Sie schüttelte den Kopf. »Nein, danke. Wir sollten besser in der Nähe des Schiffes bleiben, das uns hierherbrachte. In der Zukunft wartet man auf uns, und wir ...«

»Für einen weiteren Transfer fehlt Ihnen die Genehmigung«, sagte der Mann, und in seiner Stimme vibrierte fast so etwas wie Panik. »Sie haben bereits einen Zeitsprung innerhalb der Ära hinter sich, und das ist ein schweres Vergehen.«

Schaulustige hatten sich eingefunden und murmelten aufgeregt, als sie von dem Zeitverbrechen hörten.

»Es war ein Unfall«, betonte Torres. »Wir haben das Schiff nicht gestohlen, sondern sind von ihm hierher entführt worden.«

»Darüber befindet die Mittlere Zeitkontrolle. Wenn ich jetzt bitten darf ...« Der Humanoide vollführte eine seltsam vertraute, unter den gegebenen Umständen jedoch völlig unangemessene Geste: Es sah aus, als wollte er Torres auf eine Tanzfläche geleiten.

Die Klingonin sah zu Kim und Neelix. Wie sollte sie sich jetzt verhalten? Mußte sie nachgeben und ihr Schicksal den Entscheidungen einer mysteriösen »Zeitkontrolle«

überlassen – ohne zu wissen, wie man in dieser Kultur mit »Verbrechern« umging?

Sie gab Kim ein Zeichen, bevor ihr Blick wieder zu dem Mann glitt. »Ich glaube, wir gehen jetzt zu der Zeitfähre, mit der wir hier eintrafen. Dreihunderttausend Jahre in der Zukunft umkreist ein Raumschiff diesen Planeten, und dorthin wollen wir zurück. Es liegt uns fern, hier irgendwelche Probleme zu verursachen. Verstanden?«

Der Humanoide starrte sie nur verblüfft und auch besorgt an.

»Leben Sie wohl.« Mit mehr Zuversicht, als sie wirklich spürte, eilte Torres durch den großen Saal. Kim ging links von ihr, und Neelix auf der rechten Seite – er mußte fast laufen, um mit der Klingonin Schritt zu halten.

»Wenn Sie nicht sofort stehenbleiben, bin ich gezwungen, einen Zeitalarm auszulösen«, warnte der Mann. Diese Worte veranlaßten die Schaulustigen, synchron nach Luft zu schnappen.

»Phaser auf Betäubung justieren«, sagte B'Elanna leise zu Kim. »Falls wir getrennt werden ... Begeben Sie sich zum Schiff und sichern Sie es. Alles klar?«

»Ja«, bestätigte der junge Fähnrich.

»Los!« Mit gezücktem Phaser sprintete Torres zur Tür. Reisende sprangen beiseite, und ein fast melodisches Läuten hallte durch den Saal.

B'Elanna passierte die Tür – und sah sich von hundert in orangefarbene Overalls gekleideten Gestalten umringt, die ganz offensichtlich auf sie gewartet hatten. Sie waren mit langläufigen Waffen ausgerüstet.

Auch Kim und Neelix wurden abgefangen.

»Ich dachte, bei Ihnen sind Reisen innerhalb der Ära verboten«, kommentierte B'Elanna das Geschehen.

»Sie haben ein Zeitverbrechen begangen«, sagte der ursprüngliche Wächter.

Torres verharrte, ließ den Phaser fallen und hob langsam die Hände. Kim folgte ihrem Beispiel.

»Das ging schnell«, meinte Neelix.

»Vermutlich hatten wir überhaupt keine Chance«, murmelte Torres. Die Wächter brauchten nur ihren Plan in Erfahrung zu bringen, um anschließend in die Vergangenheit zu reisen und alle notwendigen Gegenmaßnahmen zu ergreifen.

»Wenn Sie mich jetzt bitte begleiten würden ...«, sagte der erste Humanoide. »Sie sind in großen Schwierigkeiten.«

»Das glaube ich auch«, ächzte Neelix.

Torres ließ die Hände wieder sinken und folgte dem Wächter zur Transporternische im Saal. Die Wahrscheinlichkeit dafür, daß sie irgendwann die *Voyager* wiedersahen, hatte sich gerade drastisch reduziert.

6

Kjanders lehnte sich an die Wand des Transportersaals und hinterließ dort Schmutz, der sich in vielen Reisejahrzehnten an seinem Umhang zu einer dicken Patina angesammelt hatte. Und wenn schon. Das Ding diente ohnehin nur zur Tarnung. Er hielt es für besser, wie ein Bürokrat auszusehen, der in Ära 18 arbeitete, als in der Freizeitkleidung von Ära 899 herumzulaufen. Er haßte diese Epoche, weil sie seine Heimat darstellte. Sie bot keinen Platz für Wachstum und Veränderungen, und er brauchte sowohl das eine als auch das andere.

Er benötigte das Abenteuer. Die Sekundenwächter der Zeitkontrolle wußten überhaupt nicht, was es damit auf sich hatte. Für sie war schon der Start eines Zeit-Shuttles abenteuerlich.

Kjanders hatte Hunderte von Ären besucht, bevor man ihm die Reiselizenz entzog, und in jeder einzelnen von ihnen war er bereit gewesen, gute Gelegenheiten zu nutzen. Sein größter Wunsch bestand jedoch darin, etwas anderes zu sehen als diesen Planeten. Er hatte schon des öfteren von Planetenspringern gehört und an sie gedacht, wenn er des Nachts zu den Sternen emporsah. Unterschieden sich all jene Welten von seiner eigenen? Gab es auf ihnen kalte und warme Epochen, Eiszeiten und Hitzeperioden? Existierten dort Geschöpfe, die sich durch die Zeit entwickelten, und Spezies, die nach Jahrhunderttausenden verschwanden? Oder ähnelten sie *dieser* Welt? Waren sie gleichzeitig anders und doch gleich?

Er hätte gern die drei Planetenspringer gefragt, die sich

nun vor der Zeitkontrolle verantworten mußten, aber für jene drei seltsam aussehenden Personen gab es praktisch keine Hoffnung mehr.

Ihr Schicksal war besiegelt, als sie einen Fluchtversuch unternahmen. Sie schienen nicht zu wissen, daß man den Leuten in den orangefarbenen Overalls auf diese Weise nicht entkommen konnte. Wer einen Zeitalarm auslöste, riskierte dadurch eine schnelle Hinrichtung. Kjanders seufzte. Wenigstens erlebten die Fremden ein Abenteuer.

Was ihn betraf: Er beobachtete nur.

Plötzlich fiel ihm etwas ein.

Das Pech der drei Planetenspringer mochte sich als sein Glück erweisen. Er hatte eine Zeitfähre nehmen wollen, obwohl er nicht mehr über eine gültige Lizenz verfügte. Allerdings brauchte er dazu ein Ziel, das nicht von den Wächtern kontrolliert wurde. Schon seit zwei Tagen wartete er in diesem Transportersaal und versuchte, einen Ort zu finden, zu dem er verschwinden konnte – einen Ort, den noch kein anderer Zeitreisender besucht hatte.

Dann erschienen die Planetenspringer.

Dreihunderttausend Jahre. So lautete die Auskunft der hübschen Frau mit der höckrigen Stirn. Und in der Umlaufbahn wartete eine Schiff, mit dem man andere Welten erreichen konnte.

Kjanders wartete, bis sich keine Wächter mehr im Saal aufhielten, ging dann langsam zu der Tür, durch die sie eingetreten waren. Der Gedanke an eine perfekte Flucht faszinierte ihn. Bisher war es ihm gelungen, der Zeitkontrolle zu entgehen – ihre Maßnahmen gegen ihn beschränkten sich auf die Annullierung der Lizenz. Sie hatte ihn nicht gefunden, nur einige Spuren. Auf seine Beziehungen konnte er sich inzwischen kaum mehr verlassen. *Ich habe zuviel gestohlen und in die falsche Ära gebracht,* dachte er. Man suchte nach ihm, und zwar nicht nur wegen der Diebstähle. Es ging dabei auch um die Entführung eines Kontrollschiffes und Zeitreisen innerhalb der gleichen Epoche. Ein sehr unangenehmer Zwischenfall, der ihm jedoch die Möglichkeit gegeben hatte, sich einmal mehr in Sicherheit zu bringen: Er transferierte sich über eine zeitliche Distanz von nur einigen Jahren und erlaubte anschließend die Rückkehr des Schiffes. Bei der Zeitkontrolle glaubte man ihn in der Vergangenheit; die Wächter hielten es für ausgeschlossen, daß er in die Gegenwart seiner eigenen Echtzeit zurückkehrte.

Zuerst hatte er das für eine gute Idee gehalten.

Zwei Echtzeitwochen später sah er die Dinge aus einer anderen Perspektive. Ohne Hilfe saß er hier fest.

Aber jetzt...

Er schlenderte durch die Tür, betrat draußen den warmen Betonboden und sah sich um. Das Shuttle, mit dem die Planetenspringer gekommen waren, fiel ihm sofort auf. Es schien viel älter zu sein als die anderen, und Kjanders staunte darüber, daß es überhaupt zu einem Transfer imstande gewesen war.

Es ruhte auf dem Gerüst einer anderen Fähre. Wenn sie zurückkehrte, reagierte die Sicherheitsautomatik des alten Shuttles und brachte es in die Zukunft zurück, in der das Vakuumschiff der Fremden den Planeten umkreiste.

Wenn sein Plan gelang, gehörte das Schiff bald ihm.

Torres ballte die Fäuste, und klingonische Instinkte bereiteten sie auf den Kampf vor, als sie den Transporter betrat. Das Beamen – ein Vorgang, an den sie sich noch immer nicht ganz gewöhnt hatte – erfolgte innerhalb eines Sekundenbruchteils. Im einen Augenblick sah sie noch den großen Transportersaal, im nächsten ein Zimmer, das mehr eine Höhle zu sein schien.

Neelix materialisierte neben ihr, mit geschlossenen Augen und zur Seite geneigt – offenbar hatte man ihn gestoßen. Unmittelbar nach dem Retransfer wankte er und stützte sich an der Wand ab.

Nach ihm traf Kim mit weit aufgerissenen Augen ein. Aus einem Reflex heraus hatte er Haltung angenommen und wirkte mehr denn je wie ein Starfleet-Offizier.

B'Elanna erinnerte sich plötzlich daran, daß er während des Zwangsaufenthalts im Ocampa-Krankenhaus auf die gleiche Weise reagiert hatte. Erst jetzt wurde ihr klar, daß jene besondere Art von Reserviertheit militärischer Natur war. Nun, bei jener Gelegenheit hatte sie nur reagiert und nicht nachgedacht.

Jetzt blieb sie ruhig genug, um zu überlegen. Und um sich zu fragen, warum sie soviel Aufmerksamkeit erregten.

Dutzende von Personen umringten den Transporter, starrten Torres, Kim und Neelix groß an. In der Kaverne war es heißer als in den Gemeinschaftswüsten von Hafir Minor, aber trotzdem trugen diese Leute dicke Kleidung, schwarz und mit weißem Besatz. Bis zum Kinn reichten die Jacken und Hemden, bis zu den Händen und Fußknöcheln die Ärmel und Hosenbeine. Torres hatte im Saal einige Leute in dieser Aufmachung gesehen, doch die Schuhe bemerkte sie nun zum erstenmal.

Sie wirkten absurd und ähnelten Sandalen, die offenbar aus dem gleichen Material bestanden wie die Wände der Transporternischen. Aber in diesem Fall war es nicht durchsichtig, sondern schwarz getönt. Unter Zehen und Ferse lief die Sohle spitz zu, was bedeutete: Wer solche Schuhe trug, gewann dadurch nicht nur etwa sechs Zentimeter an Größe; er mußte auch ziemlich geschickt sein, um das Gleichgewicht zu wahren. Wer vor solchen Leuten floh, konnte sicher sein, daß ihm die Flucht gelang – vorausgesetzt, er benutzte normale Schuhe.

Torres nahm diese Einzelheiten sofort nach der Rematerialisierung auf und sah sich dann in dem Raum um. Türen gab es nicht, aber dafür schien eine ganze Wand zu fehlen. Computerterminals standen an kleinen, kieferartigen Bäumen, die hier und dort wuchsen. Es standen nur wenige Sessel zur Verfügung. B'Elanna brachte den starrenden Geschöpfen jähes Mitgefühl entgegen. Mit solchen Schuhen den ganzen Tag zu stehen ...

Im Bereich der fehlenden Wand wichen die ›Kiefern‹

einer Baumart, die völlig fremdartig wirkte. Breite Blätter und gewellte Borke deuteten auf tropischen Ursprung hin. Die Pflanzen ragten auch jenseits der Öffnung empor.

Torres dachte daran, einfach loszulaufen, entschied sich dann aber dagegen. Sie wußte nichts von ihrem gegenwärtigen Aufenthaltsort, und außerdem konnten die Wächter jeden Fluchtversuch vereiteln – eine kurze Zeitreise genügte.

Der Mann im orangefarbenen Overall materialisierte neben ihnen.

»Dem Himmel sei Dank«, sagte Neelix. Der menschliche Ausdruck kam ihm glatt über die Lippen. »Ich habe schon befürchtet, daß man uns hier einfach unserem Schicksal überläßt.«

Torres und Kim warfen ihm warnende Blicke zu, die er jedoch ignorierte.

Neelix wandte sich an die Menge der Zuschauer. »Sie behandeln Gäste sicher nicht wie dieser Herr. Er grüßt nicht einmal. Nun, so etwas ist keineswegs bei allen Kulturen üblich, zugegeben, aber es dürfte selbst hier ein Zeichen von Höflichkeit sein. Er verhaftet Besucher und weist dauernd auf irgendwelche Vorschriften hin. Ich frage Sie: Heißt man Fremde auf eine solche Weise willkommen?«

»Neelix«, zischte B'Elanna.

Außer ihr reagierte niemand. Der Wächter trat so aus dem Transporter, als hätte er Neelix überhaupt nicht gehört. Er bahnte sich einen Weg durch die Menge – es erstaunte Torres, daß trotz der Schuhe mit den spitzen Sohlen niemand fiel – und verharrte an der Öffnung.

»Ich rate Ihnen dringend, mir zu folgen«, sagte er.

»Wohin gehen wir?« fragte Torres.

»Zur Zeitkontrolle.«

»Ich habe vermutet, daß wir bereits am Ziel sind.«

»Diese Leute wirken nicht durchschnittlich genug«, flüsterte Neelix.

»Es liegt an den Schuhen«, meinte Kim.

»Fähnrich!« fauchte B'Elanna. Der junge Mann sollte nicht damit beginnen, auf Neelix' schlechte Angewohnheiten einzugehen.

»Dies ist nicht die Zeitkontrolle, nur eine Zwischenstation«, erklärte der Wächter. »Kommen Sie.«

Torres sah Kim und Neelix an, gab ihnen den stummen Befehl, ihr zu folgen. Anschließend setzte sie sich in Bewegung und trat ebenfalls durch die Menge. Einige Leute berührten sie, wahrscheinlich sogar absichtlich. Andere stellten einen Blickkontakt her.

»Nur wenige Personen begeben sich zur Zeitkontrolle«, sagte eine Frau leise.

»Wir sind privilegiert«, erwiderte B'Elanna.

»Zeitverbrechen sind schlimm«, meinte ein Mann.

»Es ist Ihre Schuld«, betonte Neelix. »Wir sind nur hier, weil uns Ihr Schiff entführte, aus der Zukunft hierherbrachte. Andernfalls würden wir uns jetzt um unsere eigenen Angelegenheiten kümmern, in einer Ära, die ...«

Der Wächter wirbelte herum und packte Neelix, bevor er den Satz beenden konnte. Er zog ihn zu sich heran. »Ihr Geplapper ist gefährlich.«

»Sie wollten etwas sagen, das besser unausgesprochen bleibt«, spekulierte Kim.

»Ich sage nie etwas, das man *nicht* sagen sollte«, behauptete Neelix.

Die Hand des Wächters schloß sich fester um seinen Kragen.

»Allerdings sage ich manchmal Dinge, die ich später bereue«, räumte Neelix ein.

Der Mann im orangefarbenen Overall ließ ihn los. »Schweigen Sie jetzt. Und folgen Sie mir.«

Neelix neigte den Kopf, kam der Aufforderung nach und spielte den zerknirschten Gefangenen. Torres ließ die Zuschauer hinter sich zurück, ging zusammen mit Kim durch die breite Öffnung.

Die sonderbaren Bäume rochen nach Wacholder und brennendem Pech – ein verblüffend angenehmes Aroma.

Sie wuchsen an den Wänden, und in einigen Fällen blockierten sie fast den Zugang zu Türen. Gestalten in orangefarbenen Overalls kamen und gingen, bewegten sich mit energischer Zielstrebigkeit. B'Elanna bemerkte auch einige in Schwarz gekleidete Personen.

»Die Schuhe...« Neelix schloß zu dem Wächter auf. »Stellen sie eine Strafe für etwas dar?«

Der Mann blickte auf den kleinen Alien hinab. »Sie sollten doch still sein.«

»Ich habe nur eine harmlose Frage gestellt.«

Ein anderer Wächter trat an Kims Seite. »Die Schuhe sind ein Statussymbol. Sie weisen um so mehr Verzierungen auf, je weniger die betreffende Person gehen muß.«

Torres hielt nicht viel von Schmuck an den Füßen. Solche Dinge spielten ohnehin keine Rolle für sie – einen wahren Sinn sah sie nur in praktischen Gegenständen.

Der zweite Wächter erwies sich als so dünne Frau, daß sie fast die Bezeichnung ausgezehrt verdiente. Weitere Männer und Frauen in orangefarbenen Overalls schlossen sich ihnen an – bis sich Torres als Teil einer Invasionstruppe fühlte.

Schließlich gelangten sie zu einer Abzweigung, und kurz darauf erreichten sie einen weiteren Raum. Hier gab es keine Bäume mehr, doch der durchdringende Geruch blieb noch eine Zeitlang in B'Elannas Nase.

Diese Kammer erinnerte sie an einen Shuttlehangar: hohe Decke, viel Platz, die Wände glatter als in den anderen Räumen. Der flache Boden bestand hier nicht aus Erde, sondern einem betonartigen Material.

Einige Dutzend Meter entfernt stand eine Miniaturversion des Schiffes, das Torres und ihre beiden Begleiter in diese Zeit gebracht hatte. Es fehlten lange Landebeine, und die Rampe führte zur einen Seite. Der Umfang war ein ganzes Stück geringer; vermutlich fanden in dieser Zeitfähre keine hundert Passagiere Platz.

B'Elanna blieb am Beginn des Betonbodens stehen. »Ich

hoffe, das Schiff dort soll uns in unsere Zeit zurückbringen.«

»Es wäre wundervoll«, ließ sich Neelix vernehmen. »Um ganz ehrlich zu sein: Neue Schiffe sind mir viel lieber. Weil sie mehr Zuverlässigkeit bieten. Begleiten Sie uns in die Zukunft. Dort stelle ich ihnen meine liebe Kes vor, und dann brechen wir auf. Ohne jemals zurückzukehren. Ich garantiere es. Ich versichere Ihnen, daß es uns nie in den Sinn käme, jemandem Unannehmlichkeiten zu bereiten...«

»Auf diese Weise erreichen wir die Zeitkontrolle«, sagte der erste Wächter.

»Ich fürchte, wir können Ihre Hilfe nur dann annehmen, wenn Sie uns dreihunderttausend Jahre in die Zukunft bringen«, erwiderte Torres. Sie bedauerte, daß Tuvok nicht zugegen war. Seine Ruhe und Gelassenheit hätte sie jetzt gut gebrauchen können.

»Wir versuchen nicht, Ihnen zu helfen. Sie haben ein Zeitverbrechen begangen.«

»Wir hatten überhaupt keine Ahnung, daß uns Ihr Schiff ausgerechnet hierherbringen würde«, platzte es aus Torres heraus. »Es war auf einen Transfer hierher programmiert. Mit anderen Worten: Das Problem liegt bei der Zeitfähre, nicht bei uns. Bringen Sie uns nach Hause. Wir versprechen Ihnen, daß wir nicht noch einmal hierherkommen.«

Die Frau neben Kim griff abrupt nach seinem Arm.

»He!« entfuhr es dem Fähnrich. »Ich habe mich doch noch gar nicht von der Stelle gerührt!«

B'Elanna sah ihn an. »Es hätte auch keinen Zweck«, brummte sie. »Selbst wenn es gelänge, das Shuttle zu übernehmen: Wahrscheinlich könnten wir gar keinen temporalen Transfer einleiten. Diese Zeitfähre scheint sich erheblich von dem Schiff zu unterscheiden, mit dem wir hierherkamen.«

»Die Zeitkontrolle erwartet Sie«, sagte der erste Wächter.

»Soll sie sich noch ein wenig länger gedulden«, entgegnete Torres. »Wenn wir einen Transfer beschließen, so brauchen Sie im Zeitstrom nur ein kleines Stück zurückzukehren.«

Die orangefarbenen Gestalten schnauften und wirkten ebenso schockiert wie Starfleet-Offiziere, wenn Akademie-Studenten in ein besonders großes Fettnäpfchen traten.

»Offenbar habe ich was Falsches gesagt«, vermutete die Klingonin.

»Es handelt sich um einen Verstoß gegen Verordnung sechs sechs eins Komma drei drei«, erklärte der erste Wächter.

»Zum Glück sind Sechshunderter-Vergehen nicht so schwerwiegend«, fügte die Frau neben Kim hinzu.

Der erste Wächter wandte sich an seine Kollegin. »Wir könnten die Sache auf nervliche Anspannung zurückführen und übersehen.«

Die Frau nickte. »Warten wir ab, wie das Verhör bei der Zeitkontrolle läuft. Sie wissen ja, wie sehr man dort verbale Verbrechen verabscheut. Übrigens kann es strafbar sein, ein geringfügiges Vergehen nicht zu melden. Die Verordnungen der neuen Zwölfhunderter-Serie ...«

»Ist bei diesen Leuten alles numeriert?« stöhnte Neelix. »Mir wird ganz schwindelig von so viel Mathematik.«

»... verlangen ständige Überwachung von ...«

»Bisher hat es noch keine echte Mathematik gegeben«, sagte Kim.

»... umfangreiche Dokumentation ...«

»Man denke nur an unsere Zeitreise«, meinte Neelix. »Dreihunderttausend Jahre. Haben Sie eine echte Vorstellung davon, wie groß ein solcher Zeitraum ist? Einmal habe ich dreihunderttausend Lisernsamen aus einem utekischen Transporter geholt, und die Dinger füllten meine Frachtkammer bis zur Decke. Eine Woche brauchte ich, um sie alle zu zählen.«

»… und deshalb sollten wir den Verstoß zu Protokoll geben«, beendete die Frau ihren Vortrag.

Torres rollte mit den Augen. Begriffen ihre beide Begleiter nicht den Ernst der Lage? »Ich glaube, wir sollten wirklich still sein«, wandte sie sich an Kim und Neelix.

»Gute Idee«, sagte ein dritter Wächter, der neben B'Elanna stand. »Meine Kollegen irren sich nämlich. Verordnung sechs sechs eins Komma drei drei betrifft in erster Linie scherzhafte Bemerkungen in Hinsicht auf den Zeitstrom. Allerdings: Wer mehr als drei Personen gegenüber ein Verbrechen anregt, noch dazu in Anwesenheit von Beamten der Zeitpatrouille, verstößt gegen die Bestimmungen der Vierhunderter-Serie, insbesondere gegen die Verordnung vier eins zwei Komma eins eins. Natürlich könnten wir auch vier acht sechs Komma neun null hinzufügen, sofern es Anstachelung zum Aufruhr betrifft …«

»Genug!« warf Torres hastig ein. »Führen Sie uns endlich zum verdammten Shuttle.«

Die Wächter musterten sich gegenseitig und blieben auch weiterhin stehen. Die Frau neben Kim räusperte sich. »Von welchen Verstößen sollen wir ausgehen? Von der Vierhunderter-, Achthunderter- oder Sechshunderter-Serie?«

»Wir lassen am besten die Zeitkontrolle darüber entscheiden«, meinte der erste Wächter.

»Ich bitte um Entschuldigung«, sagte Kim.

Alle sahen ihn an, auch Neelix, der den Atem anzuhalten schien.

»Könnten Sie uns nicht einmal dann helfen, wenn Sie es wollten?«

»Wir sind für Verstöße gegen die Sechshunderter-Verordnungen zuständig«, sagte die Frau stolz.

»Wir entscheiden, wer zur Zeitkontrolle gebracht wird und wer nicht«, verkündete der erste Wächter.

»Ich will auf folgendes hinaus …« Kim warf Torres einen kurzen Blick zu, und sie stellte fest, daß in seinen

Augen so etwas wie Panik flackerte. »Ist jemand von Ihnen befugt, uns in unsere eigene Zeit zurückzuschicken?«

»Natürlich nicht!«

»Nein!«

»Wer hätte ein Interesse daran?«

Fast alle Wächter gaben eine der ersten beiden Antworten. Nur die Frau fiel aus dem Rahmen.

»Ich dachte, Ihnen stünde eine Beförderung zur Zeitkontrolle bevor«, sagte der erste Wächter zu ihr.

Sie schüttelte den Kopf. »Ich habe den Antrag zurückgezogen.«

»Aber Sie bekämen eine beträchtliche Gehaltserhöhung«, gab ein anderer Wächter zu bedenken.

»Und wenn schon«, erwiderte die Frau. »Man müßte einen großen Teil der beruflichen Laufbahn außerhalb der Ären verbringen. Und von einigen Mitgliedern der Zeitkontrolle verlangt man sogar, auf Familien zu verzichten...«

»Können wir jetzt gehen?« fragte Torres.

»Eine Erklärung käme einem Verstoß gegen die Sechshunderter-Verordnungen gleich, aber es genügt der Hinweis...«

»He!« B'Elanna hob die Stimme und wiederholte: »Können wir jetzt gehen?«

»Ich schätze, selbst eine Verdopplung unseres Gehalts wäre nicht die Mühe wert...«

»Muß ich noch einmal gegen die Vierhunderter-Vorschriften verstoßen?« fragte Torres. Lauter konnte man nicht sprechen, ohne zu schreien.

Die Wächter unterbrachen ihr Gespräch und sahen sie an. Die Frau öffnete und schloß mehrmals den Mund, ohne einen Ton von sich zu geben.

»Ich würde gern die Leute von der Zeitkontrolle kennenlernen«, fuhr B'Elanna fort. »Dorthin wollten wir, bevor Sie mit Ihrem Schwätzchen begannen. Wie wär's, wenn wir den Weg jetzt fortsetzen?«

»Natürlich«, meinte der erste Wächter. In seiner Stimme erklang eine gewisse Betroffenheit.

Er führte sie die Rampe hoch. Kim beugte sich zu Torres. »Was haben Sie vor?« flüsterte er.

»Dies sind nur engstirnige Beamte. Wir müssen einen Ort aufsuchen, wo Entscheidungen getroffen werden.«

»Bravo!« lobte Neelix.

Sie betraten das Schiff, und dort stellte sich heraus, daß B'Elanna richtig vermutet hatte: Es bot weitaus weniger Platz – nur zehn Sessel waren an den Wänden installiert. Sechs Wächter begleiteten die ›Zeitverbrecher‹ ins Innere des Shuttles, und unter ihnen befand sich zum Glück nicht die geschwätzige Frau. Der erste Wächter bedeutete Torres, Kim und Neelix, auf den Sitzen in der Mitte Platz zu nehmen.

Wenige Sekunden später schloß sich die Luke.

Die Sessel waren angenehm gepolstert, aber nicht zu weich. B'Elanna rutschte von einer Seite zur anderen und versuchte, eine bequeme Position zu finden. Sie erstarrte förmlich, als das Schiff kurz erzitterte, aufstieg und fast sofort wieder sank.

Das Herz klopfte der Klingonin bis zum Hals empor, und sie schluckte hart. *Ruhig bleiben,* dachte sie. *Ganz ruhig bleiben.* Sie stellte sich Tuvok in einer solchen Situation vor und versuchte, seine unerschütterliche Gelassenheit nachzuahmen.

»Nun, wie viele Jahre weit sind wir gereist?« fragte B'Elanna und sprach so beiläufig, als hätte sie kaum Interesse an der Antwort.

Der erste Humanoide stand auf. »Unser Transfer führte über einen Zeitraum von vierhundertvierundvierzig Millionen und fünfhunderttausend Jahre.«

Torres konnte es kaum fassen. Ihr fiel plötzlich das Atmen schwer. »Was?«

Die Luke öffnete sich mit einem leisen Zischen.

»Wie viele Nullen hat eine solche Zahl?« wandte sich Neelix an Kim.

Der Fähnrich schüttelte den Kopf.

Neelix hob die rechte Hand, zählte mehrmals die Finger, benutzte Daumen und Zeigefinger der linken Hand. Nach einer Weile blickte er zu B'Elanna auf, und diesmal zeigte sich nur Ernst in seinen Zügen. Die Härchen an den Wangen hatten sich aufgerichtet, und die Flecken schienen dunkler geworden zu sein.

»Jetzt verstehe ich, was Sie und die anderen Besatzungsmitglieder der *Voyager* so weit von der Heimat entfernt empfinden«, sagte er leise.

7

Das Paar weiter oben auf der Rampe hatte drei Kinder und mindestens viermal soviel Gepäck, wie es für eine Ära mit warmem Klima zulässig war. Drickel wartete weiter unten, während die Familie ihre Sachen sortierte: Die meisten Gegenstände steckten in einfachen Netztaschen, die viel zu leicht rissen. Er beobachtete, wie die Mutter zum Transporter eilte und sich unterwegs bei den anderen Passagieren entschuldigte. Sie gab ihren persönlichen Code ein, betätigte eine falsche Taste, fluchte leise und wiederholte den Vorgang. Als die Taschen entmaterialisierten, lief sie wieder die Rampe hoch, entschuldigte sich erneut und kehrte zu ihrer Familie zurück. Einige Beamte, die nach derartigen Verstößen gegen die Vorschriften Ausschau hielten, winkten die übrigen Reisenden weiter.

Das Shuttle war voll, aber niemand brauchte zu stehen. Drickel lehnte sich im Sessel zurück, schlug die Beine übereinander und verschränkte die Arme. Seiner schlichten Uniform schenkte man nur beiläufige Aufmerksamkeit. Da er praktische Schuhe und einfache Kleidung trug, hielt man ihn für einen unwichtigen Bürokraten. Nun, wer genauer darüber nachdachte, mußte zu dem Schluß gelangen, daß er einer besonders aufregenden Arbeit nachging.

Aber kaum jemand vergeudete einen Gedanken daran. Außerdem: Die Wahrscheinlichkeit, eine bestimmte Person wiederzusehen, war äußerst gering. Deshalb ignorierte man sich.

Die Fähre startete und landete zweimal, bevor Drickel

sein Ziel erreichte, doch nur wenige Leute – die meisten von ihnen trugen orangefarbene Overalls – stiegen aus. Er war zur zentralen Shuttlestation der Ära 889 unterwegs. Die meisten anderen Reisenden wollten weiter den Zeitstrom hinauf, zu Epochen, die sich besser für einen Familienausflug eigneten.

Mit geschlossenen Augen legte er Millionen von Jahren zurück. Seit sechs Komma sieben Echtzeitjahren hatte er kein Shuttle mehr benutzt, aber jede einzelne Bewegung erschien nach wie vor vertraut. Er glaubte sich fast imstande, den Kurs mit geschlossenen Augen zu programmieren.

Als die Fähre in 889 landete, stieg Drickel allein aus. Das überraschte ihn nicht. In all den Echtzeitjahren seines Dienstes als Wächter hatte ihn nie jemand begleitet, wenn er das Shuttle in dieser Ära verließ.

Er schritt über die Rampe und erinnerte sich daran, warum er diese Station nicht mochte: Er haßte die hiesige Luft. Sie war viel zu trocken. Am Einsatzort ging's noch viel schlimmer zu. Dort riskierte er, daß ihm die Nase völlig austrocknete. Und er mußte sich Creme auf die Lippen streichen, damit sie nicht platzten und bluteten.

Seine Arbeit bestand darin, auf Alarme zu reagieren und die verlassenen Shuttlestationen in fünfzig verschiedenen Epochen zu bewachen. Die besseren Ären erforderten seine Aufmerksamkeit nur sehr selten. Meistens mußte er die schwierigen aufsuchen, die alle mieden, selbst Forscher und Wissenschaftler.

Achthundertneunundachtzig Echtzeit ging noch. Aber dreihunderttausend Jahre weiter in der Zukunft wurde es wirklich ungemütlich.

Drickel trat von der Rampe herunter und gewann den Eindruck, daß ihm langsam die Augen austrockneten. Der Nachmittag war warm, fast heiß, und die hohe Temperatur weckte in ihm Sehnsucht nach dem Dschungel, nach der Feuchtigkeit im grünen Dickicht. Er stellte sich vor, wie sie ihn umhüllte, einer freundlichen Präsenz gleich empfing. Hier schien die Luft ein Feind zu sein, der seine Lebenskraft stahl, ohne irgendeine Gegenleistung anzubieten.

Er verharrte kurz, um sich wieder an die Gegenwart von anderen Personen zu gewöhnen. Sie umflossen ihn wie Wasser einen Stein. Viele von ihnen trugen die für Regierungsarbeiter typische blaue und purpurne Kleidung. Hier und dort wankte jemand mit Schuhen, deren Sohlen spitz zuliefen; jene Leute ließen keinen Zweifel daran, wie sehr sie öffentliche Transportmittel verabscheuten.

Die große Mehrheit bestand aus Beamten der Mittelklasse: Sie verdienten gerade genug Geld, um den Anschein zu erwecken, mehr zu verdienen. Die wirklich wichtigen Personen blieben den meisten Bürgern verborgen. Sie kamen nicht auf den Gedanken, mit teurer Kleidung Eindruck zu schinden oder anzugeben, indem sie demonstrativ viel Geld ausgaben. Drickel stellte sich gern als einer von ihnen vor – nur daheim gönnte er sich Luxus –, obgleich er wußte, daß er kaum mehr als eine Stufe über diesen Leuten stand. Der Unterschied zwischen ihm und ihnen betraf in erster Linie Informationen. Sie wußten, was die Zukunft bringen würde.

Doch er hatte sie mit eigenen Augen gesehen.

Oft.

Die Nähe vieler Personen führte bei Drickel immer zu einer gewissen Benommenheit. Er zwang sich, die trockene Luft tief einzuatmen, während er das allgemeine Geschehen beobachtete. Eigentlich konnte er sogar von Glück sagen, daß man ihn nach 889 gerufen hatte. Die beliebten Epochen zeichneten sich durch dreimal so große Stationen aus. Hier starteten die meisten Shuttles, obwohl nicht mehr als fünfundzwanzig Prozent der Plätze an Bord belegt waren. Kein Wunder, fand Drickel. Er konnte sich nicht vorstellen, was jemanden dazu bewog, diese Ära zu besuchen oder gar in ihr zu leben. Doch ganz offensichtlich war sie die Heimat von Millionen.

Langsam wanderte er durch die heiße, trockene Luft zum nächsten Transportergebäude, ohne sich von der allgemeinen Hektik anstecken zu lassen. Er hatte schon vor Jahren die Erfahrung gemacht, daß sich Eile nicht lohnte. Das galt insbesondere für seine Arbeit.

Er betrat das Gebäude und schnitt eine Grimasse – hier war die Luft noch wärmer und roch schlechter. Passagiere verschwanden in Transporternischen oder verließen sie. Die Gesichter der Reisenden veränderten sich, aber ihre Bewegungsmuster blieben immer gleich. Das Summen und Brummen der Gespräche glich einer einförmigen Melodie, die gelegentlich durch kurze Stille oder einen lauteren Moment unterbrochen wurde. Drickel ging an Wartenden vorbei zu einer Nische, die außer Betrieb zu sein schien – in Wirklichkeit war sie für Wartungstechniker und Personal reserviert. An der Konsole gab er seinen persönlichen Code ein und verharrte auf dem Transferfeld.

Die Geräusche im Saal verstummten plötzlich. Angenehme Lautlosigkeit herrschte etwa eine halbe Sekunde lang, um dann dem Summen von Maschinen und Klacken von Schlüsseln zu weichen. Drickel befand sich nun etwa einen Kilometer unter der Shuttlestation.

Er blinzelte und sah sich verblüfft um. Die Bürokraten saßen nicht an den Computern. Die meisten von ihnen hielten spitz zulaufende Gläser in den Händen – sie paßten zu den Schuhen – und tranken aus Schwarzbohnen hergestelltes Zuckerwasser. Mit gedämpften Stimmen unterhielten sie sich. Bei ihrer Kleidung fielen ein hoher Kragen und enganliegende Ärmel auf. Diese Merkmale symbolisierten die Rolle der Beamten: Sie übten eine restriktive Funktion aus, die nur deshalb notwendig war, weil gewisse Leute auf den Gedanken kommen konnten, gewisse Dinge auszunutzen.

Drickel trat vom Transferfeld herunter und in einen Raum, der nach Kiefern roch. Er hatte dieses Aroma immer mit irgendwelchen Duftstoffen in Verbindung gebracht, doch hier wuchsen tatsächlich Pflanzen. Im Korridor sah er kleine Aleisenbäume, und noch etwas weiter entfernt ragten Farne aus den Felswänden. Hier und dort standen Computerterminals neben den Bäumen; die wenigen Sessel waren alle besetzt.

Bei dieser Anlage handelte es sich um die Shuttlekontrolle für Ära 889; gleichzeitig stellte sie eine Verbindung zur Mittleren Zeitkontrolle in Ära Eins dar. Die zweihundert hier tätigen Männer und Frauen sorgten dafür, daß Fähren genau den Punkt im Zeitstrom erreichten, für den sie programmiert waren. Dieser Kontrollraum bildete zusammen mit den vielen anderen – in jeder Epoche gab es einen – das Herz einer Gesellschaft, die sich über eine Milliarde Jahre hinweg erstreckte.

Drickel fühlte sich hier wohler als in den Kontrollräumen der übrigen Ären. Er mochte die Pflanzen und das Gefühl der Wärme. Die hier tätigen Leute hatten ihrem Arbeitsplatz eine angenehme, freundliche Atmosphäre gegeben. In einigen Fällen bestanden die entsprechenden Kontrollzentren nur aus nackten Höhlen, in denen man einige Computerkonsolen installiert hatte. Jene Räume fand Drickel dunkel, kalt, und bedrückend. Er fragte sich, wie jemand in ihnen arbeiten konnte.

»Hallo, Drickel – es ist viel Echtzeit vergangen.« Ein untersetzter Mann, der eine mindestens hundert Zentimeter hohe rote Perücke trug, stellte sein Zuckerwasserglas neben einen kleinen Baum und streckte die Hand aus.

»Etwa dreizehn Jahre, Rot.« Drickel klemmte sich die Reisetasche unter den anderen Arm, ergriff die dargebotene Hand und drückte fest zu. Er hatte ganz vergessen, wie sein Name klang, wenn ihn eine andere Person aussprach. Rot war ein alter Bekannter. Den Spitznamen verdankte er seiner Vorliebe für rote Perücken. »Sie sehen jung aus. Leben Sie noch immer in Eins bei den Massen?«

Rot lachte. »Meine Güte, das sind vielleicht Erinnerungen ... Nach der Beförderung ließ ich mich in Acht-Sieben nieder, in der Südlichen Stadt. Auch dort ist es recht eng, aber nicht so wie in Eins.«

»Sie sollten einmal das Leben in der Wildnis ausprobieren«, meinte Drickel. Er vermißte es bereits.

»Das sagt auch meine Frau. Tja, wer weiß?« Rot zuckte mit den Achseln und sah sich um. »Sie haben eine Menge Aufregung verpaßt. Heute morgen hatten wir einen echten Zeitalarm.«

»Soll das ein Witz sein?« erwiderte Drickel. In all seinen Dienstjahren war nie ein richtiger Zeitalarm ausgelöst worden. Kein Wunder, daß niemand arbeitete. Von einem solchen Tag konnte man noch den Enkeln erzählen. »Was ist passiert?«

»Mehrere Verstöße gegen die Verordnungen«, antwortete Rot. »Gleich vier, wie ich hörte.«

»Vier Personen?«

»Nein. Vier Verstöße, bevor die betreffenden Leute zur Kontrolle gebracht werden konnten. Es geht dabei auch um ein Achthunderter-Vergehen.«

Drickel spürte, wie es ihm kalt über den Rücken lief. Achthunderter-Vergehen waren sehr ernst. »Physische Gewalt?«

»Und ob. Es ging richtig rund.« In Rots normalerweise ruhig blickenden Augen funkelte es – solche Aufregung hatte es hier noch nie gegeben. »Drei Planetenspringer versuchten, ein Ärashuttle zu stehlen. Wir haben eine aus sechzig Wächtern bestehende Einsatzgruppe in die Vergangenheit geschickt, um ihren Plan zu vereiteln. Die Mittlere Zeitkontrolle transferierte die Gefangenen sofort zur Ersten – nach einem Zwischenstopp bei uns.«

»Es dauerte lange genug, um den Fremden Gelegenheit für zwei weitere Vierhunderter-Verstöße zu geben!« rief jemand. Offenbar war der Zwischenfall hier schon seit einer ganzen Weile Thema Nummer Eins.

Drickel schüttelte verwundert den Kopf. Ein kurzer Transfer in die Vergangenheit... Dieses Mittel brachte erhebliche Risiken mit sich und wurde daher nur selten verwendet. Offenbar hatte man die Situation bei der Zeitkontrolle für sehr gefährlich gehalten. Er fragte sich, ob er die Einzelheiten erfahren konnte. Wahrscheinlich nicht. Er setzte den Weg fort, lehnte höflich ab, als man ihm ein Glas anbot, und näherte sich einem Tunnel.

Rot blieb an seiner Seite. Drickel legte keinen großen Wert auf Freundschaften; andernfalls hätte der Mann mit der roten Perücke ein guter Freund sein können.

»Was führt Sie zur guten alten Achthundertneunundachtzig?« fragte Rot.

»Ein Problem in der Vornzeit. Ich soll dabei helfen, es zu lösen.«

Rot sah sich um – niemand lauschte. »Ich bin jetzt auch befugt, mich mit Vornzeit-Problemen zu befassen. Kommen Sie.« Er führte seinen Begleiter zum rückwärtigen Bereich des großen Raums, an Computern und Bäumen vorbei.

»Die Beförderung hat Ihnen einen Platz im Hinterzimmer beschert, wie?« So nannte man den Hochsicherheitstrakt der Zeitkontrolle: *Hinterzimmer*. Dabei handelt es sich um den Teil der Kontrolle, für den auch Drickel arbeitete. Nur wenige Personen in jeder Ära wußten um die Beschaffenheit der Echtzeitzukunft. Auch aus diesem Grund waren Reisen innerhalb einer fünfhunderttausend Jahre umfassenden Epoche verboten. Wenn Dinge über die Nahe Zukunft bekannt wurden, bestand große Gefahr für die Stabilität der Gesellschaft.

»Ja.« Rot schüttelte den Kopf. »Manchmal bedauere ich, daß man mir von der Geschichtsstruktur in der Zukunft und so weiter erzählt hat. Wenn ich nichts davon wüßte, könnte ich bestimmt besser schlafen.«

Drickel nickte stumm, obgleich er genug Aufträge in der Vornzeit erledigt hatte, um die Nahe Zukunft nicht mehr zu fürchten. Jetzt klagte er nur noch darüber, in Gedanken – es war verboten, mit jemandem darüber zu reden, der keinen Zugang zum Hinterzimmer hatte.

Rot verharrte an einer Tür mit der Aufschrift ZUTRITT

VERBOTEN, wandte sich einem kleinen Tastenfeld zu und tippte seinen Code. Anschließend preßte er die Hand an den Scanner, woraufhin eine orangefarbene Kontrollampe blinkte. Bei Drickel wiederholte sich der Vorgang, und kurz darauf glitt die Tür beiseite.

Vor den beiden Männern erstreckte sich ein langer, steinerner Gang ohne irgendwelche Verzierungen. Kühle Luft wehte ihnen entgegen. Drickel schauderte, wie immer, wenn er das Hinterzimmer betrat.

»Sind Sie schon einmal in der Vornzeit gewesen?« fragte er, als sie durch den Korridor schritten.

Rot nickte. »Nur einmal. Mein Retransfer fand kurz nach dem Zweiten Exodus statt. Die schreckliche Leere ... Ich habe deshalb noch immer Alpträume.«

»Mein Ziel liegt noch fünfzigtausend Jahre weiter in der Zukunft. Ich bin schon einige Male dort gewesen. Fast alles ist weg, abgesehen von den alten Schiffen. Planetenspringer pfuschen daran herum. Ich hab's allmählich satt.«

»Gibt es in jener Zeit überhaupt nichts Lebendiges?« fragte Rot.

»Nein«, erwiderte Drickel, als sie das Ende des Tunnels erreichten. Dort öffnete sich eine massive Tür. »Es ist zu kalt und trocken. Der ganze Planet kommt einer Wüste gleich.«

»Erstaunlich«, kommentierte Rot.

»Eigentlich nicht. Während des Zweiten Exodus brachen alle auf, und die Ärashuttles wurden außer Dienst gestellt.« Drickel musterte Rot und bemerkte in seinem Gesicht eine Reaktion, die er aus dem eigenen Innern kannte. Der einzige Unterschied bestand darin, daß Drickel viel mehr Echtzeit hatte, um darüber nachzudenken.

»Überlegen Sie mal, Rot«, sagte er. »Wir können jetzt an jeder beliebigen Stelle des Zeitstroms leben, und in manchen Epochen halten sich ziemlich viele Leute auf. Wenn man in der gleichen Ära ohne die Gesellschaft anderer

Personen leben könnte … Viele von uns würden eine solche Möglichkeit nutzen. Als man die Dimensionsverschiebungen entdeckte, hat man sie vermutlich für eine Art Wunder gehalten. Über zweieinhalb Millionen verschiedene unbewohnte Welten pro Ära. Wenn man eine solche Wahl hat … Liegt es dann nicht nahe, eine Dimension mit weniger Bewohnern zu wählen? Oder eine völlig leere? Stellen Sie es sich vor: Wie wäre es, einen ganzen Planeten für sich allein zu haben?«

»Ich kann mir keine anderen Dimensionen vorstellen, erst recht nicht zweieinhalb Millionen von ihnen«, entgegnete Rot. »Manchmal frage ich mich: Was geschähe, wenn eins meiner Kinder einen Dimensionswechsel durchführt, ohne mir Bescheid zu geben? Wie sollte ich es wiederfinden?«

»Die Zeitkontrolle wäre in der Lage, verschwundene Söhne und Töchter zu lokalisieren«, sagte Drickel fest, obwohl er nicht ganz so sicher war. »Darin besteht unsere Aufgabe.«

»Ja«, murmelte Rot, doch es gelang ihm nicht, den Zweifel aus seiner Stimme zu verbannen.

Sie betraten eine kleine Kammer, in der es nach konzentriertem Zuckerwasser roch. Ein großer Farn verwehrte den Blick auf einen Teil des Schreibtischs, hinter dem sich eine installierte Kontrollstation zeigte. An der anderen Wand stand eine schlittenartige Vorrichtung mit einem gepolsterten Sitz – eine persönliche Zeitfähre.

An dem Tisch saß eine Frau, die auf hohen Kragen und enge Ärmel verzichtete. Sie trug eine Hose, deren Beine an den Fußknöcheln zusammengeschnürt waren, außerdem Schuhe mit spitzen Sohlen – die bei ihr hervorragend aussahen. Die junge Dame lächelte, als sich Drickel vorstellte. Ihr Name lautete Noughi, und wenn es nicht um einen Alarm gegangen wäre … Dann hätte er vielleicht einige kostbare Echtzeitminuten in den Versuch investiert, sie etwas besser kennenzulernen.

»Kurz vor Ihrer Ankunft hat die hiesige Station neuerliche Aktivität registriert«, sagte Noughi. »Allerdings gibt es eine gewisse Entfernung zwischen dem entsprechenden temporalen Punkt und dem Bereich Ihres Retransfers.«

Drickel nickte. Die Planetenspringer schufen neuerliche Unruhe. Manchmal kam es nach dem ersten Alarm zu weiteren kritischen Momenten. »Wie groß ist die Distanz in Echtzeit?«

»Der Retransfer erfolgt eine Stunde nach dem ersten Alarm. Ich habe versucht, Ihren Einsatz früher zu ermöglichen, aber die Zeitkontrolle lehnt es aus irgendeinem Grund ab.«

Wegen der Vorschriften. Und wegen anderer Dinge. »Steht das unterirdische Shuttle in jener Epoche zur Verfügung?«

Noughi schüttelte den Kopf. »Nein. Aber die meisten Tunnel sind zugänglich. Haben Sie einen persönlichen Transporter, falls die eine oder andere Höhle eingestürzt sein sollte?«

Drickel klopfte auf den Gürtel und hob die Reisetasche. »Ich habe die ganze Trickkiste dabei.«

»Klingt nach einem netten Ausflug«, meinte Rot.

»Auf diese Weise verdiene ich mir den Lebensunterhalt.« Drickel wandte sich wieder an Noughi. »Welche Ursache haben die Interferenzen?«

»Wir wissen es nicht genau. Wahrscheinlich befindet sich in der Zielzeit ein Vakuumschiff im Orbit. Vielleicht sondiert es mit Hilfe von Sensoren. Sie sollten also auf der Hut sein.«

Drickel nickte. »Ich mache mich jetzt besser auf den Weg, um die Fremden zu verscheuchen.« Er stellte die Reisetasche neben den orangefarbenen Sitz des Schlittens und nahm Platz. »Muß ich sonst noch etwas wissen?« fragte er die Operatorin und lächelte.

»Meine Echtzeitadresse«, erwiderte sie. »Ich füge sie Ihren Dateien hinzu.«

»Wenn Sie in einer sehr populären Ära wohnen, bleibt

Ihnen nichts anderes übrig, als ihn zu besuchen«, sagte Rot.

Die junge Frau schmunzelte. »Er braucht nur zu fragen.«

Drickel lächelte erneut. Er würde sie einladen – nachdem er ihren Hintergrund überprüft hatte. Der offene Kragen faszinierte ihn, doch die Schuhe wiesen auf Werte hin, die er nicht unbedingt teilte. Er winkte, woraufhin Noughi nickte und eine Taste betätigte.

Jähe Schwärze umhüllte Drickel.

Er fluchte leise, als er nach dem Gürtel griff. Eigentlich seltsam, daß er nach so vielen Jahren im Dienst noch immer vergaß, vor einem Zeitsprung die Lampe einzuschalten.

Kjanders gesellte sich drei Familien unweit des alten Shuttles hinzu und erweckte den Eindruck, zu ihnen zu gehören. Wenn jemand zu lange den Blick auf ihn gerichtet hielt, ging er langsam weiter. Es kam darauf an, eine gewisse Distanz zu wahren, ohne wie ein Einzelreisender zu wirken. Es gelang ihm, in der Nähe des Shuttles zu bleiben, ohne daß die Wächter in den orangefarbenen Overalls auf ihn achteten.

Trotzdem bestand jederzeit die Gefahr der Entdeckung.

Die Entfernung zur alten Zeitfähre betrug nur etwa zehn Meter, als er das Summen hörte. Jähe Aufregung erfaßte ihn. Er lief los und erreichte die Rampe, als sie langsam nach oben klappte.

Wenige Sekunden später sank er in einen Sessel, und hinter ihm schloß sich die Luke.

Das Licht ging an, und es summte auch weiterhin. Es klang so, als könnte das Shuttle von einem Augenblick zum andere auseinanderbrechen.

Er schloß die Hände krampfhaft fest um den Rand des Sessels, und das alte Polster gab unter dem Druck der Finger nach. Der schwierigste Teil lag hinter ihm. Er reiste dreihunderttausend Jahre weit in die Zukunft, in der sich ein Planetenspringer-Schiff im Orbit befand. Er würde in der Menge untertauchen und anschließend nach einer Möglichkeit suchen, an Bord des Schiffes zu gelangen.

Die alte Fähre hob ab, sank wieder und setzte mit einem leichten Ruck auf. Kjanders erhob sich und zupfte einige Fasern Füllmaterial von den Fingernägeln. Wenn er das Shuttle unbemerkt verließ... Dann konnte ihn die Zeitkontrolle nie finden. Dann genoß er grenzenlose Freiheit.

Er blieb neben dem Ausgang stehen, bereit dazu, so über die Rampe zu schlendern, als sei er ein ganz normaler Passagier. Die Luke öffnete sich, und kalte, trockene Luft wehte herein.

Kjanders klappte den Kragen hoch und trat nach draußen.

Heulender Wind begrüßte ihn und blies ihm Sand entgegen. Er schirmte sich die Augen ab, und Unbehagen erfaßte ihn. Normalerweise hörte man nach einem Transfer summende Shuttles und das Brummen vieler Stimmen.

Hier fauchten und zischten nur die Böen.

Setzte man in dieser Zeit akustische Filter ein?

Er trat über die Rampe.

Auf halbem Weg nach unten blieb er stehen.

Es gab keine anderen Reisenden.

Und von den Transportergebäuden waren nur Ruinen übrig.

Zeitfähren bildeten lange Reihen, die bis zum Horizont reichten, aber die meisten Shuttles schienen sehr alt zu sein. Vielleicht funktionierten sie gar nicht mehr.

Kjanders saß in einer Zukunft fest, die er nicht kannte und in der er völlig allein war.

Er hob den Kopf und hielt nach dem Vakuumschiff der Planetenspringer Ausschau, sah jedoch nur einen bleigrauen Himmel.

8

Captain Janeway wanderte durch den Kontrollraum der *Voyager* und wünschte sich mehr Platz, um ausschreiten zu können und dabei nachzudenken. Sie erreichte den Kommandosessel, nahm Platz und drehte ihre schwenkbare Konsole.

»Mr. Tuvok ... Behalten Sie den Humanoiden im Auge. Ich möchte über alle seine Aktivitäten Bescheid wissen. Mr. Paris, setzen Sie die Sondierungen fort und halten Sie nach irgendwelchen Anomalien in der Nähe Ausschau. Chakotay, versuchen Sie, die Einsatzgruppe zu lokalisieren. Vielleicht befindet sie sich in einer Höhle. Wo auch immer sie sein mag: Finden Sie unsere Leute, und zwar so schnell wie möglich.«

Janeways Finger huschten über die Schaltflächen ihrer Konsole. Der kurze Ausflug des Schiffes besorgte sie. Vielleicht diente er nur dazu, über eine andere Transportmethode hinwegzutäuschen. Möglicherweise lösten seine Bewegungen einen Mechanismus aus, der die Insassen fortbeamte. Oder eine Öffnung im Boden schuf. Oder ...

»Der Humanoide hat das Schiff verlassen und steht nun auf der Rampe, Captain«, meldete Tuvok. »Seine Absichten sind auch weiterhin unbekannt. Es handelt sich um ein männliches Geschöpf, etwa hundertneunzig Zentimeter groß. Offenbar unterscheidet es sich kaum von anderen Humanoiden. Es hat acht Finger an jeder Hand und vermutlich auch acht Zehen an den Füßen.«

»Halten Sie mich auf dem laufenden, Mr. Tuvok«, sagte

Janeway. Derzeit war es ihr völlig gleich, ob der Fremde acht oder achtzig Finger hatte. Sie hoffte vor allem, daß er einen Hinweis auf den Aufenthaltsort der Einsatzgruppe bot.

»Es gibt Höhlen, Captain«, berichtete Chakotay. »Aber viele von ihnen sind eingestürzt. Praktisch alle Verbindungswege zur Oberfläche sind unterbrochen. Nichts deutet auf die Präsenz von Leben hin. Ich nehme an, die Kavernen wurden einst von den verschwundenen Bewohnern des Planeten genutzt.«

Eine Schlußfolgerung, die Janeway teilte. Auch die vielen Schiffe waren leer. Der eben eingetroffene Humanoide schien das einzige lebende Geschöpf auf ganz Alcawell zu sein.

»Captain ...« Aufregung erklang in Paris' Stimme. »Ich habe Chronitonpartikel in der Nähe des Schiffes geortet.«

»Sind Sie sicher, Mr. Paris?«

»Ja«, bestätigte er. »B'Elanna Torres und die anderen befinden sich in der Vergangenheit.«

»Woher wollen Sie das wissen?« fragte die Kommandantin.

»Aufgrund des energetischen Potentials der Partikel.«

Von ihrer Konsole aus aktivierte Janeway die Sensoren und sondierte den Bereich in unmittelbarer Nähe des Schiffes. Es ließen sich tatsächlich Chronitonpartikel feststellen. »Eine Zeitreise? Ist das logisch, Mr. Tuvok? Wenn die Alcawellianer durch die Zeit reisen konnten – warum dann die Ruinen auf dem Planeten?«

»Darauf kann ich keine Antwort geben, Captain. Wir haben nicht genug Daten.«

»Wäre so etwas möglich?«

»Durchaus«, erwiderte der Vulkanier. »Allerdings sollten wir auch in Erwägung ziehen, daß die Chronitonpartikel vielleicht nicht von dem Schiff stammen.«

»Eine Zeitreise würde erklären, warum der Humanoide unmittelbar nach dem Verschwinden der Einsatzgruppe erschien«, sagte Paris.

»Chakotay...« Janeway drehte den Kopf. »Haben Sie irgendeine Spur von unseren Leuten gefunden?«

»Nein. Sie sind nicht fortgebeamt worden, und die Sensoren registrieren keine Anomalien.«

»Was treibt unser Freund, Mr. Tuvok?«

»Er hat das Ende der Rampe erreicht und ist dort stehengeblieben.«

»Na schön.« Janeway drehte ihre Konsole zur Seite, stand auf und seufzte tief. »Mr. Tuvok, richten Sie den Transferfokus aus und beamen Sie den Humanoiden zur Sicherheitsabteilung. Anschließend erwarte ich Sie dort. Das gilt auch für Sie, Chakotay. Mr. Paris, Sie haben das Kommando.«

Sie ging zum Turbolift. Vielleicht konnte der Fremde ihre Fragen beantworten.

In der einen Sekunde stand Kjanders am Ende der Rampe, umgeben von Kälte und Ödnis. Einen Atemzug später fand er sich in einem grauen Zimmer wieder. Die Einrichtung bestand nur aus einer schmalen Liege direkt an der Wand. Durch den offenen Zugang sah er einen großen Raum, von dem aus man andere graue Zimmer betreten konnte.

Wärme umgab ihn, und Kjanders nahm sie mit Dankbarkeit zur Kenntnis. Er verfügte nicht über die erforderliche Kleidung, um sich vor der Kälte auf dem Planeten zu schützen.

Seufzend nahm er Platz. Irgendwie hatten ihn die Planetenspringer – oder jemand anders – transferiert. Zwar wurden keine Nischen verwendet, aber es handelte sich um den gleichen Vorgang. Er schien nur etwas langsamer abzulaufen.

Kjanders hoffte inständig, daß er sich nicht im Gewahrsam der Zeitkontrolle befand.

Die Liege war zu niedrig für ihn: Er saß auf der Kante, und die Knie reichten ihm fast bis zur Brust. Die Matratze erwies sich als recht weich, und die Decke bestand aus einem ihm unbekannten Stoff. Graue und silberne Töne überwogen – matte, langweilige Farben, wie man sie in Ämtern und Institutionen erwartete.

Warum ließ man ihn hier allein? Kjanders zögerte eine Zeitlang, bevor er beschloß, mit einer Entdeckungstour zu beginnen. Er stand auf, trat dem Ausgang entgegen ...

Plötzlich schlug ihm etwas Heißes entgegen. Ein Kraftfeld. Und es erschien nur, wenn er es berührte.

Ich bin gefangen! fuhr es ihm durch den Sinn.

Die Zeitkontrolle hatte ihn gefunden.

Dann öffnete sich eine Tür, die bisher seiner Aufmerksamkeit entgangen war. Eine schlanke Frau, gekleidet in eine rote und schwarze Uniform, kam herein, begleitet von zwei relativ kleinen Männern. Einer von ihnen hatte dunkle Haut und spitze Ohren, und bei dem anderen zeigte sich ein seltsames Tätowierungsmuster an der Stirn. Bei allen fiel ein schmales Kinn auf. Und das Haar der Männer ... Es war lächerlich kurz, maß nicht einmal den zehnten Teil eines Meters. Das Rot ihrer Uniformen wirkte zu dunkel und dominierte nicht einmal.

Kjanders seufzte erleichtert, als er begriff: Es handelte sich nicht um Repräsentanten der Zeitkontrolle. *Ich brauche nicht extra nach dem Schiff der Planetenspringer zu suchen,* dachte er. *Es hat* mich *gefunden.*

Die Frau näherte sich dem Kraftfeld, und die beiden Männer blieben in ihrer Nähe.

Kjanders trat möglichst nahe an die energetische Barriere heran und blickte auf die drei Fremden hinab.

»Ich bin Captain Kathryn Janeway vom Föderationsschiff *Voyager*. Wer sind Sie und was haben Sie mit meinen Leuten angestellt?«

Kjanders starrte sie groß an und schätzte seine Situation neu ein. Er hatte angenommen, daß sich die Planetenspringer über diese Begegnung ebenso freuten wie er. Das erwies sich nun als Irrtum. Diese Leute schienen ihm gegenüber eine ablehnende Haltung einzunehmen. Er mußte sie irgendwie dazu bringen, ihn bei sich zu behalten.

»Mein Name lautet Kjanders. Ich bin … Techniker auf Alcawell, Ära Achthundertneunundachtzig. Mit Ihren Leuten hatte ich überhaupt keinen Kontakt.« Die erste Lüge fiel ihm nicht schwer. Trotzdem hoffte er, fortan bei der Wahrheit bleiben zu können.

»Ära?« wiederholte der Mann mit den spitzen Ohren.

»Vielleicht verwirrt Sie dieser Hinweis, weil dies noch immer die Ära Achthundertneunundachtzig ist.« Kjanders schüttelte den Kopf. »Obwohl es nicht danach aussieht.«

»Derzeit gilt meine Sorge vor allem den drei verschwundenen Mitgliedern meiner Crew«, sagte die Frau. »Sie waren an Bord des Schiffes, mit dem Sie hierherkamen.«

Er durfte nicht zu häufig lügen, wenn er es vermeiden wollte, sich in Widersprüche zu verwickeln. Es galt unter allen Umständen, zusätzliche Schwierigkeiten zu vermeiden. »Meinen Sie eine hochgewachsene Frau mit höckriger Stirn, einen kleinen Mann mit zuviel kurzem Haar und einen anderen Mann, der dem dort ähnelt?« Kjanders nickte dem Mann mit der Stirntätowierung zu.

»Ja«, erwiderte die Frau knapp. Sie wirkte sehr energisch.

»Ich habe sie gesehen, bevor der Transfer erfolgte. Sie stiegen aus, und ich ging an Bord, um mich ein wenig umzusehen. Ein so altes Schiff …«

»Sie stiegen aus? Wo?«

»Vor dreihunderttausend Jahren. Noch immer in der Ära Achthundertneunundachtzig. Darin bestand das Problem. Die Kontrolle verhaftete sie. Tut mir leid.«

»Was meinen Sie mit ›Kontrolle‹?« fragte die Frau.

»Die Zeitkontrolle«, erläuterte Kjanders. »Ihre Leute verstießen gegen die Achthunderter-Verordnungen. In solchen Fällen greift die Kontrolle ein.«

»Dreihundert*tausend* Jahre?« brachte der Mann mit der Tätowierung hervor.

»Was hat es mit dem Verstoß gegen die Verordnungen

auf sich?« wollte die Frau wissen. Sie schenkte dem Mann keine Beachtung.

»Es fand eine Reise innerhalb der Ära statt. Das ist ein schweres Verbrechen.«

»Wenn unsere Leute innerhalb der Ära reisten, wenn Sie beobachteten, wie sie das Schiff verließen, wenn es außerdem stimmt, daß Sie aus Ära Achthundertneunundachtzig kommen und dies die gleiche Ära ist...« Der Mann mit den spitzen Ohren zögerte kurz. »Es bedeutet, daß Sie des gleichen Verbrechens schuldig sind.«

Diese Planetenspringer schienen recht klug zu sein. Kjanders nickte. »Aber bei mir geschah es unfreiwillig. Ich wollte mir nur das Schiff von innen ansehen. Nie zuvor habe ich ein so altes gesehen.«

»Bei unseren Leuten steckte ebenfalls nicht mehr als ein Zufall dahinter«, sagte die Frau. »Das wird die Kontrolle sicher einsehen.«

»Die Zeitkontrolle glaubt nicht an Zufälle«, erwiderte Kjanders. Es lief nicht so, wie er es sich wünschte. Er mußte die Aufmerksamkeit der Planetenspringer irgendwie in eine andere Richtung lenken. »Gibt es hier vielleicht Nahrungsmittel und etwas zu trinken? Ich habe schon seit langer Echtzeit nichts mehr gegessen.«

»Mr. Tuvok...« Die Frau drehte den Kopf. »Waffen?«

Der spitzohrige Mann schüttelte den Kopf. »Keine feststellbaren, Captain.«

»Na schön.« Die Frau legte die Hände auf den Rücken. »Mr. Kjanders... Wenn wir Ihnen erlauben, diese Zelle zu verlassen und andere Bereiche aufzusuchen, so müssen Sie mir versprechen, nichts gegen uns oder das Schiff zu unternehmen.«

»So etwas käme mir nie in den Sinn«, erwiderte Kjanders schockiert. »Ich möchte nicht auf den Planeten zurück. Dort ist alles leer.«

»In der Tat«, sagte die Frau. »Ich überlasse Sie Mr. Tuvok. Er bringt Sie zur Offiziersmesse. Während Sie dorthin unterwegs sind, sollten Sie nach einer Möglichkeit suchen, uns alles zu erklären. Ich möchte von Ihnen wissen, mit welcher Situation es meine Leute zu tun haben – und wie ich ihnen helfen kann.«

»Sie können ihnen nicht helfen«, meinte Kjanders. »Die Verhafteten sind bei der Kontrolle.«

»Oh, ich werde ihnen helfen«, betonte die Frau. »Die Frage ist nur, ob mit oder ohne Ihre Hilfe.« Sie wandte sich an den Mann mit der Tätowierung. »Sie begleiten mich, Chakotay.«

Sie drehte sich um und ging, gefolgt von jenem Mann, den sie Chakotay genannt hatte. Der andere namens Tuvok blieb. »Sie sollten besser auf ihre Wünsche eingehen«, sagte er.

»Das glaube ich auch«, murmelte Kjanders. Er holte tief Luft. *Ich habe mir ein Abenteuer gewünscht*, dachte er. *Und es hat bereits begonnen.*

»Ihre Meinung, Commander?« fragte Janeway, als sie durch den Korridor schritten.

»In Hinsicht auf die Einsatzgruppe hat er nicht gelogen«, antwortete Chakotay. »Dreihundert*tausend* Jahre. Das ist eine enorme Distanz.«

Auf welcher Entwicklungsstufe befand sich die Menschheit vor dreihundert Jahrtausenden? überlegte Janeway. *Wir sprechen hier von einem so gewaltigen Zeitraum, daß wir ihn uns nicht einmal konkret vorstellen können.*

»Ich weiß, Chakotay. Die Schiffe auf dem Planeten sind tatsächlich nicht dazu bestimmt, durchs All zu fliegen. Sie schwimmen vielmehr auf dem Zeitstrom. Mich interessiert das Wie.«

»Wenn wir in die Epoche reisen, in der sich die Einsatzgruppe aufhält, und wenn wir dadurch gegen die von Kjanders erwähnten Gesetze verstoßen... Dann geraten wir in ähnliche Schwierigkeiten wie Torres und ihre Begleiter.«

»Ja«, sagte Janeway. Sie ging zum nächsten Turbolift und nannte ihr Ziel. »Ich behalte mir ein Urteil vor, bis wir mehr über die Alcawellianer wissen. Nun, was halten Sie von dem Mann?«

Chakotay trat neben sie in die Transportkapsel des Turbolifts und blickte nachdenklich ins Leere. Janeway wartete gespannt. Der Indianer war ein guter Beobachter, und sie maß seinen Meinungen große Bedeutung bei. »Er lügt. Nicht über die wichtigen Dinge, aber über sich selbst. Als Tuvok ihn darauf hinwies, daß er mit seinem Transfer die gleichen Vorschriften verletzt wie unsere Einsatzgruppe ... Seine Reaktion darauf gefiel mir nicht sonderlich.«

»Mir auch nicht«, sagte Janeway. »Ist er gefährlich?«

Chakotay runzelte die Stirn. »Da muß ich passen. Ich kann mir kaum vorstellen, daß jemand ohne Waffen oder irgendeinen Schutz *absichtlich* eine verlassene Station aufsucht. Der Transfer scheint also wirklich unfreiwillig erfolgt zu sein. Andererseits stellte er sich uns als Techniker vor, was bedeutet: Er müßte die Mechanismen an Bord gut kennen. Unter solchen Umständen erscheint mir die zufällige Einleitung eines temporalen Sprungs eher unwahrscheinlich.«

»Das finde ich auch«, kommentierte Janeway. Der Lift hielt an, und sie verließen die Transportkapsel. »Leisten Sie ihm bei der Mahlzeit Gesellschaft, Chakotay. Versuchen Sie, einen besseren Eindruck von ihm zu gewinnen. Ich möchte vermeiden, daß sich eine gefährliche Person an Bord meines Schiffes herumtreibt. Aber es liegt mir auch nichts daran, einen Unschuldigen einzusperren.«

Chakotay nickte.

»In einigen Minuten komme ich nach«, fuhr Janeway fort. »Zuerst will ich Carey beauftragen, die Schiffe von hier aus zu untersuchen. Wir wissen jetzt, daß sie für Reisen durch die Zeit bestimmt sind. Dadurch könnte es leichter sein herauszufinden, wie sie funktionieren. Vielleicht brauchen wir Kjanders' Hilfe überhaupt nicht, um das Problem zu lösen.«

»Das hoffe ich sehr«, sagte Chakotay. »Das mit der ›Kontrolle‹ gefällt mir nämlich überhaupt nicht.«

Als Janeway in der Offiziersmesse eintraf, speiste Kjanders bereits. Vor ihm stand ein Glas Synthobier, und er aß etwas, das von Neelix' Speisezettel zu stammen schien. Chakotay saß auf der einen Seite des Humanoiden, Tuvok auf der anderen. Hinzu kam ein Wächter an der Tür. Wenn der Fremde irgendwelche Tricks versuchte, so kam er nicht weit.

»Captain ...« Kjanders hob eine Gabel, auf der eine schwabbelige rotgrüne Masse lag. »Ihre Freunde Chakotay und Tuvok haben mir die Struktur des Schiffes erklärt. In vielen Ären Alcawells gibt es kein Militär, aber dafür kennen wir die Bürokratie. Ihr System soll angeblich wesentlich effizienter sein.«

Janeway setzte sich, sah Tuvok an und lächelte. »Ich dachte, Vulkanier lügen nicht.«

»Ich bin fest davon überzeugt, daß das Starfleet-System ...«

»Ich habe mir einen Scherz erlaubt.«

Tuvok bedachte die Kommandantin mit einem durchdringenden Blick. Er hatte genug Zeit bei den Menschen verbracht, um das Phänomen des Humors zu kennen – manchmal übte er sich selbst darin. Doch wenn sich Situationen durch eine gewisse Anspannung auszeichneten, neigte er dazu, alles wörtlich zu verstehen.

Janeway faltete die Hände auf dem Tisch. Kjanders' Essen roch nach talaxianischem Drige-Gewürz und Brokkoli. Ein knurrender Magen erinnerte sie daran, daß seit ihrer letzten Mahlzeit schon einige Stunden vergangen waren. Und vermutlich dauerte es noch eine ganze Weile, bis sie Gelegenheit bekam, etwas zu essen. Wie dem auch sei: Sie wollte nicht mit jemandem speisen, den sie vielleicht in der Arrestzelle unterbringen mußte.

»Haben Sie keinen Hunger, Captain?« fragte Kjanders und schob sich die Gabel in den Mund.

Sie schüttelte den Kopf. »Bitte fahren Sie fort. Ich wollte Sie nicht unterbrechen.«

»Nun ...« Kjanders kaute. »Ich habe von dem bei Ihnen

gebräuchlichen Rangsystem erfahren und über die Bürokratie in meiner Heimat Bericht erstattet. Nun, Captain, Sie erwarten Informationen von mir, und die beste Möglichkeit, Ihnen eine Vorstellung von der Situation Ihrer Leute zu vermitteln, besteht in einem historischen Vortrag. Wenn nachher noch etwas unklar ist, können Sie gezielt Fragen stellen.«

»In Ordnung«, erwiderte Janeway und hoffte, daß der Vortrag nicht zu lange dauerte. Sie wollte keine Zeit damit vergeuden, sich irgend etwas Unwichtiges anzuhören.

Kjanders trank einen Schluck Synthobier lächelte und lehnte sich zurück. »Vor etwa zweitausend Echtzeitjahren entdeckte eine von Caxton geleitete Forschungsgruppe die Zeitreise. Die Wissenschaftler fanden schnell heraus, daß sich die Zeitlinien ganz einfach verändern ließen. Dadurch konnten enorme Probleme entstehen. In jenen Jahren beschränkte sich das Wissen um die Möglichkeit der Zeitreise auf einen kleinen Kreis von sehr mächtigen Personen.«

»Betrieben Sie damals Raumfahrt?« fragte Tuvok.

»Nur in einem sehr begrenzten Maße«, erwiderte Kjanders. »Wir hatten Probleme mit einer zu hohen Bevölkerungsdichte. Nun, schon damals zeichneten sich Alcawellianer durch die Angewohnheit aus, einen Wohnort zu wählen und so lange wie möglich dort zu bleiben – sie verteidigten ihn bis zum letzten Blutstropfen. Die Raumfahrt bedeutete sehr viel Mühe, um Orte zu erreichen, die kaum jemandem attraktiv erschienen. Als einige Schiffe aufgrund von Konstruktionsmängeln explodierten, verloren die Befürworter der Raumfahrt immer mehr Einfluß.«

»Ich brauche Informationen, die uns dabei helfen, unsere Leute zurückzuholen, Tuvok«, sagte Janeway. »Ich verstehe, daß Sie diese Kultur interessant finden, aber derzeit sind mir Abweichungen vom Thema nicht sehr willkommen. Bitte fahren Sie fort, Mr. Kjanders.«

Der Humanoide warf dem Vulkanier einen nervösen

Blick zu. »Nun, Caxton und seine Freunde in der Regierung gelangten zu dem Schluß, daß die Raumfahrt sowohl unbeliebt als auch gefährlich war. Ganz anders sah die Sache bei der Geschichte des Planeten aus. Alcawell ist über neun Milliarden Jahre alt. Ein mehr als fünf Milliarden Jahre umfassender Zeitraum bietet für uns annehmbare Lebensbedingungen. Allerdings entwickelte sich unsere Spezies erst vor einer halben Million Jahren.«

»Also begannen die Leute damit, in die Vergangenheit zu reisen?« erkundigte sich Chakotay.

»Sie fingen an, im Zeitstrom zu leben. Caxton und seine Gruppe unterteilten die gesamte Geschichte des Planeten – die vergangene ebenso wie die zukünftige – in jeweils fünfhunderttausend Jahre große Abschnitte. Man spricht in diesem Zusammenhang von sogenannten Ären.«

Janeway nickte. Das war also mit der Ära gemeint, die Kjanders kurz nach seiner Ankunft erwähnt hatte. Und die Einsatzgruppe befand sich noch immer in der gleichen Epoche beziehungsweise Ära, weil ihr Transfer ›nur‹ einen Zeitraum von dreihunderttausend Jahren betraf.

»Unser Datierungssystem ist ein wenig verwirrend«, räumte Kjanders ein. »Der Grund: Nach der Entdeckung der Zeitreise haben wir unseren Echtzeitkalender nicht geändert. In jeder Ära gibt es einen Echtzeitkalender, der auf unserer alten Zeitrechnung basiert.«

»Mit Echtzeit meinen Sie vermutlich linear verstreichende Zeit«, warf Chakotay ein. »Hier und jetzt existieren Sie in Echtzeit.«

»Ja«, bestätigte Kjanders. »Wir reisen Hunderte, Tausende oder gar Millionen von Jahren weit, aber wir leben ein ganz normales Echtzeit-Leben, das etwa hundert Jahre lang ist.«

»Mal sehen, ob ich das alles richtig verstehe«, sagte Janeway. »Jede Ära ist fünfhunderttausend Jahre lang. Die Jahre innerhalb einer solchen Ära folgen chronologisch aufeinander. Anders ausgedrückt: Jahr Eins in der ersten Ära ist genau fünfhunderttausend Jahre von Jahr Eins der zweiten Ära entfernt.«

»Genau«, pflichtete ihr Kjanders bei. »Das System ist ein wenig kompliziert; die ersten Ären wurden nämlich bestimmt, bevor Caxton und sein Team herausfanden, daß manche Epochen für Zeitreisen völlig ungeeignet sind, ungeachtet ihrer allgemeinen Beschaffenheit. Man nennt sie Rote Ären, und niemand darf sie aufsuchen. Dort könnte es genügen, einen Stein zu bewegen, um die ganze Geschichte zu verändern. Unsere Zeitreisen betreffen die erlaubten Schwarzen Epochen, wo man alles berühren darf.«

Tuvok preßte die Fingerspitzen aneinander und hob die Hände zu den Lippen. »Auf diese Weise wird Zeitparadoxa vorgebeugt. Ich nehme an, die Roten Ären zeichnen sich durch einen wichtigen biologischen Wandel aus. Die Schwarzen Epochen sind lang genug, um folgendes zu gewährleisten: Wenn jemand im ersten Jahr der Schwarzen Ära Eins etwas verändert, so wirkt es sich nicht auf das erste Jahr der Schwarzen Ära Zwei aus.«

»Stimmt«, sagte Kjanders.

Janeway hatte genug von der Theorie. Sie brauchte Informationen, um Torres, Kim und Neelix zu helfen. »Welches Datum haben wir heute in der Echtzeit Ihres Volkes?«

»Ich weiß es nicht genau«, erwiderte Kjanders. »Immerhin habe ich meinen Transfer hierher nicht geplant. Ich schätze die zeitliche Distanz auf etwa dreihunderttausend und einhundert Jahre, Ära Achthundertneunundachtzig.«

Janeway nickte. »Und wo genau befinden sich meine Leute in Ihren Echtzeitjahren?«

»Dreitausendeinundsiebzig Echtzeit, Ära Achthundertneunundachtzig. Und genau darin besteht ihr Problem.« Kjanders legte eine kurze Pause ein. »Sie sind nicht weit genug gereist. Zeitsprünge innerhalb einer Epoche sind verboten. Mit dem – unfreiwilligen – Transfer hierher habe ich zum erstenmal gegen die entsprechenden Vorschriften verstoßen.«

»Ihnen ist es also nicht erlaubt, die nahe Zukunft zu sehen«, stellte Tuvok fest.

»Oder die nahe Vergangenheit«, fügte Kjanders hinzu.

»Hat dieser Punkt große Bedeutung?« fragte Chakotay.

»Damit sollen finanzielle Spekulationen im Zeitstrom verhindert werden«, sagte Tuvok. »Außerdem dienen solche Maßnahmen zur Verhütung der ›klassischen‹ Paradoxa: Man denke nur an jemanden, der in die Vergangenheit reist, um dort seinen eigenen Großvater umzubringen. Es läuft also auf folgendes hinaus: Wenn die Alcawellianer ein Zeitshuttle benutzen, so führen die temporalen Sprünge jeweils über einen Zeitraum von genau fünfhunderttausend Jahren.«

»Dieses Prinzip scheint sehr wichtig zu sein«, meinte Janeway. »Kein Wunder, daß es so streng gehütet wird. Was geschieht mit Leuten, die innerhalb einer Ära reisen?«

»In der Schule verwendete man eine Metapher, um die Schiffe zu beschreiben. Sie geht auf Caxton zurück und klingt fremd für unsere Ohren. Aber da er aus einer Kultur stammte, die dem Planetenspringen positiv gegenüberstand ...«

»Planetenspringen?« wiederholte Chakotay.

Kjanders zuckte mit den Schultern. »So bezeichnen wir Ihre Art des Reisens. Den modernen Alcawellianern ist sie völlig fremd.«

Janeway unterdrückte ein Seufzen. Sie verstand die Faszination ihrer Offiziere – in ihr regten sich ähnliche Empfindungen. Aber je mehr sie von Kjanders hörte, desto klarer wurde, daß sich Torres und ihre Begleiter in einer sehr schwierigen Situation befanden. »Fahren Sie fort, Mr. Kjanders.«

»O ja. Nun, Caxtons Kultur ähnelte Ihrer, und deshalb können Sie vielleicht etwas mit der Metapher anfangen. Er meinte damals, jedes Schiff sei dazu bestimmt, auf

Schienen zwischen den Ären unterwegs zu sein. Natürlich gibt es keine derartigen Gleise. Caxton versuchte nur, die neue Art des Reisens Personen zu erklären, die an Schienenfahrzeuge gewöhnt waren.«

Es existierten keine physischen Gleise – Janeway prägte sich diesen Hinweis ein. Andererseits gab es ein System, das für die Ansteuerung genau festgelegter Ziele sorgte.

»Da die Schiffe nur in geraden Linien zwischen den Epochen verkehren, sind Sprünge innerhalb einer Ära sehr, sehr selten und praktisch nur für Repräsentanten der Zeitkontrolle möglich.« Kjanders musterte seine drei Zuhörer, fokussierte den Blick dann wieder auf Janeway. »Ich kenne keinen einzigen Fall eines solchen Zeitverbrechens – von Ihren Leuten abgesehen. Die Strafe dafür ist der Tod.«

»Der Tod!« entfuhr es Janeway. Sie hatte es geahnt.

»Eine logische Konsequenz«, ließ sich Tuvok vernehmen. Er bemerkte den verblüfften Blick der Kommandantin und fügte hinzu: »Wer innerhalb einer Ära reist, bekommt Gelegenheit, Paradoxa zu bewirken und die Zeitlinie so sehr zu verändern, daß die ganze Gesellschaft in Gefahr gerät.«

Kjanders nickte. »Das gehört zu den elementarsten Dingen, die man in unseren Schulen lehrt. Zeitsprünge innerhalb einer Epoche sind für uns undenkbar. Man verstößt schon gegen die Verordnungen, wenn man eine solche Möglichkeit auch nur in Betracht zieht. Das Eintreffen Ihrer Gruppe schuf ziemliche Unruhe. Und mit ihrem Fluchtversuch bescherte sie sich weitere Probleme.«

»Wie meinen Sie das?« fragte Janeway und fürchtete sich fast vor der Antwort.

»Ihre Leute weigerten sich, einen Wächter der Zeitkontrolle zu begleiten. Als sie zum Shuttle zurückkehren wollten, lösten sie einen Zeitalarm aus.«

»Einen Zeitalarm?«

»Angehörige der Kontrolle mußten in die Vergangenheit springen, um zu verhindern, daß die Fliehenden das

Schiff tatsächlich erreichten und damit hierher zurückkehrten. Wer einen solchen Zeitalarm auslöst, muß ebenfalls mit der Todesstrafe rechnen.«

»Aber Sie haben unsere Gefährten lebend gesehen?« vergewisserte sich Janeway.

Kjanders nickte. »Als mein Transfer erfolgte, eskortierte man sie zur Mittleren Zeitkontrolle für Ära Achthundertneunundachtzig. Ich vermute, von dort aus bringt man sie zum Hauptquartier der Mittleren Zeitkontrolle.«

»In welcher Epoche befindet sie sich?« fragte Tuvok.

»In der Echtzeit der ersten Ära«, entgegnete Kjanders.

Vor Janeways innerem Auge bildete sich eine Formel: Die Einsatzgruppe weilte (889 x 500 000) + 300 000 Jahre in der Vergangenheit.

»Das sind vierhundertvierundvierzig *Millionen* Jahre«, sagte sie wie zu sich selbst. Eine solche Zeitspanne sprengte ihre Vorstellungskraft. Die Zahl bestand zum größten Teil aus Nullen ...

Tuvok ließ die Hände auf den Tisch sinken und sah Kjanders an. »Sie wirken recht gelassen für einen Mann, der die Todesstrafe erwarten muß.«

Kjanders starrte den Vulkanier verblüfft an.

»Ich nehme an, für Sie gelten die gleichen Verordnungen wie auch für unsere Leute.«

»Ja«, bestätigte der Humanoide. »Aber ich bin jetzt nicht mehr auf Alcawell. Hier kann mich die Zeitkontrolle nicht erreichen.«

Chakotay warf Tuvok einen wissenden Blick zu. »Sind Sie deshalb hier, Mr. Kjanders? Um der Kontrolle zu entgehen?«

»Sie haben mich an Bord dieses Schiffes geholt.« Kjanders legte die Gabel beiseite. »Bitte entschuldigen Sie. Ich hätte Ihnen längst dafür danken sollen, daß Sie mir das Leben gerettet haben.«

9

Wenn Torres nicht gewußt hätte, daß der Transfer mehr als vierhundert Millionen Jahre weit in die Vergangenheit führte, so wäre sie kaum bereit gewesen, einen so enormen Zeitsprung zu vermuten. Als sich die Luke des Shuttles öffnete, sah sie einen vertrauten Hangar – er glich dem in der fernen Zukunft.

»In Hinsicht auf Innendekoration mangelt es Ihnen offenbar an Phantasie«, wandte sich Neelix an den Wächter, der sie hierherbegleitet hatte.

Der Mann schenkte ihm keine Beachtung.

Kim verließ die Zeitfähre als letzter. Er sah zu Torres, und eine Andeutung von Panik flackerte in seinen dunklen Augen. Trotzdem hielt er sich gerade und versuchte, so ruhig zu wirken, als stiege er aus einem Starfleet-Shuttle.

Der erste Wächter führte sie über die Rampe, und die anderen folgten ihnen. B'Elanna rechnete mit Temperaturunterschieden und anderen Gerüchen, aber in den Höhlen schien sich nichts verändert zu haben. Die Luft roch nach Klimaanlage, und es war ein wenig zu warm.

Vor der Rampe stand eine Frau. Ihr purpurnes Haar bildete ein kegelförmiges Gebilde, das anderthalb Meter weit aufragte – glücklicherweise war die Decke hoch genug. Sie trug ein enganliegendes Gewand aus einem glänzenden weißen Stoff, und die purpurnen Schuhe wiesen spitze, mehr als zehn Zentimeter dicke Sohlen auf. Kleine Edelsteine funkelten im Haarberg.

»Jetzt kümmere ich mich um alles«, sagte die Frau zum

ersten Wächter. »Sie werden eine Belobigung bekommen. Ich habe bereits eine entsprechende Empfehlung ausgesprochen.«

»Danke, Cwaner«, erwiderte der Wächter. Er nickte seinen Kollegen zu und kehrte mit ihnen ins Shuttle zurück.

»Sie sollten von der Rampe heruntertreten«, wandte sich Cwaner an Torres, Kim und Neelix. »Es sei denn, Sie möchten von ihr ins Schiff geschleudert werden.«

B'Elanna und ihre beiden Gefährten traten auf den harten Boden. Trotz ihrer absurd wirkenden Schuhe schien Cwaner überhaupt keine Mühe zu haben, das Gleichgewicht zu wahren. »Willkommen im Hauptquartier der Mittleren Zeitkontrolle. Ich bin Cwaner, die Assistentin von Rawlik. Er untersucht Ihren Fall.«

»Kann er uns helfen?« fragte Kim.

»Helfen?« Cwaner lächelte. »Es steht Ihnen nicht zu, um Hilfe zu bitten. Sie sollten für jede Freundlichkeit dankbar sein.«

»Es liegt nicht in meiner Natur, dankbar dafür zu sein, daß mich jemand bestrafen will«, erwiderte B'Elanna scharf.

Kim berührte sie am Arm. Neelix hüpfte hin und her; vielleicht ging es ihm darum, die Frau zu beschwichtigen.

»Ihre Frisur ...« Er sprach schneller als sonst. »Sie erinnert mich an eine, die ich vor siebzehn Jahren bei einem Ausflug gesehen habe. Sie wies noch mehr Edelsteine und auch einige Goldfäden auf, aber das Haar war weiß und nicht ganz so weit hochgesteckt wie bei Ihnen. Ist es die natürliche Farbe, oder haben Sie es gefärbt?«

Cwaner hob eine schmale, mit acht Fingern ausgestattete Hand zu ihrer Haarpracht. »Es handelt sich um ein Experiment«, sagte sie. »Gefällt es Ihnen? Rawlik meinte, blaues Haar sei ihm lieber.«

»Durch den purpurnen Ton kommen Ihre Augen gut zur Geltung«, meinte Neelix.

Die Frau lächelte. »Sie sollten sich Ihren Charme für Rawlik aufsparen.«

»Können wir Gutes von ihm erwarten?« erkundigte sich Torres.

Cwaner hob und senkte die Schultern. »Wie man's nimmt. Eigentlich kann Ihre Situation kaum noch schlimmer werden.«

Sie führte die drei Transferierten in einen langen Korridor, der ebenso beschaffen war wie die in Ära Achthundertneunundachtzig. Doch hier hatte man ihn mit blühenden Pflanzen geschmückt. Bei einigen Exemplaren sah B'Elanna blaue Knospen, bei anderen schwarze. Ein aromatischer Duft ging von den Gewächsen aus und erinnerte Torres an das Öl, mit dem ihre klingonische Mutter den Brustharnisch eingerieben hatte.

Der Korridor endete in einem Verwaltungszentrum mit weiteren Pflanzen, Schreibtischen und Leuten, die ähnliche Kleidung trugen wie Cwaner. Schuhe und Frisuren zeichneten sich immer wieder durch besondere Extravaganz aus: Offenbar erfreuten sich hier all jene Dinge großer Beliebtheit, die normales Gehen erschwerten.

Mit den Knöcheln der rechten Hand klopfte Cwaner dreimal an etwas, das wie eine Steinwand aussah. Ein Teil davon entpuppte sich als Tür, die beiseite glitt und den Durchgang zu einem Büro freigab, das fast halb so groß zu sein schien wie der Hauptraum. Ein Mann saß dort an einem langen schwarzen Schreibtisch. Er erweckte den Eindruck, Ende Zwanzig zu sein, hatte braunes Haar, das bis auf den Kragen reichte, und einen Schnurrbart. Erstaunlicherweise benutzte er eine Brille.

Andere Tische in der Nähe präsentierten Computer, Dokumente und viele zweidimensionale Fotos. Die Sessel waren hellblau und bildeten somit einen fast schmerzlichen Kontrast zu Cwaners Haar. Hier gab es keine Pflanzen, dafür aber viele Bücher: Dutzende von alten Bänden standen in Regalen und erfüllten das Zimmer mit dem Geruch von altem Papier.

»Danke, C-C«, sagte Rawlik. Seine Stimme klang sanft.

Die Frau nickte und verließ den Raum.

Torres wartete, bis sich die Tür hinter ihr geschlossen hatte. Dann eilte sie zum Schreibtisch, stützte sich mit beiden Händen darauf ab und starrte Rawlik an.

»Ich habe Leute satt, die mir nicht helfen können oder wollen, die sich dauernd auf irgendwelche Verordnungen beziehen, von denen ich noch nie etwas gehört habe. Und ich habe es satt, daß man mich wie einen Verbrecher behandelt, obwohl ich mir überhaupt keiner Schuld bewußt bin.«

Rawlik nahm die Brille ab, lehnte sich zurück und schmunzelte. »Willkommen in Ära Eins.«

»Ich bin hier nicht willkommen«, fauchte die Klingonin. »Ich fühle mich nicht so, als sei ich hier willkommen. Und Sie können sich Ihre Grüße sparen.«

Kim berührte sie am Arm. »Beruhigen Sie sich«, sagte er leise.

B'Elanna stieß seine Hand beiseite. Sie hatte jetzt die Nase voll. »Sie scheinen hier wichtig zu sein«, wandte sie sich an den Mann hinterm Schreibtisch. »Können Sie uns die Rückkehr zu unserem Schiff ermöglichen?«

»Damit meinen Sie vermutlich das Planetenspringer-Schiff im Orbit des Planeten, während der Ära Achthundertneunundachtzig.« Rawlik wählte die einzelnen Worte mit großer Sorgfalt und schien die Silben zu dehnen.

»Unser Schiff springt nicht«, zischte Torres. In ihr hatte sich zuviel Ärger angesammelt, und jetzt suchte er nach einem Ventil. Der Gedanke an ihre klingonische Mutter mochte eins geöffnet haben. »Es fliegt. Durchs All. Ich schätze, in physischer Hinsicht haben wir uns kaum einen Kilometer weit bewegt. Zeitreisen gefallen mir nicht. Schicken Sie uns zu unserem Schiff zurück – dann bereiten wir Ihnen keine Probleme mehr.«

»Diesen Wunsch würde ich Ihnen gern erfüllen«, erwiderte Rawlik. Er legte die Brille auf den Schreibtisch, und zwar in gefährliche Nähe von B'Elannas Fäusten. Sie bestand aus dünnen Linsen, die in einem zerbrechlich wirkenden Gestell aus goldenem Metall ruhten. »Leider bin ich dazu nicht imstande. Setzen Sie sich.«

»Lieutenant…«, sagte Kim. »B'Elanna, bitte. Hören wir uns in aller Ruhe an, was er zu sagen hat.«

Nur mit Mühe widerstand Torres der Versuchung, aus vollem Halse zu schreien, den ganzen Zorn aus sich herauszulassen. Sie nahm auf der Kante des nächsten Sessels Platz, dazu bereit, bei der geringsten Provokation aufzuspringen. »Na schön«, brummte sie. »Warum sind Sie nicht imstande, uns zurückzuschicken?«

»Um ganz ehrlich zu sein, Lieutenant – ist das eine Rangbezeichnung? Nun, Sie können froh sein, daß Sie sich überhaupt hier befinden. Die zentrale Prüfungsstelle der Kontrolle wird Ihren Fall untersuchen, weil Sie Planetenspringer sind. Das ist eine *gute* Sache für Sie – diesen Punkt möchte ich besonders hervorheben. Wenn gewöhnliche Bürger gegen die betreffenden Gesetze verstoßen, so werden sie sofort bestraft.«

»Wir hatten keine Ahnung, ein Gesetz gebrochen zu haben, als wir hier eintrafen«, sagte Torres. »Wir sind noch immer nicht sicher, um welche Verordnungen es dabei geht. Bestimmt können wir uns irgendwie einigen, wenn Sie bereit sind, uns zu unserem Schiff zurückzuschicken.«

»Es ist völlig sinnlos, sich mit Unwissenheit bezüglich der Vorschriften zu rechtfertigen«, meinte Rawlik. »Und ich kann Ihnen nicht die Rückkehr zu Ihrem Schiff gestatten. Allerdings bin ich in der Lage, Ihre Fragen zu beantworten.«

Fragen? Hunderte lagen Torres auf der Zunge. Sie wollte gerade eine stellen, als Neelix lächelte und eine versöhnliche Geste vollführte.

»Es ist immer wieder von Strafe die Rede«, sagte er. »Nun, ich weiß nicht, wie Sie das sehen, aber für mich hat jenes Wort einen sehr unangenehmen Klang. Wenn wir wissen, was uns bevorsteht… Vielleicht können wir uns dann auf eine Ihrer Kultur angemessenen Weise verhalten.«

Rawlik berührte den Computerschirm. »Der Bericht erwähnt mindestens einen Achthunderter-Verstoß, zwei Vierhunderter ...«

»Darüber wollte man hinwegsehen!« entfuhr es Neelix.

»... und auch noch einen Sechshunderter.« Rawlik seufzte. »Das Sechshunderter-Vergehen ist nicht weiter schlimm, doch die übrigen Verstöße stellen Schwerverbrechen dar.«

»Und die Konsequenzen?« hakte Torres nach.

»Die Konsequenzen bestehen aus strengen Strafen«, entgegnete Rawlik. »Bei den Achthunderter-Vorschriften geht es um temporale Manipulationen.«

»Von solchen Zahlen hören wir immer wieder«, sagte Neelix. »Würden Sie uns bitte erklären, welche Schuld wir auf uns geladen haben?«

»Ihr Achthunderter-Vergehen betrifft einen Zeitsprung innerhalb einer Ära. In diesem Zusammenhang gibt es besondere Vorschriften. Sie gelten für zwei verschiedene Möglichkeiten: absichtliche und unabsichtliche temporale Transfers innerhalb einer Epoche.«

»Bei uns steckt keine Absicht dahinter«, warf Torres ein.

»Ich weiß.« Rawlik runzelte die Stirn. »Sie haben es mehrmals betont. Aber Unterschiede ergeben sich dadurch nur bei den Einträgen in Ihren Akten. An der Strafe ändert sich nichts.«

»Wie wird so etwas bestraft?« fragte Neelix.

»Mit dem Tod.«

Einige Sekunden lang herrschte Stille.

»Mit dem Tod?« wiederholte Torres leise.

Rawlik nickte. »Ausnahmen gibt es nicht. Achthunderter-Vergehen sind die schlimmsten Verbrechen überhaupt.«

»In den meisten Kulturen gilt Mord als das schlimmste aller Verbrechen«, erwiderte Torres scharf.

»Ein Achthunderter-Verstoß ist noch viel ernster«, sagte Rawlik. »Für Kapitalverbrechen in der Echtzeit gelten die Einhunderter-Vorschriften. Dafür sind andere Strafen vorgesehen.«

»Was kann schlimmer sein als Mord?« fragte Neelix.

»Störungen im Zeitstrom«, antwortete Rawlik. »Tausende könnten dadurch den Tod finden. Es wäre denkbar, daß unsere Kultur ausgelöscht und die ganze Welt vernichtet wird.«

Torres ließ langsam den angehaltenen Atem entweichen. »Unser Zeitsprung hatte keine derartigen Folgen, oder?«

»Nein. Aber es handelt sich trotzdem um einen Achthunderter-Verstoß. Der nicht ignoriert werden kann.«

B'Elanna begriff, daß sie sich im Kreis bewegten. Es fiel ihr schon schwer genug, die Starfleet-Vorschriften zu akzeptieren. Dieser bürokratische Unfug bildete ein Labyrinth, in dem sie sich zu verirren drohte.

»Na schön«, sagte sie. »Wir haben angeblich ein schreckliches Verbrechen begangen, das in Ihrer von der Zeitreise bestimmten Kultur eine besondere Bedeutung hat. Erklären Sie uns Ihre Gesellschaft und unser Delikt mit Worten, die wir ›Planetenspringer‹ verstehen können.«

B'Elanna verschränkte die Arme und richtete einen herausfordernden Blick auf den Mann hinterm Schreibtisch. Sie gab sich tapfer, obgleich immer mehr Unruhe in ihr zitterte.

Rawlik lächelte und nickte. »Ich will's versuchen.«

»Bitte«, sagte Torres mit Nachdruck. »Und geben Sie sich Mühe. Ich möchte wenigstens wissen, weshalb ich sterben soll.«

10

Drickel verzichtete darauf, die kleine Taschenlampe zu benutzen, wählte statt dessen die Laterne. Vorsichtig nahm er sie aus der Reisetasche und schaltete sie ein. Licht verdrängte die Dunkelheit aus der Höhle, und seltsamerweise führte dies dazu, daß er sich sehr allein fühlte. Normalerweise empfand er die Einsamkeit nie als Belastung, doch hier befand er sich in einer Zeit, die er verabscheute, nur von seiner Tasche begleitet. Hier konnte er nur damit rechnen, irgendwelchen Plünderern zu begegnen.

Er brauchte eine Weile, um sich zu orientieren. Jeder Zeitsprung erforderte eine Eingewöhnungsphase. Je älter man wurde, desto langsamer paßte sich der Körper an Veränderungen in Hinsicht auf Temperatur und Luftfeuchtigkeit an. Ganz zu schweigen von den anderen Problemen, die ein solcher Transfer mit sich brachte. Die alten Höhlen der Kontrolle waren so trocken und verstaubt, daß eine unvorsichtige Bewegung genügte, um dichte Staubwolken aufzuwirbeln.

Langsam drehte er sich um und ließ den Blick durch die alte Kammer schweifen. Einige Tonringe erinnerten an jene Blumen und Bäume, die einst grüne Vitalität in diese Kavernen gebracht hatten. Drickel sah die Reste eines Schreibtischs; hier und dort wirkten fransige Kabelstränge wie exotische Schlangen.

Er wußte zwar: Man hatte diesen Ort aufgegeben, weil Dimensionsverschiebungen interessanter wurden als Zeitreisen. Aber trotzdem fand er die leeren Höhlen irgendwie gespenstisch. Vielleicht verbarg sich in diesem

Umstand eine der Inspirationen für sein Gebaren als Wächter.

Er hob die Lampe und blickte zum Korridor. Rechts war ein Teil der Wand eingestürzt; Felsen bildeten dort eine große Barriere, die bis zur Decke emporragte.

»Wundervoll«, kommentierte Drickel.

Seine Stimme hallte mehrmals wider – das Echo wurde immer leiser und verklang schließlich. Er fragte sich, wie weit die Vibrationen reichten. Eigentlich erstaunlich, daß diese Kammern nach so langer Zeit noch existierten. Bei ihrem Bau hatte man ganz offensichtlich auf Stabilität geachtet. Drickel hoffte, daß sie noch etwas länger stabil blieben – wenigstens bis er sie verlassen hatte.

Er schlang sich den Riemen der Tasche über die Schulter und befestigte die Laterne am Gürtel, bevor er durch den Hauptraum ging. Bei jedem Schritt wirbelte Staub auf. Er setzte den Weg fort, um nicht dem Staub zu entkommen. Kurze Zeit später fand er den alten Tunnel des Magnetzuges, und zwar genau dort, wo er aufgrund der Karten sein sollte.

Sein letzter Transfer in diese Kontrolle hatte vor über zwanzig Echtzeitjahren stattgefunden. Bei jener Gelegenheit benutzte er den Transporter, um von einer kleinen Zeitkammer im Hinterzimmer direkt zur Oberfläche zu springen. Sein Auftrag betraf einige Plünderer, die in ihre Zukunft gereist waren, in die Zeit nach dem Zweiten Exodus: eine kleine Gruppe, die aus insgesamt sechs Personen bestand und sich ohne größere Schwierigkeiten in ihre Echtzeit zurücktreiben ließ. Im Wesen jener Leute hatte es eine ausgeprägte religiöse Komponente gegeben, und die bot Drickel einen Ansatzpunkt, gab ihm die Möglichkeit, Furcht in ihnen zu wecken.

Zehn Jahre vorher hatten die Aktivitäten von Planetenspringern zu einem Alarm in dieser Ära geführt. Nachdem einen Tag lang Ausrüstungsgegenstände um sie herum verschwanden und wieder erschienen, verließen die Fremden den Planeten, ohne ein einziges Souvenir mitzunehmen. Wenn Besucher von Außenwelt mit so großen Anlagen konfrontiert wurden, in denen sich nichts Lebendiges regte, reagierten sie in den meisten Fällen mit profundem Unbehagen. Wenn dann auch noch ›Geisterhaftes‹ geschah, so kehrten sie schnell ins All zurück.

Mit dieser Taktik hatte Drickel immer wieder Erfolge erzielt.

Sein Blick galt nun dem alten Magnetwagen an der Öffnung des Tunnels. Es handelte sich um ein kleines, rechteckiges Gebilde, angefertigt aus einem einst glänzenden Metall. Eine dicke Staubschicht hatte sich darauf angesammelt.

Vorsichtig wischte der Wächter die grauweiße Masse beiseite, streckte die Hand nach dem Griff aus und schnitt eine Grimasse, als der Hebel abbrach. Ein zehn Kilometer weiter Marsch durch den Tunnel, dann einen halben Kilometer nach oben klettern – diese Mühe hätte er sich gern erspart. Doch solche Wünsche gingen nur selten in Erfüllung. Hier herrschte zwar ein trockenes Klima, aber seit der Wartung der letzten Shuttles waren zu viele Jahre vergangen.

Nun, jetzt bekam er die Chance, etwas für seine Fitneß zu tun. Und er konnte feststellen, in welchem Zustand sich die Tunnel befanden.

Er ließ den abgebrochenen Hebel fallen und ging los.

Während des ersten halben Kilometers führte der Stollen in einem Winkel von fast fünfundvierzig Grad nach oben. Schon nach kurzer Zeit schwitzte Drickel, und der Staub klebte auf sehr unangenehme Weise an ihm fest. Schließlich verharrte er und wartete, bis sich die aufgewirbelten Wolken aus Myriaden von winzigen Schmutzpartikeln wieder legten.

»Das ist doch absurd«, murmelte er und wischte sich die Stirn ab. Natürlich achtete er die Vorschriften – eine von ihnen verlangte, daß Wächter immer natürliche Transportmittel verwendeten, sofern sie zur Verfügung standen (Wachverordnung, Abschnitt 4221, Paragraph 96) –, aber er sah beim besten Willen nicht ein, warum er dabei schmutzig und erschöpft werden sollte.

Er öffnete die Tasche und entnahm ihr das Schaltsegment für den persönlichen Transporter. Etwas Staub geriet ihm in den Mund und bewirkte einen Hustenanfall, der mehr Staub von den Wänden löste – dadurch wurde alles noch schlimmer.

Drickel hielt den Atem an, bis sich die Staubwolken soweit lichteten, daß sie nur noch einen vagen Dunst in der Luft bildeten. Dann atmete er ganz langsam und versprach sich hingebungsvolles, Hals und Kehle befreiendes Husten, sobald er nach draußen gelangte.

Er öffnete erst die kleine Klappe am Gürtel, unter der sich die Transporterkontrollen verbargen, wenige Sekunden später auch eine zweite: Sie schützte die Aktivierungseinheit für das Tarnfeld. Nur Wächter und mit sicherheitskritischen Aufgaben betraute Polizisten durften Tarnfeldgeneratoren verwenden (Wachverordnung, Abschnitt 66719, Paragraph 2) – ein Umstand, für den Drickel sehr dankbar war. Wenn die Tarnfeldtechnik dem durchschnittlichen Alcawellianer zur Verfügung gestanden hätte... Dadurch wäre die Wahrnehmung seiner Pflichten fast unmöglich geworden.

Allerdings: Die Abschirmung war nicht perfekt. Wenn er die Oberfläche erreichte, blieb er für einen Sekundenbruchteil ungeschützt. Er konnte nicht den persönlichen Transporter und gleichzeitig seinen Tarnschild benutzen. Dieses Problem hatten die Entwicklungstechniker noch nicht gelöst – das war zumindest sein Wissensstand. Das Risiko, von den Planetenspringern entdeckt zu werden, ließ sich also nicht ganz ausschließen. Doch nur selten standen ihnen Sensoren mit genug Leistungspotential zur Verfügung, und selbst wenn die Ortungsgeräte auf seine Präsenz reagierten: Sie konnten kaum Daten gewinnen, da er sofort wieder ›verschwand‹. Den Fremden war es bestimmt nicht möglich, ihn zu lokalisieren.

Drickel schaltete den Transporter ein – und fand sich auf der Oberfläche des Planeten wieder. Kalter Wind blies ihm Sand ins Gesicht.

»Wundervolles Wetter«, dachte er, als das Tarnfeld aktiv wurde. »Fast ist mir der Staub lieber.« Er holte den Mantel aus der Reisetasche und streifte ihn über, setzte anschließend eine Mütze und auch eine Schutzbrille auf.

Er sah kurz zu den vielen alten Zeitfähren, setzte sich dann in Bewegung und ging mit zielstrebigen Schritten zu dem Ort, wo die Planetenspringer gelandet waren.

Janeway saß am Schreibtisch im Bereitschaftsraum, und der Computerschirm vor ihr zeigte jenes Schiff, mit dem Torres, Kim und Neelix in die Vergangenheit gereist waren. Sie hatte sich in dieses Zimmer zurückgezogen, um sowohl über die Situation nachzudenken als auch über Kjanders' Bericht.

Wie Chakotay traute sie dem Fremden nicht. Aber in Hinsicht auf die alcawellianische Gesellschaft schien er die Wahrheit zu sagen. Tuvok und der Indianer hatten auf einen sehr seltsamen Aspekt hingewiesen: Kjanders mußte für das ›Verbrechen‹ seines Zeitsprungs innerhalb der Ära mit der Todesstrafe rechnen, aber trotzdem schien er kaum um seine Sicherheit besorgt zu sein.

Janeway hatte ihn in seinem Quartier unter Arrest gestellt. Sie wollte mehr herausfinden, bevor sie Kjanders erlaubte, sich frei an Bord zu bewegen.

Sie lehnte sich nun im Sessel zurück und seufzte – diesmal hatte die Atmosphäre des Bereitschaftsraums keine entspannende Wirkung auf sie. Die großen Fenster gewährten einen Blick auf den Planeten. Natürlich konnte man die zahllosen Zeitfähren nicht sehen, aber Janeways Phantasie malte ein deutliches Bild von ihnen. Manchmal fühlte sie sich in diesem Teil der Galaxis völlig ratlos. Neelix' Hilfe in Anspruch zu nehmen, brachte nicht nur Vorteile, sondern häufig auch Probleme.

Hoffentlich bekommt er noch einmal Gelegenheit, uns in

Schwierigkeiten zu bringen, dachte sie. *Es würde nämlich bedeuten, daß er wieder an Bord ist.*

Janeway hatte noch keine Zeit gefunden, um mit Kes zu sprechen. Die zierliche Ocampa hatte sich als eine sehr nützliche Erweiterung der Crew herausgestellt. Vielleicht erlitt die junge Frau einen Schock, wenn sie erfuhr, daß sich Neelix in einer fernen Vergangenheit aufhielt.

Tuvok setzte sich von der Brücke aus mit ihr in Verbindung. »Captain, ich ...«

Stille folgte, doch der Kom-Kanal blieb geöffnet. »Was ist los, Mr. Tuvok?« fragte Janeway beunruhigt. Sie stand halb auf, dazu bereit, sofort in den Kontrollraum zurückzukehren.

»Entschuldigen Sie bitte, Captain«, erwiderte der Vulkanier. »Die Sensoren haben eine Lebensform auf dem Planeten geortet – einen Humanoiden, etwa zehn Kilometer von dem Ort entfernt, an dem der Transfer von Torres, Kim und Neelix stattfand. Doch dann verschwand das Geschöpf plötzlich, ohne eine Spur zu hinterlassen.«

»Eine Fehlfunktion der Sensoren, Mr. Tuvok?«

»Das glaube ich nicht, Captain. Man könnte fast meinen, es sei eine Tarnvorrichtung aktiv geworden.«

Janeway seufzte erneut. »Testen Sie die entsprechenden Systeme mit einem Diagnoseprogramm und setzen Sie die Sondierungen fort. Wenn es auf dem Planeten tatsächlich einen Humanoiden gibt, der sich mit einem Tarnfeld abschirmt und kurz für die Sensoren sichtbar wurde ... Es bedeutet, daß der Tarnfeldgenerator nicht absolut zuverlässig funktioniert. Früher oder später orten wir den Fremden erneut. Bleiben Sie am Ball.«

Tuvok verstand. »Ja, Captain.«

»In Ordnung.« Janeway schloß den Kom-Kanal, öffnete einen anderen und bat Chakotay in den Bereitschaftsraum. Sie sah sich einer sehr schwierigen Situation gegenüber. Es ging nicht nur darum, die Einsatzgruppe zu retten. Auf dem Spiel stand auch die Funktionstüchtigkeit des Schiffes. Janeway schauderte innerlich, als sie überlegte, was aus der *Voyager* werden sollte, wenn B'Elanna Torres nicht zurückkehrte. An Careys Fähigkeiten als Ingenieur und Techniker gab es nichts auszusetzen, aber die Klingonin war praktisch ein Genie.

Die Tür des Bereitschaftsraums glitt mit einem leisen Zischen beiseite, und Chakotay kam herein. »Sie wollten mich sprechen, Captain?«

Janeway nickte. »Ich habe über die von unserem Gast stammenden Informationen nachgedacht. Es widerstrebt mir, eine zweite Einsatzgruppe auf den Planeten zu schicken, doch ich schätze, uns bleibt nichts anderes übrig. Was meinen Sie?«

»Eine genaue Untersuchung des Zeitshuttles wäre durchaus logisch, wie es Tuvok ausdrücken würde«, erwiderte Chakotay.

»Wen schlagen Sie vor?« Eine gefährliche Mission, von der die Mitglieder der Landegruppe vielleicht nicht zurückkehrten – gerade deshalb hatte Janeway jedes einzelne Besatzungsmitglied in Erwägung gezogen. Niemand von ihnen war entbehrlich. In gewisser Weise konnte sie von Glück sagen. Zwar hätte es selbst mit maximaler Warpgeschwindigkeit fünfundsiebzig Jahre gedauert, um das stellare Territorium der Föderation zu erreichen, aber wenigstens war sie zusammen mit einer hervorragenden Crew im Delta-Quadranten gestrandet.

Janeway hatte auch die Möglichkeit in Betracht gezogen, selbst aufzubrechen, entschied sich jedoch dagegen. An ihren wissenschaftlichen Kenntnissen gab es nichts auszusetzen, aber sie wurde in erster Linie als Kommandantin gebraucht.

»Die Wahl fällt sehr schwer«, sagte Chakotay. »Ich habe mir die Sache bereits durch den Kopf gehen lassen. Seska ist eine gute Technikerin. Tuvok verfügt über Wissen, das sicher nützlich sein könnte. Ich käme ebenfalls in Frage. Außerdem muß ich darauf hinweisen, daß sich Lieutenant Paris freiwillig gemeldet hat. Er möchte selbst dabei mithelfen, Kim zu finden.«

Janeway lächelte schief. Chakotay und Paris erging es ebenso wie ihr: Sie wollten aktiv werden. »Ich brauche Sie hier. Kümmern Sie sich um unseren Gast. Versuchen Sie, mehr von ihm zu erfahren. Ihre übrigen Vorschläge sind gut und hiermit angenommen.«

Sie stand auf. »Stellen Sie die Einsatzgruppe zusammen.«

Chakotay nickte. Gemeinsam verließen sie den Bereitschaftsraum.

Stille herrschte auf der Brücke. Paris saß am Navigationspult, und Tuvok beugte sich über die Displays der Sicherheitsstation. Jarvin bediente die Funktionskontrollen. Als Janeway zum Kommandosessel ging, öffnete sich die Tür des Turbolifts. Kes kam herein. Ihr schmales Gesicht wirkte gefaßt, doch die Hände der jungen Frau zitterten ganz offensichtlich.

Janeway nickte ihr zu und wandte sich dann an den Vulkanier.

»Mr. Tuvok, ich schicke Sie, Lieutenant Paris und Fähnrich Seska auf den Planeten. Ich möchte, daß Sie soviel wie möglich über die dortigen Schiffe herausfinden – ohne in die ferne Vergangenheit zu reisen. Verstanden?«

»Ja, Captain.«

Paris erhob sich. »Danke, Sir. Ich mache mir große Sorgen um Kim.«

»Wir alle sind besorgt, Lieutenant. Und wir versuchen, sowohl ihm als auch den anderen zu helfen. Holen Sie Ihre Sachen und begeben Sie sich dann in den Transporterraum. Je eher wir mit dieser Mission beginnen, desto besser für uns.«

»Entschuldigen Sie bitte, Captain, aber ich würde die Landegruppe gern begleiten.« In Kes' Stimme erklang eine gewisse Festigkeit. Man konnte ihr nur schwer etwas abschlagen.

Janeway drehte sich zu ihr um. »Ich verstehe Ihren Wunsch, an dieser Sache beteiligt zu sein, aber für den Einsatz sind ganz bestimmte Fähigkeiten erforderlich.

Wenn ich den Eindruck habe, daß Sie irgendwie helfen können, schicke ich Sie sofort auf den Planeten.«

Kes blickte so auf ihre Finger herab, als fühlte sie sich von ihnen verraten. Fast ruckartig legte sie die Hände auf den Rücken – nur diese Reaktion deutete auf Nervosität hin. »Darf ich auf der Brücke bleiben?«

»Natürlich«, erwiderte Janeway. Und zu Chakotay: »Sorgen Sie dafür, daß die ganze Zeit ein Transferfokus auf die Landegruppe gerichtet ist. Ich möchte, daß sie unverzüglich an Bord gebeamt wird, sobald sich dort unten irgend etwas rührt.«

»Ja, Captain«, bestätigte der Indianer.

Tuvok setzte sich mit Seska in Verbindung und bat sie in den Transporterraum. Anschließend ging er zum Turbolift und bedeutete Paris, ihm zu folgen. Der Lieutenant hatte nur auf ein Zeichen gewartet, und mit einigen langen Schritten war er an Chakotays Seite.

Janeway sah ihnen nach und hoffte inständig, daß sie die beiden Männer jetzt nicht zum letztenmal sah. Sie hatte ein ungutes Gefühl. Ein *sehr* ungutes Gefühl …

11

Der Sensor piepte leise, und Drickel duckte sich hinter das Wrack eines alten Schiffes, um vor dem unablässig wehenden Wind geschützt zu sein. Schon seit einer ganzen Weile war er auf dem harten Beton unterwegs, und die Kälte hatte sich ihm bereits in die Knochen geschlichen. Die Beine schmerzten vom anstrengenden Marschieren durch angehäuften Sand, und die Wangen fühlten sich so an, als seien die obersten drei Hautschichten abgeschmirgelt. Er bezweifelte, daß er jemals wieder seine Nase spüren würde. Warum konnten die Planetenspringer nicht einmal – nur ein einziges Mal – in einem warmen Klima landen?

Er überprüfte die Anzeigen des Sensors. Drei Fremde befanden sich bei einem alten Shuttle, etwa einen Kilometer entfernt. Sie hatten es noch nicht betreten, standen aus irgendeinem Grund im Wind. Offenbar führten sie mehrere verschiedene Sondierungen durch. Drickels Sensor zeigte das betreffende Schiff als einen orangefarbenen Punkt, doch es dauerte einige Sekunden, bis er begriff.

In seiner Magengrube krampfte sich etwas zusammen. Jene Zeitfähre gehörte zu den wenigen, die in dieser Ära noch funktionierten. Wie hatten die Planetenspringer sie gefunden? Er durfte auf keinen Fall zulassen, daß sie an Bord gingen. Eine Benutzung des Shuttles war viel zu gefährlich. Wenn es den Außenweltlern tatsächlich gelang, damit einen Zeitsprung durchzuführen... Dann gerieten sie zweifellos in enorme Schwierigkeiten.

Rasch kontrollierte er den Tarnfeldgenerator, um sich

zu vergewissern, daß die Abschirmung noch immer funktionierte. Dann lief er los, über den Friedhof der alten Kultur.

Rechts und links ragten die Schiffe auf, ihre Außenhüllen von Wind und Sand zerkratzt. Drickel rang mit einem Gefühl der Unwirklichkeit. Vor wenigen Stunden war er in einer dieser Fähren unterwegs gewesen; ganz deutlich erinnerte er sich an ihren guten Zustand und die vielen Passagiere an Bord.

Noch etwas schneller lief er und achtete darauf, nicht zu stolpern. Zwar hinterließ er Fußabdrücke im Sand, aber der Wind verwischte die Spuren sofort. Drickels Herz klopfte, aber nicht aufgrund der körperlichen Anstrengung – fast so etwas wie Panik erfaßte ihn. Wenn er die Planetenspringer nicht rechtzeitig erreichte, begannen sie eine Reise, die vermutlich mit ihrem Tod endete.

Schließlich blieb er bei einem Shuttle stehen, dessen Landegerüst teilweise nachgegeben hatte. Dort versuchte er, eine Position zu finden, in der ihm kein Sand mehr ins Gesicht wehte. Die drei Planetenspringer standen an der Rampe, die in das intakte Schiffe führte. Er hörte nun ihre Stimmen, die sich durch einen seltsamen Klang auszeichneten. Der Wind riß die Worte fort, bevor er sie verstehen konnte.

Immer wieder blickten sie zur Luke empor, und Drickel stellte erleichtert fest, daß er gerade noch rechtzeitig gekommen war.

Diese Planetenspringer unterschieden sich von allen anderen, denen er bisher begegnet war. Und sie wiesen auch individuelle Unterschiede auf. Zwei schienen Männer zu sein: Beim einen war die Haut hell, beim anderen dunkel. Der Dunkelhäutige hatte spitze Ohren. Die Frau vereinte gewisse Charakteristiken der beiden Männer in sich. Ihr Haar war dunkel, die Haut hell. Die Nase wies streifenartige Höcker auf, und am einen Ohr hing ein auffallend großes Schmuckstück. Es klimperte im Wind, schwang hin und her.

Die dünne Kleidung der Fremden eignete sich nicht für dieses Wetter. Drickel beobachtete, wie die Frau fröstelte. Er lächelte. Sollten sie ruhig frieren; es geschah ihnen ganz recht.

Allem Anschein nach waren sie noch nicht bereit, das Shuttle zu betreten, was für den Wächter bedeutete: Ihm blieb noch etwas Zeit. Er sah sich um, hielt nach etwas Ausschau, mit dem er die Fremden erschrecken konnte. Etwa zwanzig Meter entfernt bemerkte er eine halb im Sand vergrabene quadratische Metallplatte, die aus dem Rumpf einer Zeitfähre stammte. Sie eignete sich für den Anfang.

Drickel nahm eine kleine Antigravscheibe vom Gürtel, lief zur Platte und befestigte die Scheibe an ihrer Mitte. Mit einer Hand griff er nach dem Rand der Metallplatte und achtete darauf, keinen zu großen Teil von ihr mit seinem Tarnfeld zu verbergen. Er zog sie aus dem Sand und trug sie den drei Planetenspringern entgegen. Sie wackelte und schwankte, wie ein junger Bürokrat mit neuen unpraktischen Schuhen. Der heulende Wind und der wehende Sand verstärkten den unheimlichen Aspekt des Geschehens.

Der hellhäutige Mann sah die Platte als erster. Er wirbelte um die eigene Achse, in der rechten Hand ein Objekt, das eine Waffe zu sein schien.

Ziemlich schnell, dachte Drickel anerkennend.

Die Frau wich zurück und zog ebenfalls eine Waffe. Der Spitzohrige hingegen blieb ruhig stehen und beobachtete die Metallplatte. Sie wackelte, als sie sich den Fremden näherte, neigte sich immer wieder von einer Seite zur anderen. Zehn Meter vor den Planetenspringern ließ Drickel sie fallen – mit lautem Scheppern fiel das schwere Rumpfsegment auf den Beton. Der Wind trug das Geräusch rasch fort.

Der spitzohrige Mann beobachtete die Platte auch weiterhin, während seine beiden Begleiter den ganzen Bereich sondierten. Drickel lachte lautlos, zog sich in den

Windschatten des nächsten Shuttles zurück und vermied es, in Sandhaufen zu treten.

Die drei Fremden sprachen wieder miteinander, aber auch diesmal verloren sich ihre Worte im Fauchen der Böen. Schließlich schritt der Spitzohrige zur Metallplatte und stieß sie mit dem Fuß an. Als sie sich nicht bewegte, ging er in die Hocke und versuchte, die eine Seite des Rumpfsegments anzuheben. Er bekam sie einige Zentimeter weit nach oben, ließ dann los und holte ein Ortungsinstrument hervor. Zuerst richtete er es auf die Metallplatte, und wenige Sekunden später scannte er die Umgebung.

Drickel war froh, daß er beim Tarnfeldgenerator eine zusätzliche Funktionskontrolle vorgenommen hatte.

Das Spitzohr schüttelte den Kopf und sagte etwas über die Schulter hinweg. Die beiden anderen Planetenspringer wirkten ebenso skeptisch wie er.

»Offenbar ist er nicht leicht zu beeindrucken«, murmelte Drickel. Hier waren drastischere Maßnahmen erforderlich – bei diesen Außenweltlern genügten keine durch den heulenden Wind schwebenden Metallplatten. Irgendwie mußte ihr Sinn für die Realität in Frage gestellt werden.

Der Wächter sah an dem Shuttle empor, hinter dem er stand. Die drei Landebeine waren geknickt, und im unteren Bereich des Rumpfes zeigten sich deutliche Korrosionsspuren. Ein Teil der Rampe war unter der Fähre zermalmt. Der Wind hatte Sand durch die halb geöffnete Luke geweht und links davon angehäuft.

Das Schiff erweckte den Eindruck, bei der nächsten starken Bö einfach auseinanderbrechen zu können. Nur das extrem trockene Klima hatte dafür gesorgt, daß es noch immer in einem Stück existierte.

Es eignete sich perfekt für die nächste große Szene.

Drickel öffnete die Reisetasche und entnahm ihr mehrere Antigravmodule. Drei waren nötig, um das alte Schiff zu heben.

Er ging um das Schiff herum und befestigte die Geräte gleich weit voneinander entfernt an der Außenhülle. Auch diesmal achtete er darauf, keine Spuren im Sand zu hinterlassen. Anschließend zog er sich in den Windschatten einer anderen Zeitfähre zurück und holte die Kontrolleinheit hervor.

Die drei Planetenspringer standen noch immer bei der Metallplatte und nahmen gelegentliche Sondierungen vor. Sie sprachen miteinander, und der hellhäutige Mann untermalte seine Bemerkungen mit Gesten. Die Frau schlang die Arme um sich selbst, und ihre Zähne klapperten. Immer wieder blickte sie sich um. Drickel zweifelte kaum daran: Sie bildete das schwache Glied in der Kette.

Spitzohr behielt auch weiterhin die Platte im Auge. Er scannte sie einmal mehr, deutete aufs Display des Ortungsinstruments und runzelte die Stirn. Kälte und Wind schienen ihm überhaupt nichts auszumachen. Das Gesicht des blassen Mannes hatte sich inzwischen gerötet. Die Frau sprach mit großem Nachdruck, nickte bei jedem Wort.

Der Wächter richtete die Kontrolleinheit auf das Schiff. »Mal sehen, wie ihnen das gefällt.«

Metall kratzte mit einem lauten Quietschen über Metall, und Drickel schauderte unwillkürlich. Das alte Shuttle löste sich vom Boden, auf dem es seit Jahrtausenden ruhte. Fünf Meter weit stieg es auf.

»Nicht schlecht«, kommentierte Drickel das Geschehen.

Das halb zerdrückte Landegestell und die alte Rampe baumelten wie Gliedmaßen unter dem Wrack. Der heulende Wind sorgte dafür, daß sich die Fähre wie unschlüssig hin und her neigte.

Die Böen zerrten an den Landebeinen, und eins von ihnen löste sich, fiel auf den Beton zurück.

Die Planetenspringer hatten sich beim ersten Laut umgedreht und wichen einige Schritte vom Shuttle fort. Der hellhäutige Mann beobachtete die Fähre und trat dann zur Seite – vielleicht wollte er sie aus einer anderen Perspektive sehen. Die Frau stand mit offenem Mund da, starrte mit einer Mischung aus Verblüffung und Entsetzen. Drickel wäre bereit gewesen, an einen Erfolg zu glauben, doch Spitzohr blieb auch weiterhin unbeeindruckt. Seine Aufmerksamkeit galt dem Scanner, den er auf das Wrack gerichtet hatte.

»Dir kann man nicht leicht einen Schrecken einjagen, wie?« flüsterte Drickel. »Nun, wie ist es damit?« Er bediente die Kontrollen, und das alte Schiff glitt langsam den drei Fremden entgegen. Der Rest des Landegestells glitt über den Boden, und dabei erklangen sehr unangenehme Geräusche. Die Frau preßte sich beide Hände an die Ohren, und der Hellhäutige schnitt eine Grimasse. Spitzohr klopfte sich an die Brust und sagte etwas, das Drickel angesichts des Lärms nicht verstand. Kurz darauf wurden die Planetenspringer von einem sonderbaren Schimmern erfaßt und verschwanden.

»Transporterstrahlen«, murmelte Drickel. »Beeindruckend.«

Er steuerte das Schiff höher, damit das gräßliche Quietschen, Kratzen und Schaben aufhörte. Während der nächsten zehn Minuten blieb er im Windschatten und ließ das Wrack auch weiterhin umherschweben, einmal sogar gegen eine andere Zeitfähre stoßen. Vermutlich sondierten die Fremden den Planeten, und er wollte nicht, daß sie ihre Präsenz mit den sonderbaren Ereignissen in Verbindung brachten.

Nach einer Weile dirigierte er das Shuttle zu seinem Platz zwischen den anderen Wracks. Die Landung erwies sich als fatal: Das Stützgerüst gab endgültig nach, und die Rampe zerbrach; Sand rutschte aus der offenen Luke.

Erstaunlich, auf welche Weise die Zeit alles kontrollierte.

Drickel empfand es als lästig, die Antigravmodule zurückzuholen, aber er entschied sich dagegen, sie am Rumpf zu lassen. Die Außenweltler sollten keine Spuren finden, wenn sie mutig genug waren, noch einmal auf den Planeten zu kommen.

Er ging fort von dem funktionstüchtigen Shuttle, wandte sich einer anderen Reihe zu und wählte dort eine Zeitfähre, deren Landegerüst noch immer recht stabil wirkte. Rasch trat er über die Rampe. Das Schiff befand sich nicht gerade in einem erstklassigen Zustand, aber es war auch kein Wrack in dem Sinne.

Ohne den Wind schien es wärmer zu sein. Drickel wischte sich den Sand aus dem Gesicht und hoffte, daß er die Mission beendet hatte. Wenn das Vakuumschiff der Fremden aus dem Orbit schwenkte, wollte er den üblichen Tag warten – um dann zum herrlich warmen Dschungel zurückzukehren.

Janeway verharrte überrascht, als sie den Besprechungsraum betrat. Paris, Tuvok und Seska saßen am Tisch. Sie trugen Jacken, und ihre Wangen waren gerötet. Paris putzte sich gerade die Nase, und bei Seska zeichnete sich der bajoranische Ohrschmuck nicht durch die übliche Symmetrie aus – das Ding wirkte fast verheddert.

Carey folgte Janeway ins Konferenzzimmer. Und kurze Zeit später kamen auch Chakotay und Kes. Sie nahmen ihre üblichen Plätze am Tisch ein.

»Na schön«, begann die Kommandantin. »Ich möchte nicht nur Informationen von Ihnen, sondern auch Ihre subjektiven Eindrücke. Tuvok?«

Der Vulkanier trank einen Schluck Gewürztee – das einzige Zeichen dafür, daß er Unbehagen verspürte. »Zweimal haben wir beobachtet, wie sich Dinge bewegten, die eigentlich unbeweglich sein sollten. Ich habe noch keine Erklärung für das Phänomen, nehme jedoch an, daß die entsprechenden Ereignisse in keinem direkten Zusammenhang mit dem Shuttle stehen, das B'Elanna Torres und ihre Begleiter in die Vergangenheit brachte.«

»Es bewegten sich nicht einfach nur ›Dinge‹.« Paris schloß die eine Hand um den Becher und lehnte sich zurück. »Das ist eine Untertreibung. Bei einem ›Ding‹ handelte es sich um ein Wrack, doppelt so groß wie ein Shuttle und älter als Gott. Es schwebte durch die Luft. Sand rann durch den offenen Zugang und die Löcher im Rumpf; das Heulen des Windes hallte im Innern wider. Entschuldigen Sie bitte, wenn ich emotional darauf reagiere, aber ich fand die ganze Sache unheimlich.«

»Ich ebenfalls«, sagte Seska.

»Es war recht beeindruckend, wenn man sowohl Gewicht und Alter des Schiffes als auch den Umstand bedenkt, daß es über keinen Antrieb verfügt«, meinte Tuvok.

»Ich würde das Geschehen nicht unbedingt mit dem Wort *beeindruckend* beschreiben«, kommentierte Paris.

Seska nickte, tastete nach dem Ohrschmuck und blickte ins Leere.

Janeway musterte Paris. Er geriet leicht in Aufregung – das machte einen Teil seines Charmes aus –, aber er übertrieb nur selten. Eher war das Gegenteil der Fall: Gelegentlich untertrieb er. Der Anblick des durch die Luft schwebenden Schiffes mußte wirklich ›beeindruckend‹ gewesen sein.

»Captain ...«, wandte sich Tuvok an die Kommandantin. »Nach unserer Rückkehr zur *Voyager* setzte das Schiff seinen Flug sechs Komma drei Minuten lang fort.«

»Vielleicht hatte Neelix recht«, sagte Kes. »Vielleicht spukt es auf dem Planeten.«

Alle Blicke richteten sich auf die junge Frau. Tuvok wölbte eine Braue, und Janeway stellte überrascht fest, daß Paris nicht lächelte. Von Unruhe geprägte Stille folgte.

Schließlich räusperte sich Seska. »Wir Bajoraner wachsen mit dem Glauben auf, daß es Dinge gibt, die wir nicht sehen können. Wir sollten auch die geistigen und metaphysischen Aspekte der Realität berücksichtigen.«

»Halten Sie es für möglich, daß es Geister auf dem Planeten gibt?«

Seska atmete tief durch. »Das Schiff war in einem viel zu schlechten Zustand, um zu fliegen. Und doch schwebte es uns entgegen. Ich weiß nicht, ob irgendwelche Geister dahinterstecken, aber es wirkte alles ziemlich beunruhigend.«

»Vielleicht *sollte* es das«, vermutete Tuvok. »Jene Metallplatte, die dicht vor uns zu Boden fiel ... Sie kam einer Warnung gleich.«

Paris nickte. »Deshalb war's so unheimlich. *Etwas* schien uns vertreiben zu wollen.«

»Und dann der Wind«, hauchte Seska. »Das gespenstische Heulen genügte, um Unbehagen zu schaffen.«

»Wenn die Bewegungen des Wracks dazu dienen sollten, uns zu erschrecken oder den Anschein zu erwecken, daß es ›spukt‹ ...« Tuvok zögerte kurz. »In dem Fall wäre es logisch, den Flug des Schiffes noch eine Zeitlang fortzusetzen – damit es so aussieht, als gäbe es keine Verbindung mit der Präsenz von Fremden auf dem Planeten.« Tuvok trank wieder einen Schluck Tee. In seinem Gesicht zeigte sich noch immer ein grünlicher Schimmer, der an die Kälte auf dem Planeten erinnerte, doch die Hände wirkten jetzt wärmer als vor einigen Minuten.

»Wenn einige der alten Shuttles noch immer funktionieren, so verstehe ich die Notwendigkeit, Fremde von ihnen fernzuhalten«, erwiderte Janeway. »Es könnte zu einer Katastrophe führen, wenn Außenweltler plötzlich dreihunderttausend Jahre in der Vergangenheit erscheinen. Nun, leider sind wir einer Lösung unseres Problems bisher nicht näher gekommen. Die Frage lautet noch immer: Wie holen wir die Einsatzgruppe zurück?«

Paris hob den Kopf. »Vielleicht kann uns Kjanders weiterhelfen.«

»Das bezweifle ich«, entgegnete Chakotay. »Ich habe die letzte Stunde bei ihm verbracht und den Eindruck gewonnen, daß er an unserem Schiff weitaus mehr interessiert ist als an dem Planeten. Der Zustand des Shuttlehafens scheint ihn nicht nur erstaunt, sondern auch erschüttert zu haben. Wie dem auch sei: Ich frage ihn.«

»In Ordnung.« Janeway sah sich am Tisch um. »Weitere Vorschläge?«

»Da wir gerade bei Kjanders sind, Captain...«, sagte Chakotay. »Meiner Ansicht nach hat es keinen Sinn, ihn auch weiterhin in seinem Quartier unter Arrest zu stellen. Ich glaube, er plant etwas. Und wenn wir wissen, worum es dabei geht... Vielleicht bekommen wir dann weitere Auskünfte von ihm.«

»Na schön.« Janeway überlegte kurz. »Er kann seine Unterkunft verlassen, sobald Sie die Crew informiert haben. Alle sollen ihn im Auge behalten.«

Chakotay lehnte sich zufrieden zurück.

»Ich habe über den Planeten nachgedacht, Captain«, verkündete Tuvok. »Wenn wir zu ihm zurückkehren und dort feststellen, wer oder was das Schiff bewegt hat... Vielleicht ergeben sich dadurch Informationen über die Vermißten.«

»Ja«, sagte Janeway schlicht.

»Und falls ein Zeitreisender für den ›Spuk‹ verantwortlich ist...«, fügte der Vulkanier hinzu. »Möglicherweise ist er bei den Zeitsprüngen nicht auf eins der alten Shuttles angewiesen.«

»Wir gehen also auf Geisterjagd«, meinte Paris. Er schüttelte den Kopf und leerte seinen Becher. »Wundervoll.«

Janeway sah ihn an. »Ich nehme an, Sie melden sich erneut freiwillig.«

Paris nickte. »Ich kann doch nicht zulassen, daß ein Vulkanier den ganzen Spaß hat. Er wüßte ihn überhaupt nicht zu schätzen.«

Tuvok maß ihn mit einem ernsten Blick.

»Da sehen Sie, was ich meine«, sagte Paris.

12

Kjanders verließ das Quartier, das ihm Captain Janeway freundlicherweise zur Verfügung gestellt hatte, und hinter ihm schloß sich die Tür mit einem leisen Zischen. Nie zuvor hatte er sich an einem Ort befunden, an dem solche Ordnung herrschte. Selbst die Farben an Bord der *Voyager* vermittelten den Eindruck von Ruhe und Übersichtlichkeit. Hier gab es keine orangefarbenen und purpurnen Töne, die sofort auffielen. Statt dessen präsentierte die Umgebung sanftes Grau und helles Blau, hier und dort auch schwarze Linien, die für Abgrenzungen sorgten.

Chakotay hatte eine Bitte an Kjanders gerichtet, die eher nach einem Befehl klang. Solche Dinge durfte er nicht einfach ignorieren. Im großen und ganzen bot das Vakuumschiff zwar ein freundlicheres Ambiente als Alcawell, aber Kjanders fand hier keine Möglichkeit, in den Hintergrund zurückzuweichen, um weniger aufzufallen oder überhaupt nicht mehr bemerkt zu werden.

Seine Unterkunft stellte ein gutes Beispiel dafür dar. Obwohl sie ihm erst seit kurzer Zeit zur Verfügung stand, hatte er bereits einen Besucher empfangen, mehrere Kom-Gespräche geführt und eine Frage nach seinem Wohlergehen beantwortet. Letzteres fand er besonders erstaunlich. Er hatte eine nicht betriebsbereite Maschine untersucht, die nach Auskunft des Computers der Synthetisierung von Lebensmitteln diente. Als er den Apparat auseinanderzunehmen versuchte, kam der vor dem Zugang des Quartiers postierte Wächter herein und fragte, ob mit ihm alles in Ordnung sei.

Jetzt stand der Mann nicht mehr neben dem Eingang. Einige Besatzungsmitglieder kam vorbei und grüßten, schienen aber weniger an ihm interessiert zu sein als vorher. Gut. Hoffentlich hielt dieser Trend an. Er wollte möglichst wenig beachtet werden; Chakotay brachte ihm bereits zuviel Aufmerksamkeit entgegen.

Auf der anderen Seite des Korridors bemerkte Kjanders ein Diagramm, das die Struktur des Schiffes verdeutlichte. Solche graphischen Darstellungen, der allgegenwärtige Computer, hin und her gehende Uniformierte – angesichts einer solchen Umgebung hatte er fast das Gefühl, sich in einer Zweigstelle der Zeitkontrolle aufzuhalten. In einer Station, deren Personal gut zu essen verstand und bequeme Kleidung bevorzugte.

Er stellte fest, wo sich der nächste Turbolift befand, und daraufhin schritt er ebenso zielstrebig wie die Fremden durch den Gang. Wenn man ihm eine Uniform gab ... Ja, das mochte klappen. Natürlich mußte er seinen Haarschnitt anpassen, aber das war kein Problem. Je mehr er diesen Außenweltlern ähnelte, desto eher akzeptierten sie ihn.

Kjanders trat in den Turbolift und nannte als Ziel das Deck mit der Offiziersmesse. Sofort setzte sich die Transportkapsel mit einem leisen Summen in Bewegung. Er fand es seltsam, daß die Starfleet-Leute keine Transporter benutzten, um sich innerhalb des Schiffes zu transferieren. Eine so große Anlage auf Alcawell wäre zweifellos mit mehreren internen Transporteinheiten ausgestattet worden. Offenbar legte man bei Starfleet Wert darauf, daß die Angestellten häufig zu Fuß gingen.

In der Offiziersmesse wandte sich Kjanders den Fenstern zu und blickte ins All. Ein Teil von Alcawell war zu sehen – die Welt wirkte kalt und leer. Erinnerungen an seine Ankunft nach dem Zeitsprung ließen ihn schaudern.

»Sie haben also den Weg hierher gefunden«, sagte Chakotay. Er hielt einen Teller mit gelbem Brot in der Hand, und auf dem Tisch neben ihm standen zwei dampfende Becher.

»Ja«, bestätigte Kjanders. »Es war nicht so schwer, wie ich zunächst dachte.«

»Gut.« Chakotay stellte den Teller ab und setzte sich. »Gestern habe ich um Maisbrot gebeten. Heute hat man's für mich gebacken – nachdem kein Zweifel mehr daran herrschte, daß alle notwendigen Ingredienzen verfügbar sind. Möchten Sie davon probieren?«

Kjanders nahm Platz und griff nach einem kleinen Stück Brot. Es schmeckte überraschend süß.

Chakotay lächelte. »Ein Stück von zu Hause. Ebenso wie der Kaffee: stark und schwarz.«

Kjanders streckte die Hand nach seinem Becher aus.

»Die Flüssigkeit ist sehr bitter«, warnte Chakotay.

Ein aromatischer Duft ging von ihr aus. Der Alcawellianer trank einen Schluck – und hätte fest gespuckt. »So etwas gefällt Ihnen?«

»Viele Leute fügen Milch und Zucker hinzu.« Chakotay zog zwei Gefäße näher. »Ich mag den Kaffee lieber pur, schwarz und ungesüßt.«

Kjanders glaubte, einen seltsamen Klang in diesen Worten zu vernehmen, beschloß jedoch, nicht weiter darauf zu achten. Er löffelte Zucker in den Becher, trank erneut und gab auch Milch hinzu. Schließlich war die Flüssigkeit nur noch wenig dunkler als die Milch, und daraufhin konnte er sich mit dem Geschmack anfreunden.

»Ich nehme an, daß Sie mich nicht nur zu einer Mahlzeit einladen wollten«, sagte Kjanders.

»Da haben Sie recht.« Chakotay biß vom Brot ab und trank Kaffee. »Ich möchte Sie auf folgendes hinweisen: Sie haben es mir zu verdanken, daß kein Wächter mehr vor der Tür Ihres Quartiers steht und Sie sich frei im Schiff bewegen können.«

Kjanders lächelte. »Diesmal vergesse ich nicht, mich zu bedanken.«

»Gut«, erwiderte Chakotay. Sein Tonfall wies darauf

hin, daß es ihm nicht um Dankbarkeit und dergleichen ging. »Darüber hinaus weise ich Sie auf folgendes hin: Ich weiß, wie es um Sie steht. Mir ist klar, daß Sie vor etwas weglaufen. Und ich möchte nicht, daß sich jenes Etwas negativ auf die *Voyager* auswirkt.«

Kjanders spürte, wie ihm das Blut ins Gesicht schoß. Langsam hob er den Becher und trank einen großen Schluck. Wieviel hatte Chakotay herausgefunden? *Habe ich irgendwie meine Absicht verraten, das Schiff zu übernehmen?*

»Daher schlage ich vor, Sie unterstützen mich bei dem Bemühen, die Einsatzgruppe zurückzuholen.«

»Es klingt nach einer Wiederholung des Gesprächs, das wir vor einer Echtzeitstunde geführt haben, Commander«, erwiderte Kjanders.

»Diesmal geht es um mehr.« Chakotay beugte sich vor. »Wir haben gerade Bewegungen auf dem Planeten festgestellt. Ein Schiff ist aufgestiegen und geflogen, obgleich es dazu überhaupt nicht imstande sein sollte. Eine Metallplatte schwebte umher. Wahrscheinlich dienten diese Aktivitäten dazu, die Angehörigen einer zweiten Landegruppe zu erschrecken. Ich möchte von Ihnen wissen, ob Sie allein hierherkamen. Oder ob Ihnen jemand in diese Zeit gefolgt ist.«

Die Bitterkeit des Kaffees machte sich trotz des Zuckers bemerkbar, und in Kjanders' Magen schien sich ein Knoten zu bilden. »Hoffentlich nicht.« Er gab sich keine Mühe, die plötzliche Übelkeit zu verbergen. »Wenn sich wirklich noch jemand anders in diese Zeit transferiert hat, so vermutlich mit der Absicht, mich in die Vergangenheit zu bringen. Damit ich dort zum Tod verurteilt werde.«

»Geschieht es häufig, daß die Kontrolle Zeitverbrecher verfolgen läßt?« fragte Chakotay.

Kjanders zuckte mit den Schultern. »Achthunderter-Fälle bleiben meistens geheim. Wir alle kennen die Gesetze und Strafen, aber kaum jemand weiß, auf welche Weise man gegen Verbrecher vorgeht. Zu viele Informationen könnten die Struktur des Zeitstroms gefährden.«

Chakotay griff erneut nach dem Brot, biß ab und kaute. »Sie haben mir noch immer nicht gesagt, ob Sie allein gekommen sind.«

»Geben Ihnen die Sensoren keine Antwort auf diese Frage?« Kjanders sprach jetzt schärfer als vorher – er fühlte sich unter Druck gesetzt. »Die Ergebnisse der Sondierungen dürften deutlich darauf hinweisen, daß ich allein gekommen bin.«

»Und Sie wissen nicht, wer oder was für die seltsamen Ereignisse auf dem Planeten verantwortlich ist?«

Kjanders schüttelte den Kopf. Er wollte nicht an die gräßliche Leere denken. »Vielleicht steckt der Wind dahinter«, sagte er.

Torres ging in der Zelle auf und ab. Zwar ähnelte die Kammer einer Raumschiffkabine, aber dieser Umstand konnte nicht darüber hinwegtäuschen, daß sie gefangen waren. Kim saß in einem gepolsterten Sessel, und Neelix lag auf der Couch, die Hände unterm Kopf gefaltet. B'Elanna schritt an einigen Pflanzen vorbei (sie hatte die Blüten abgerissen und in den Müllbehälter geworden, weil der Duft zu viele Erinnerungen an ihre Kindheit weckte) und betrat die Küche.

Weit und breit gab es nichts, das sich als Waffe verwenden ließ.

Aber sie brauchten auch gar keine – immerhin besaßen sie nach wie vor die Phaser. Eine absurde Situation, fand Torres. *Wenn ich jemanden betäube, transferieren sich die Wächter einfach in die Vergangenheit, um mir den Strahler rechtzeitig abzunehmen. Meine Güte, wie schützt man sich vor einem solchen Trick?*

Bei einer von Zeitreisen geprägten Kultur schien nichts Geradliniges und Lineares zu existieren. Die Gedanken daran bereiteten der Klingonin immer mehr Kopfschmerzen. Rawlik hatte alles erklärt, auch Neelix' Fragen beantwortet ...

(Welchen Sinn haben Zeitsprünge von fünfhunderttausend Jahren, wenn man Tag für Tag am gleichen Schreibtisch sitzt? Wünscht man sich kein Abenteuer?)

... und Torres' Blick gemieden. Fand er sie attraktiv oder lästig? Wahrscheinlich weder das eine noch das andere. Nun, diesem Punkt kam ohnehin keine Bedeutung zu. Er gehört zur Zeitkontrolle, die B'Elanna und ihren Begleitern zum Tod verurteilen wollte.

Nicht zum erstenmal erlebte sie eine Konfrontation mit der Bürokratie. Doch diesmal ging es dabei um ihr Leben.

Neelix glaubte, daß Rawlik fähig war, über den gewöhnlichen Horizont eines Beamten hinauszusehen. Torres hingegen blieb skeptisch.

Sie ging zur Tür, öffnete sie und spähte in den Gang. Draußen stand der gleiche Wächter wie zuvor, gekleidet in einen orangefarbenen Overall. Er lächelte. Mußten diese Burschen unbedingt so freundlich sein? B'Elanna erwartete Grobheit von Leuten, die sich anschickten, sie umzubringen.

Wortlos warf sie die Tür zu.

»Früher oder später geht die Tür zu Bruch«, sagte Neelix, ohne die Augen zu öffnen. »Und dann legt man uns ein weiteres Vergehen zur Last. Wie bestraft man hier mutwilliges Zerstören von Türen?«

»Mit dem Tod«, erwiderte Kim trocken. »Immerhin gibt es eine Verbindung mit dem Reisen.«

Torres runzelte die Stirn. Schon im Hospital der Ocampa hatte sie Kims schwarzen Humor kennengelernt. Kein Wunder, daß es ihm selbst in recht schwierigen Situationen gelang, äußerlich ruhig zu bleiben – er lenkte sich mit spöttischen Bemerkungen ab.

»Ich finde das nicht komisch«, sagte B'Elanna. »Wir sollten nach einer Möglichkeit suchen, diesen Ort zu verlassen.«

»Man macht es uns nicht besonders schwer«, entgegnete Kim. »Wir haben unsere Phaser und können jederzeit die Tür öffnen. Außerdem dürfte der Wächter kaum in der Lage sein, uns drei nennenswerten Widerstand zu leisten.«

»Allerdings befinden wir uns in einem unterirdischen Höhlensystem – und vierhundertvierundvierzig Millionen Jahre in der Vergangenheit«, warf Neelix ein. Er hob die Lider und wirkte diesmal sehr ernst. »Ich hoffe, mit Kes ist alles in Ordnung.«

»Bestimmt«, erwiderte Torres. »Immerhin befindet sie sich an Bord der *Voyager*. Wie können Sie nur so ruhig und entspannt sein? Und überhaupt: Eins Ihrer Nickerchen hat uns in diese Situation gebracht.«

»Talaxianer brauchen mehr Schlaf als Menschen.« Neelix zögerte kurz, bevor er verdrießlich hinzufügte. »Oder als Klingonen. Oder was auch immer Sie sind.«

»Ich glaube, derzeit ist die klingonische Hälfte in mir dominant«, sagte Torres langsam und betonte jedes einzelne Wort. »Und diesmal kämpfe ich nicht dagegen an.«

Kim stand auf und trat vor B'Elanna. »Ich glaube, Sie haben recht, Lieutenant. Wir sollten wirklich nach einer Möglichkeit suchen, von hier zu verschwinden.«

»Nachdem ich Neelix ins Jenseits befördert habe«, sagte Torres, unternahm aber keinen Versuch, sich an Kim vorbeizuschieben.

»Keine Sorge. Diese Mühe nehmen Ihnen die Leute von der Zeitkontrolle bald ab.« Neelix stand auf, gähnte und streckte sich. Dann ging er in die Küche und kramte dort in den Schränken.

»Das nenne ich schlechten Service«, brummte er nach einer Weile. »Die Leute von der Kontrolle haben uns eine Küche zur Verfügung gestellt, jedoch die Lebensmittel vergessen. Ich habe gehofft, was fürs Frühstück zu finden – mein Bauch sagt mir, daß es jetzt Zeit dafür ist.«

Torres sank so abrupt auf den nächsten Stuhl, daß er unter ihr knirschte. Vielleicht dominierte der klingonische Teil ihres Wesens tatsächlich, denn sie war hungrig – ihr knurrte der Magen. Sie hatte diesem Empfinden bisher nur keine Beachtung geschenkt.

Kim blieb in der Mitte des Zimmers stehen, so als rechnete er damit, daß B'Elanna plötzlich aufsprang, um über Neelix herzufallen. Aber so etwas kam ihr eigentlich gar nicht in den Sinn. Manchmal ging ihr der Talaxianer auf die Nerven, und dann brauchte sie Gelegenheit, etwas Dampf abzulassen.

Draußen im Korridor lachte jemand, und Kim wandte sich dem Geräusch zu. Torres hob den Kopf. Neelix kam mit einer kleinen, glänzenden Pfanne aus der Küche.

Wenige Sekunden später öffnete sich die Tür, und Rawlik trat ein. Er lächelte.

»Ah, ein Lächeln«, sagte Neelix zu Kim. »Und ein freundliches noch dazu. Hoffentlich stellt es unsere Rettung in Aussicht.«

»Nun, wir sind ihr zumindest einen Schritt näher gekommen«, erwiderte Rawlik. »Ich habe den Rat dazu überredet, seine Entscheidung auf morgen zu verschieben.«

»Zu verschieben?« wiederholte Kim. »Was bedeutet das?«

»Es bedeutet, daß wir heute nicht sterben«, meinte Torres.

Rawlik musterte sie mit deutlich erkennbarer Anteilnahme. »Jede Verzögerung ist vielversprechend.«

»Das habe ich auch gehört, als ich mich um einen Studienplatz an der Starfleet-Akademie bewarb«, sagte B'Elanna.

»Den Sie schließlich bekamen«, stellte Kim fest.

Rawlik nahm neben Torres Platz und bewies Takt: Er setzte sich nicht zu dicht neben sie, wahrte einen gewissen Abstand. »Ich versichere Ihnen, daß ich auch heute nacht arbeiten werde, um Sie vor der Hinrichtung zu bewahren.« Es klang so, als galten seine Worte allein B'Elanna. »Wir sind keine Barbaren. Es gibt bei uns nur einige sehr strenge Regeln in Hinsicht auf Reisen durch die Zeit.«

»Sehr strenge Regeln«, brummte Neelix. »Ja, *sehr* strenge Regeln. Ich frage mich, ob's überhaupt noch strenger geht.«

Rawlik bedachte Neelix mit einem unsicheren Blick.

Kim setzte sich ebenfalls. »Entschuldigen Sie bitte«, sagte er. »Wir wissen sehr zu schätzen, daß Sie uns zu helfen versuchen. Die letzten Stunden sind ein wenig anstrengend für uns gewesen, und außerdem haben wir schon seit einer ganzen Weile nichts mehr gegessen.«

Rawlik wirkte überrascht und auch schockiert. »Wie konnte ich das nur vergessen… Ich sorge sofort dafür, daß man Ihnen eine Mahlzeit bringt.«

B'Elannas Lippen formulierten drei Worte: *ein wenig anstrengend?*

Kim ignorierte sie. »Danke. Das ist sehr nett von Ihnen.«

Ja, wirklich nett: eine Henkersmahlzeit. »Wie wollen Sie uns morgen verteidigen?« fragte Torres.

Rawlik sah sie an. Ja, er mochte sie. B'Elanna sah es in seinen Augen. Irgendwie ermutigt hatte sie ihn bestimmt nicht. Und alles deutete darauf hin, daß es für eine eventuelle Freundschaft keine große Zukunft gab.

»Ich fürchte, bei einem derartigen Verbrechen sind Verteidigungsversuche völlig sinnlos. Es wurde gegen das Gesetz verstoßen – diese Tatsache läßt sich nicht leugnen. Ihre einzige Chance besteht darin, die Unwissenheit in bezug auf unsere Kultur zu betonen und dann um Gnade zu bitten.«

»Hat das jemals etwas genützt?« fragte Neelix. Er stand noch immer in der Küchentür.

»Nein, nie«, antwortete Rawlik leise.

13

Nach dem Retransfer verblaßte das Schimmern des Transporterstrahls, und Paris sah sich auf der Oberfläche des Planeten um. Das Geisterschiff befand sich wieder an seinem früheren Platz, und der heulende Wind hatte die von der Rampe auf dem Boden hinterlassenen Spuren größtenteils verwischt. Die nach ihrem kurzen Flug auf den Beton herabgefallene Metallplatte war bereits halb unter Sand verschwunden, und die Böen wehten mit jeder verstreichenden Sekunde mehr herbei.

Paris holte den Tricorder hervor, und der neben ihm materialisierte Tuvok folgte seinem Beispiel. Janeway hatte beschlossen, diesmal nur zwei Personen auf den Planeten zu schicken. Dieser Einsatz betraf nicht in erster Linie die funktionsfähige Zeitfähre, sondern den unbekannten Faktor, der Stahlplatten und Shuttles durch die Luft fliegen ließ.

Paris sondierte den rechten Bereich, und Tuvok scannte den linken. Wohin man auch blickte: Überall lag Sand. Er bildete eine mehr oder wenige dicke Schicht auf Metallplatten und Beton.

»Nichts«, sagte Paris nach einer Weile.

Der Vulkanier nickte und näherte sich dem Geisterschiff. Paris ging ebenfalls los und schlug den Kragen der Jacke so hoch wie möglich, um das Gesicht vor dem schmirgelnden Sand zu schützen. Dies war die trockenste Welt, die er kannte. Das Atmen fiel ihm immer schwerer; der Wind schien selbst den Augen die Feuchtigkeit zu stehlen. In dieser Hemisphäre des Planeten herrschte derzeit Winter. Paris schauderte unwillkürlich, als er sich den Sommer vorstellte. Die gleiche Szene: gewaltige, raumhafenartige Anlagen mit Tausenden von uralten Schiffen und *viel* Sand; dazu eine Hitze, die ebenso intensiv war wie die Kälte in dieser Region.

Tuvok schritt geradewegs zum Geisterschiff und schien den Wind überhaupt nicht zu bemerken.

Solchen Dingen schenkte er nie Beachtung. Manchmal glaubte Paris, daß Vulkanier einfach alle Teile ihres Körpers deaktivierten und nur das Geistige – Logik und Rationalität – eingeschaltet ließen. Wenn sich Paris ein Beispiel daran genommen hätte, so wäre überhaupt nichts von ihm übriggeblieben. Ein bißchen Aufregung, eine schöne Frau und ein Raumschiff, das er fliegen durfte – mehr wünschte er sich nicht vom Leben. Wenn ihm gelegentlich Frau oder Schiff fehlten … Na schön. Aber an Aufregung durfte es ihm auf keinen Fall mangeln.

Auch aus diesem Grund hoffte er, daß der Geist erneut erschien und einen weiteren Versuch unternahm, sie zu erschrecken. Beim letzten Mal war die Sache recht unheimlich gewesen, doch diesmal fühlte sich Paris vorbereitet und erwartete fast so etwas wie … Spaß.

Vielleicht konnte das Phantom sie sogar zu Kim und den anderen führen.

Tuvok blieb unweit des Geisterschiffes stehen und sondierte es aus der Nähe. Manchmal schien der Tricorder eine Erweiterung seines Gehirns zu sein – gemeinsam brachten sie Dinge in Erfahrung, die für Paris immer rätselhaft blieben. Wie dem auch sei: Tuvok brauchte seinen Begleiter, wenn es darum ging, das Gespenst in die Enge zu treiben. Unter gewissen Umständen waren sorgfältig erwogene Reaktionen nicht unbedingt die besten.

Offenbar ermittelte der Tricorder nicht die gewünschten Daten, denn Tuvok trat noch einige Schritte vor. Paris kehrte dem Wind den Rücken zu, ohne den Blick vom Vulkanier abzuwenden. Zwar konnte die *Voyager* jederzeit einen Transfer einleiten und sie an Bord zurückholen, doch hier unten mochte jede einzelne Sekunde wichtig sein. Wenn einem von ihnen etwas zustieß und der andere nicht rechtzeitig reagierte ...

Paris scannte die übrigen Shuttles und hielt nach Bewegungen Ausschau, die nicht vom Wind stammten. Wieder nichts. An diesem Ort gab es nichts Lebendiges. Kjanders hatte behauptet, daß seine Welt einst überaus vital und bunt gewesen war. Entsprechende Vorstellungen fielen Paris sehr schwer.

Tuvok ging ums Shuttle herum und blieb jeweils nach einigen Metern stehen, um mit dem Tricorder zu sondieren. Paris folgte dem Vulkanier und übernahm seine Rückendeckung.

Auf der anderen Seite des Wracks hatte das Landegestell unter dem Gewicht nachgegeben, und ein Teil der Rampe bildete einen Keil – nur dadurch kippte das Shuttle nicht ganz zur Seite. Die große Masse der alten Zeitfähre schützte vor dem Wind. Tuvok bedeutete seinem Gefährten mit einem Wink, die gute Gelegenheit zu nutzen.

Es kam einer großen Erleichterung gleich, nicht mehr dem Wind ausgesetzt zu sein. Paris seufzte und sah Tuvok an. Sand bildete eine Kruste auf den geschwungenen Brauen des Vulkaniers und verlieh ihm etwas Greisenhaftes.

Jetzt konnten sie miteinander sprechen, ohne schreien zu müssen.

»Was entdeckt?« fragte Paris.

Tuvok nickte und deutete nach oben. »Sehen Sie die kleine Delle dort oben?«

Paris betrachtete den Rumpf des Wracks und entdeckte schließlich eine kaum auffallende Beule. Unter anderen Umständen hätte er sie bestimmt übersehen. »Ja.«

Tuvok blickte einmal mehr aufs Display des Tricorders. »An jener Stelle war vor kurzer Zeit ein Antigravmodul befestigt. Hinzu kamen zwei weitere an den anderen Seiten des Wracks.«

Paris hob erneut den Kopf und starrte zur zerkratzten

Außenhülle des alten Shuttles. Er konnte keine weiteren Dellen finden, und selbst wenn das der Fall gewesen wäre: Wie sollte man feststellen, woher sie stammten? Nun, die Wissenschaft gehörte nicht zu seinen Stärken; er fühlte sich mehr in der Navigation zu Hause.

Allerdings zögerte er nicht, dem Vulkanier zu vertrauen – bei ihm lag das Wissenschaftliche gewissermaßen im Blut. »Irgendeine Ahnung, wer dafür verantwortlich sein könnte?«

»Nein«, erwiderte Tuvok. »Es hat jedoch den Anschein, daß der ›Geist‹ technische Mittel verwendet, um bestimmte Effekte zu erzielen.«

»Haben Sie befürchtet, daß es sich tatsächlich um ein Gespenst handeln könnte?« fragte Paris.

Tuvok bedachte ihn mit einem ruhigen Blick. »*Befürchtet* habe ich überhaupt nichts.«

»Wir wissen jetzt, daß *jemand* – eine lebendige Person – hinter den angeblich so unheimlichen Ereignissen steckt. Aber warum reagierte der Unbekannte nicht auf unsere Präsenz?«

»Weil wir uns nicht dem Objekt genähert haben, das er schützt.«

Paris musterte Tuvok einige Sekunden lang, bevor er sagte: »Die funktionierende Zeitfähre.«

Der Vulkanier nickte. »Ja.«

»Logisch«, kommentierte Paris.

»Natürlich«, fügte Tuvok hinzu, ohne daß seine Lippen ein Lächeln auch nur andeuteten. Er wandte sich vom Wrack ab und kehrte zum offenen Bereich zwischen den Shuttles zurück. Sofort blies den beiden Männern wieder der Wind entgegen, und der Sand fühlte sich an wie kleine Glaspartikel, die in die Wangen schnitten. Paris zog den Jackenkragen noch etwas höher und bedauerte, keine spezielle Schutzkleidung mitgenommen zu haben.

Sie verharrten vor der Rampe des Shuttles, das die erste Einsatzgruppe in die Vergangenheit transferiert und Kjanders hierhergebracht hatte. Mit den Tricordern suchten sie nach Bewegungen oder irgendwelchen Spuren. Paris' Ortungsversuche blieben erneut ergebnislos: Die Sensoren registrierten keine Lebenszeichen oder sonst etwas – nichts.

Schließlich schritt Tuvok halb die Rampe hoch, blieb dort stehen und scannte.

Paris verharrte einen Meter hinter ihm und blickte ebenfalls auf die Anzeigen des Tricorders. Nirgends rührte sich etwas. Diesmal setzten sich keine Metallplatten oder alten Schiffe in Bewegung, um ihnen entgegenzuschweben.

»Ich untersuche auch die angrenzenden Bereiche«, teilte Paris dem Vulkanier mit. Er mußte schreien, um sich verständlich zu machen. »Vielleicht trifft das ›Gespenst‹ weiter entfernt Vorbereitungen, um uns zu überraschen.«

Tuvok nickte. »Ich nehme mir unterdessen dieses Shuttle vor.« Er trat zwei oder drei weitere Schritte die Rampe hoch und behielt dabei den kleinen Datenschirm des Tricorders im Auge.

Paris kehrte zum Betonboden zurück und schnitt eine Grimasse, als die Böen an ihm zerrten. Den Alcawellianern lag nichts daran, diesen Planeten zu verlassen? Sie zogen Reisen durch die Zeit Flügen durchs All vor? Ganz offensichtlich wußten sie nicht, daß es im Universum angenehmere Dinge gab als kalten Wind.

Paris ging vom Shuttle als Zentrum eines Kreises aus und erweiterte allmählich den Radius des Sondierens. Er scannte mit großer Sorgfalt, achtete dabei insbesondere auf die Bereiche, die sich jenseits der Zeitfähre – und damit außerhalb seines Blickfelds – erstreckten. An Bord der *Voyager* saß Lieutenant Carey vor den Bildschirmen der Ortungsgeräte, und Paris wünschte sich Kim an den Kontrollen der Sensoren. Er hielt Carey keineswegs für unfähig, doch Kim brachte er mehr Vertrauen entgegen.

Als er die Sondierungsdistanz zum zweiten Mal vergrößerte, und zwar bis hin zur vierten und fünften Shuttlereihe, erhielt er plötzlich eine positive Anzeige.

Er klopfte auf seinen Insignienkommunikator und stellte damit eine Kom-Verbindung zu Carey her. »Bitte richten Sie den Fokus der Scanner auf eine Stelle, die sich ungefähr einen halben Kilometer nördlich von mir befindet.«

Kurze Stille folgte, und dann klang Careys Stimme aus dem kleinen Lautsprecher. »Die Sensoren registrieren Bewegungen im Innern einer Fähre, die fünf Reihen von Ihnen entfernt ist. Bio-Signale lassen sich nicht feststellen. Offenbar hat sich im Innern des Schiffes ein Deckensegment gelöst – vielleicht eine unter den gegebenen Umständen ganz normale Verfallserscheinung. Ähnliches geschieht auch in anderen Teilen des Shuttlehafens. Vermutlich liegt's am starken Wind, der dort unten tagaus tagein weht.«

»Danke. Paris Ende.« Der letzte Hinweis bestätigte seine eigenen Sondierungsresultate, aber in diesem Fall verblieb ein Rest von Unruhe in ihm – ohne daß er einen Grund dafür nennen konnte. Paris verzog das Gesicht, als er sich vorstellte, wie Tuvok auf eine entsprechende Bemerkung reagieren würde. Er seufzte, schirmte sich die Augen ab und winkte dem Vulkanier zu.

Tuvok trat an ihn heran, und Paris berichtete vom kurzen Gespräch mit Carey. »Ein so starker Wind *muß* sich im Lauf der Zeit auf die Schiffe auswirken. Früher oder später kommt es bestimmt dazu, daß sich irgendwo Teile lösen. Aber so dicht bei uns … Das ist mir zuviel Zufall.«

Tuvok musterte ihn, sah dann auf die Anzeigen des Tricorders und führte eine neuerliche Sondierung durch. Anschließend richtete er den Blick wieder auf Paris.

Der zuckte mit den Schultern. »Eine Ahnung. Und ich habe die Erfahrung gemacht, daß man solchen Dingen besser auf den Grund gehen sollte.«

Der Vulkanier nickte. »Hier kommen wir ohnehin nicht weiter. Es wäre also logisch, ein anderes Schiff zu untersuchen.«

Paris lächelte. »Gut. Ich hatte es mir erheblich schwerer vorgestellt, Sie zu überzeugen.«

»Inzwischen kenne ich die Menschen gut genug«, erwiderte Tuvok. »Daher weiß ich: Ahnungen basieren häufig auf falsch verarbeiteten Informationen. Vermutlich haben Sie etwas bemerkt, das Sie nicht verstehen. Doch ein verborgener Teil von Ihnen ist vernünftig genug, es für wichtig zu halten.«

»Lieber Himmel«, sagte Paris. »Ich glaube, Sie haben mich gerade beleidigt.«

»Logik ist nie persönlich«, meinte Tuvok und setzte sich in Bewegung. Er ging nach Norden.

»Ja«, bestätigte Paris. »Aber ihre Anwendung kann recht persönlich werden.« Erneut schlug er den Kragen hoch, um den Sand fernzuhalten. Dann folgte er Tuvok zum geheimnisvollen Schiff.

Seit einer Stunde döste Drickel und wartete auf die Rückkehr der Planetenspringer. Er hatte ein offenes Schiff gefunden, das sich in einem unglaublich schlechten Zustand befand. Nun, wenigstens bot es ihm die Möglichkeit, dem Wind zu entkommen. Polster von zwei Sesseln formten eine improvisierte Matratze, die zumindest einen gewissen Komfort gewährte. Der Wächter spielte zuerst mit dem Gedanken, ein Heizgerät zu aktivieren, entschied sich jedoch dagegen. Die Außenweltler im Orbit mochten in der Lage sein, infrarote Emissionen zu orten. Geister brauchten keine Wärme. Zumindest nicht jene Geister, die sich angeblich im Bereich der Anlage herumtrieben.

Er trug einen kleinen Signalgeber im Ohr, und das winzige Gerät löste einen Alarm aus, als die Planetenspringer in der Nähe des funktionsfähigen Schiffes materialisierten. Drickel stand auf und streckte sich, fühlte eine Steifheit, die ihn erstaunte – zweifellos ein Geschenk der Kälte.

Die Beharrlichkeit der Fremden ärgerte ihn. Wenn sie den ersten ›Spuk‹ zum Anlaß genommen hätten, in die Tiefen des Alls zurückzukehren... Dann wäre es ihm möglich gewesen, schon nach kurzer Zeit heimzukehren und sich wieder am Anblick eines herrlich warmen Dschungels zu erfreuen. Doch das Verhalten des Spitzohrigen wies darauf hin, daß diesmal zusätzliche Probleme drohten. Bei anderen Plünderern hatte der Geistertrick immer zum gewünschten Ergebnis geführt, aber bei diesem besonderen Fremden schien er nur zusätzliches Interesse zu stimulieren. Eine solche Reaktion stellte das genaue Gegenteil von dem dar, was Drickel zu erreichen versuchte.

Er vergewisserte sich, daß der Tarnschild nach wie vor existierte und ihn vor Entdeckung schützte. Dann schaltete er die kleine Lampe ein und streckte sich erneut.

»Es wird Zeit, wieder Gespenst zu spielen«, sagte er zu sich selbst. Seine Stimme hallte hohl im dunklen Innern des Schiffes wider. Drickel führte einige schnelle Streckübungen durch, um die Muskeln zu lockern, und dabei dachte er an Spitzohr. Vielleicht fand jener Planetenspringer nur harmlose Geister interessant. Der Wächter wollte niemanden verletzen, aber in diesem Fall erschienen ihm drastischere Maßnahmen angebracht. Natürlich mußte er dabei sehr aufpassen, und es kam wohl kaum in Frage, noch einmal ein Schiff umherschweben zu lassen. Wie dem auch sei: Wenn Spitzohr sein Leben in Gefahr glaubte, so beschloß er vielleicht, Alcawell für immer zu verlassen.

Drickel beendete die Übungen und trat dann zur Tür, um die Reisetasche zu nehmen und das Shuttle zu verlassen.

Der ständige Wind hatte die Stabilität des Schiffes so sehr beeinträchtigt, daß die von den Bewegungen des Wächters ausgelösten Bewegungen genügten, um ein Deckensegment zu lösen. Es gab nach und fiel.

Drickel hörte ein dumpfes Knirschen und sah das herabfallende Etwas aus den Augenwinkeln. Ihm blieb gerade noch Zeit genug, die Hände über den Kopf zu heben.

Die schwere Platte traf den einen Arm und schleuderte

ihn zu Boden. Ein Teil von ihr ruhte auf der Schulter des Wächters, der Rest auf Hüfte und Beinen.

Drickel stieß mit dem Kopf an den Boden, und in seinen Ohren krachte es.

Er versuchte, den anderen Arm zu heben und damit den Kopf abzuschirmen – für den Fall, daß sich noch weitere Segmente aus der Decke lösten.

Das war glücklicherweise nicht der Fall.

Er wartete eine Zeitlang, lag völlig still und hielt den Atem an.

Nichts geschah.

Nach einigen Sekunden begriff Drickel, daß keine unmittelbare Gefahr mehr drohte.

Dann kamen die Schmerzen. Feuer schien durch den Arm zu brennen, bis hin zu Hand, wuchs von der Schulter aus in den Brustkasten. Er schloß die Augen und kämpfte gegen Panik an.

Völlig klar: Das schwere Metallteil hatte sich aufgrund seiner Bewegungen aus der Decke gelöst. Ihm war ein Fehler unterlaufen. Er hätte das Shuttle gründlicher untersuchen sollen, bevor er es als Basis für seine hiesige Mission wählte. Nach der Rückkehr würde er die Zeitkontrolle bitten, ihn nicht mehr in kalte Epochen zu schicken. Der Wunsch nach Wärme hatte ihn unvorsichtig werden lassen.

Er konnte von Glück sagen, keine ernsthaften Verletzungen davongetragen zu haben.

Drickel holte vorsichtig Luft, um festzustellen, ob Rippen gebrochen waren. Das schien nicht der Fall zu sein. Trotzdem fiel ihm das Atmen schwer, weil ihm Staub am Gaumen klebte.

Er hob die Lider und versuchte, sich zu orientieren.

Die Lampe stand neben der Reisetasche, und in ihrem Licht wogten dichte Staubwolken. Drickel lag auf der Seite: Beine, Hüften und Schultern waren unter der massiven Metallplatte eingeklemmt. Der Arm schmerzte, und hinter der Stirn pochte es auf eine sehr unangenehme Weise.

Er hoffte inständig, daß das Tarnfeld auch jetzt noch einwandfrei funktionierte. Andernfalls orteten ihn die Planetenspringer bestimmt.

Drickel atmete zweimal tief durch und bemühte sich dann, die Metallplatte von der Schulter herunterzuschieben. Neuerliche Pein entflammte im rechten Arm, und daraufhin übte er keinen Druck mehr aus. Die Platte hatte sich bewegt, aber nur ein wenig. Es würde eine ganze Weile dauern, sich von ihr zu befreien. Das Deckensegment war schwer genug, um ihm die Hand oder den Fuß zu zerquetschen, wenn er nicht aufpaßte.

Wenn es ihm gelang, den Arm weit genug zu bewegen, um die Gürtelkontrollen zu berühren... Dann konnte er den persönlichen Transporter einschalten und sich fortbeamen. Allerdings mußte er dazu auch das Tarnfeld deaktivieren, wodurch er seine Anwesenheit den Planetenspringern offenbarte. Drickel nahm sich vor, nur dann von dieser Möglichkeit Gebrauch zu machen, wenn ihm keine andere Wahl blieb. Zuerst wollte er versuchen, sich auf konventionelle Weise zu befreien.

Erneut holte er tief Luft und trachtete danach, die Platte mit der Schulter anzuheben. Auch diesmal bewegte sie sich, doch wieder nur um ein oder zwei Zentimeter – zu wenig. Wirklich schade, daß die Reisetasche zu weit entfernt stand. Mit den in ihr enthaltenen Antigravmodulen wäre es überhaupt kein Problem gewesen, die Platte zur Seite schweben zu lassen. Drickel sah sich vergeblich nach einem Gegenstand um, mit dem er die etwa zwei Meter entfernte Tasche heranziehen konnte.

Seine einzige Möglichkeit bestand darin, ganz langsam unter dem Deckenfragment hervorzukriechen. Hoffentlich hielten sich die Planetenspringer lange genug vom funktionierenden Shuttle fern, denn diese Sache nahm sicher viel Zeit in Anspruch.

14

Normalerweise bekam Janeway im Bereitschaftsraum gute Ideen, doch diesmal ging ihr Düsteres in Hinsicht auf Alcawell durch den Kopf. Sie stand vor dem großen Panoramafenster, blickte ins All hinaus und beobachtete den Planeten, während auf dem Tisch hinter ihr langsam der Kaffee kalt wurde. Chakotay hatte ihn gebracht. Er saß nun in einem Sessel und erwartete eine Antwort auf die Frage, warum sie ihn zu sich bestellt hatte. Seine Geduld erstaunte Janeway.

Schließlich seufzte sie. In der gegenwärtigen Situation spielte es kaum eine Rolle, ob ihr etwas gefiel oder nicht. Es ging in erste Linie darum, Resultate zu erzielen.

»Chakotay …« Sie drehte sich langsam um. »Ich glaube, wir müssen eine zweite Einsatzgruppe in die Vergangenheit des Planeten schicken.«

Der Indianer verschränkte die Arme, wirkte jedoch nicht überrascht. »Die damit einhergehenden Risiken dürften Ihnen klar sein.«

Janeway nickte. Es erleichterte sie, daß Chakotay nicht die üblichen Argumente gegen eine solche Mission vorbrachte. Ihr früherer Erster Offizier hatte oft derartige Einwände erhoben. »Ich fürchte, wir haben uns zuviel von Kjanders erhofft. Niemand kann sich dazu durchringen, ihm zu vertrauen. Wenn er die Wahrheit sagt, verlieren wir beide Einsatzgruppen. Aber wenn er lügt … Dann bekommen wir vielleicht Gelegenheit, die erste Gruppe zurückzuholen.«

»Sie haben nie ein Risiko gescheut«, sagte Chakotay. »Sie wollten es sogar mit *mir* aufnehmen.«

Dieser Scherz entlockte Janeway ein Lächeln. Außerdem freute es sie, daß der Indianer ihre Entscheidung einfach so akzeptierte.

Sie ging die Treppe hinunter und näherte sich Chakotay.

»Meiner Ansicht nach sollten wir uns nicht mehr mit dem funktionstüchtigen Shuttle befassen, sondern mit den anderen Zeitfähren. Vielleicht können wir auf diese Weise feststellen, wie die alcawellianische Zeitreise funktioniert. Wir wissen, daß dabei Chronitonpartikel verwendet werden. Wenn wir an Bord der übrigen Schiffe herausfinden, was es mit dem temporalen Navigationssystem auf sich hat... Dann gelingt es uns vielleicht, den Weg einer Einsatzgruppe durch die Zeit zu verfolgen.«

Chakotay nickte nachdenklich. »Das könnte klappen. Aber was...«

»Captain«, tönte Lieutenant Careys Stimme aus dem Kom-Lautsprecher. Chakotay und Janeway verstummten. »Ich glaube, Sie sollten sich das hier ansehen.«

Die Kommandantin und ihr Erster Offizier standen auf, schritten gemeinsam zur Tür. Sie öffnete sich vor ihnen, gab den Weg zur Brücke frei.

Carey stand an der Sicherheitsstation. »Ich habe Routinesondierungen vorgenommen, die dem Bereich in der Nähe der Landegruppe gelten«, sagte er sofort, als er Chakotay und Janeway sah. »Plötzlich fiel mir ein, daß es Bewegungen in den alten unterirdischen Tunneln geben könnte, und deshalb erweiterte ich den Scan.«

Janeway und Chakotay blieben neben Carey stehen. Der Lieutenant berührte einige Schaltflächen, und daraufhin erschien eine graphische Darstellung auf dem nächsten Schirm. Sie zeigte einen recht großen Tunnel.

»Er erstreckt sich etwa zweihundertfünfzig Meter unter der Oberfläche«, erklärte Carey. »Und er kommt jenem Gebiet, in dem sich Tuvok und Paris aufhalten, sehr nahe. Ich habe die Sondierungen fortgesetzt und die ganze Anlage einbezogen. Hier ist das Ergebnis.«

Eine weitere Schaltung veränderte das Bild auf dem Schirm. Zuerst war die ganze gewaltige Station zu sehen, und dann wurde ein Muster aus dünnen schwarzen Linien mit einigen knotenartigen Verdickungen eingeblendet. In der Mitte des Projektionsfelds erschien ein besonders dicker Fleck. Es sah nach einer riesigen Spinne aus, mit einer großen Höhle als Körper. Janeway warf einen Blick aufs Datenfenster: Die zentrale Höhle erstreckte sich in einer Tiefe von tausend Metern.

»Das Höhlen- und Tunnelsystem haben wir schon bei den ersten Sondierungen entdeckt«, sagte Chakotay.

»Ich weiß, Sir«, erwiderte Carey. »Die Kavernen und Stollen sind seit langer Zeit verlassen. Besser gesagt: Von einer solchen Annahme gingen wir bisher aus.«

Janeway musterte den Lieutenant neugierig. Er versuchte ganz offensichtlich, sich zu beherrschen, aber die Aufregung veranlaßte ihn dazu, auf den Zehen zu wippen. Das konnte nur eins bedeuten: Er hatte etwas Wichtiges gefunden.

»Ich habe die Art der Sondierung verändert und im Höhlensystem nach Chronitonpartikeln gesucht.« Carey legte eine kurze Pause ein und ließ ein neues Muster auf dem Schirm erscheinen. »Dabei fand ich das hier.«

Janeway beugte sich vor, um die Darstellung besser zu erkennen. Unweit der zentralen Kaverne, in einem wesentlich kleineren Raum, gab es eine Emissionsquelle, von der ein ebenso intensiver wie beständiger Strom aus Chronitonpartikeln ausging.

»Anschließend habe ich in der ganzen Anlage nach den Partikeln gesucht«, sagte Carey.

Fünf grüne Punkte leuchteten auf der elektronischen Karte, und Janeway spürte, wie ihr Herz schneller schlug. Endlich ergab sich etwas. Sie wußte noch nicht, was sie mit den neuen Informationen anfangen sollten, aber in einem Punkt bestand kein Zweifel: Sie hatten gerade einen Durchbruch erzielt.

»Bei dem Shuttle, das Torres, Kim und Neelix in die

Vergangenheit brachte, lassen sich nach wie vor schwache Chronitonemissionen feststellen«, fügte Carey hinzu. »Man könnte meinen, daß dort ein ›temporales Triebwerk‹ im Bereitschaftsmodus läuft.«

Janeway betrachtete den Schirm. Die stärkste Quelle von Chronitonpartikeln befand sich tief unter der Oberfläche des Planeten. Insgesamt fünf funktionsfähige Schiffe standen in der Nähe von Tunneln, unter ihnen auch das Shuttle, mit dem die erste Einsatzgruppe in der Vergangenheit verschwunden war.

Janeway klopfte Carey auf die Schulter. »Gute Arbeit. Offenbar ist die Anlage nicht völlig verlassen und aufgegeben.«

»Vielleicht haben wir gerade einen Teil der Lösung gefunden, nach der wir schon seit einer ganzen Weile suchen«, sagte Chakotay.

»Ja.« Janeway wandte sich wieder an Carey. »Lieutenant, stellen Sie zwei Technikergruppen aus jeweils vier Personen zusammen. Nehmen Sie zwei nicht mehr funktionsfähige Schiffe auseinander und analysieren Sie die Bordsysteme. Ich möchte wissen, wie wir den Weg eines Shuttle durch die Zeit verfolgen können.«

Carey lächelte. »Einen derartigen Auftrag habe ich mir von Ihnen erhofft, Captain. Die beiden Gruppen sind in fünfzehn Minuten für den Einsatz bereit.«

Janeway lächelte ebenfalls. Es fühlte sich wundervoll an, wieder eine Perspektive zu haben und hoffen zu dürfen. Vielleicht kamen sie jetzt wirklich einen entscheidenden Schritt weiter.

Schon nach wenigen Minuten glaubte Paris, daß er im Gesicht aus Dutzenden von winzigen Wunden blutete. Der Wind war noch stärker geworden, und jedes einzelne Sandkorn schien sich in eine winzige Rasierklinge zu verwandeln. Selbst Tuvok ging mit gesenktem Kopf und schirmte sich die Augen ab, wenn er aufs Display des Tricorders sah. Sie wollten jetzt der ›Ahnung‹ auf den Grund gehen – und dann so schnell wie möglich zur *Voyager* zurückkehren.

Es dauerte länger als erwartet, das Shuttle zu erreichen, und der kalte Wind blies durch Paris' dicke Jacke, als bestünde sie aus absurd dünnem Stoff. Unter dem Schiff blieb er stehen und nahm eine Sondierung vor. Nichts bewegte sich, abgesehen von einer Metallplatte im Innern. Die Ursache: Wahrscheinlich lag es an den Böen, die das Schiff immer wieder erzittern und schwanken ließen. Dennoch wich das seltsame Empfinden nicht aus Paris. Irgend etwas an dieser speziellen Zeitfähre erschien ihm seltsam, aber auch diesmal konnte er den vagen Eindruck nicht konkretisieren.

»Das Schiff scheint leer zu sein«, sagte Tuvok und sah wieder einmal auf die Anzeigen seines Ortungsinstruments.

»Ja«, entgegnete Paris. »Es schien sich auch niemand in der Nähe aufzuhalten, als das Wrack plötzlich aufstieg und uns entgegenschwebte.«

Dieses Shuttle war ein wenig zur Seite geneigt, aber das Landegestell wirkte noch recht stabil. Die Rampe führte zu einer dunklen Öffnung in der Mitte empor. Paris näherte sich ihrem unteren Ende.

»Ich sehe mich kurz im Innern um«, sagte er, obwohl sich etwas in ihm dagegen sträubte. »Anschließend kehren wir zurück.«

Tuvok nickte.

Paris betrat die Rampe und atmete schwer. Das unheimliche Geschehen während des ersten Einsatzes auf dem Planeten hatte ihm mehr zugesetzt, als er sich selbst eingestand.

»Tuvok, Paris.« Janeways Stimme drang aus den Lautsprechern der Insignienkommunikatoren, und Paris seufzte erleichtert. »Haben Sie den ›Geist‹ gefunden?«

»Nein, Captain«, erwiderte Tuvok.

»Ich habe vor, zwei Technikergruppen hinunterzubeamen. Sie sollen sich die nicht betriebsbereiten Schiffe neben dem funktionsfähigen vornehmen. Wie viele Sicherheitswächter sollten die beiden Gruppen begleiten?«

»Jeweils fünf«, antwortete der Vulkanier sofort. »Vier davon werden am betreffenden Shuttle postiert, und einer begleitet die Techniker.«

»Einverstanden«, sagte Janeway. »Kommen Sie jetzt beide an Bord. Ich brauche Sie für eine neue Mission und erwarte Sie im Transporterraum.«

»Ja, Captain«, bestätigte Tuvok.

Auch der Vulkanier schien den Planeten schnell verlassen zu wollen. Paris sah zum Schiff hoch. *Beim nächsten Mal,* versprach er sich. *Beim nächsten Mal werfe ich einen Blick ins Innere.*

Tuvok klopfte auf seinen Insignienkommunikator. »Zwei Personen für den Transfer.«

Paris starrte erneut zum Schiff. Welches Rätsel auch immer es barg – es blieb auch weiterhin unentdeckt.

15

Drickel hielt den Atem an und lauschte den draußen erklingenden Stimmen der Planetenspringer. Er versuchte, die Worte zu verstehen, doch der Wind zerfetzte die einzelnen Silben, bevor sie ihn erreichten. Hinzu kam der dicke Rumpf des Shuttles, der alle Geräusche dämpfte. Die Finger des Wächters verharrten an den Kontrollen des persönlichen Transporters – er wollte sich fortbeamen, wenn die Fremden hereinkamen.

Vor dem Eintreffen der Außenweltler war es ihm gelungen, die Metallplatte von der Schulter herunterzuschieben. Sie lastete jedoch noch immer auf Hüften und Beinen. Als er beide Arme frei hatte, untersuchte er sich selbst und stellte nur relativ leichte Verletzungen fest: jede Menge blaue Flecken, eine verrenkte rechte Schulter und möglicherweise eine Gehirnerschütterung.

Es hätte alles viel schlimmer kommen können. Drickel beschloß, nach seiner Rückkehr eine Modifizierung der derzeit gültigen Vorschriften zu beantragen: Demnächst sollten bei einem Zeitalarm mindesten zwei Wächter eingesetzt werden.

Andererseits … Allein durch seine Rückkehr bewies er, daß ein Wächter genügte.

Der Wind ließ etwas nach, und dadurch wurden die Stimmen lauter. Das Gefühl der Einsamkeit – Drickel kannte es bereits aus dem Höhlensystem – kehrte nun zurück, begleitet von einem Hauch Hilflosigkeit. Er wurde allmählich alt. Das war die einzige Erklärung. Zu einem früheren Zeitpunkt in seiner beruflichen Laufbahn als Wächter hätte er eine solche Herausforderung zu schätzen gewußt.

Wenn die Planetenspringer das obere Ende der Rampe erreichten, so sahen sie von dort aus das Licht der Lampe. Die Lampe selbst blieb ihnen verborgen, da sie ebenso abgeschirmt war wie auch die Reisetasche, aber das Licht durchdrang den Schild und konnte der Aufmerksamkeit der Fremden kaum entgehen. Anschließend würde es nur noch eine Frage von Sekunden sein, bis sie auch ihn fanden.

Er zog den Scanner vom Gürtel und testete das Gerät – zum Glück funktionierte es noch. Sollte er es benutzen und riskieren, daß die Sondierungssignale geortet wurden? Oder war es besser, einfach zu warten?

Drickel wartete, mit dem Finger am Auslöser des persönlichen Transporters.

Wenn die Fremden das Schiff betraten, wollte er einen Transfer durchführen. Dann fanden sie die Lampe und vielleicht auch die Reisetasche, aber sonst nichts.

Er lauschte, hörte jedoch nur den Wind und das Pochen des eigenen Herzens.

Waren die Außenweltler fort?

Hatte er wirklich so viel Glück?

Drickel bezweifelte es. Diese Planetenspringer zeichneten sich durch große Hartnäckigkeit aus; sie gaben nicht einfach auf. Und sie waren sehr klug. Für den Wächter bedeutete das: Ihm stand eine interessante Auseinandersetzung bevor. Was er durchaus zu schätzen wußte. Schon seit langer Zeit hatte es keine echte Herausforderung mehr für ihn gegeben.

Er wartete, während die schwere Metallplatte auf ihm lastete. Die Beine fühlte er zwar, aber er konnte sie nicht bewegen. Hoffentlich änderte sich das, wenn es ihm gelungen war, unter der Platte hervorzukriechen.

Die Stille setzte ihm mehr zu als zuvor die Stimmen. Wenn der Wind das Shuttle bewegte, zuckte Drickel zusammen und erwartete die Planetenspringer.

Doch sie kamen nicht.

Nach zehn Echtzeitminuten entschied er, einen raschen Scan zu wagen.

Eine zwei Sekunden lange Sondierung teilte ihm folgendes mit: Jene beiden Fremden, die sich bis vor kurzer Zeit in unmittelbarer Nähe des Schiffes aufgehalten hatten, waren verschwunden. Mit einem drei Sekunden langen Scan brachte er in Erfahrung, daß sich überhaupt keine Außenweltler mehr auf dem Planeten befanden. Irgend etwas schien sie veranlaßt zu haben, an Bord ihres Schiffes zurückzukehren.

Drickel atmete mehrmals tief durch. Diesmal hatte er wirklich Glück. Er hakte das Ortungsgerät wieder an den Gürtel und setzte dann das Bemühen fort, sich von der Metallplatte zu befreien. Sie bewegte sich einen Millimeter, und stechender Schmerz zuckte durch die Schulter.

»Verdammt!« zischte der Wächter und versuchte, sich zu entspannen. Auf diese Weise hatte es keinen Sinn – er machte es sich nur unnötig schwer, riskierte dabei sogar weitere Verletzungen. Eigentlich blieb ihm gar nichts anderes übrig, als das Tarnfeld kurz zu deaktivieren und sich nach draußen zu beamen.

Wo sollte der Retransfer stattfinden? Zwanzig Meter weit horizontal, und zehn vertikal – dann rematerialisierte er auf dem Boden. Eine sichere Distanz.

Aber dann war er wieder der Kälte ausgesetzt.

Und auch dem Wind.

Wenn sich herausstellte, daß ihn die Verletzungen mehr behinderten, als er jetzt vermutete ... Für den Fall beschloß Drickel, sich in die Sicherheit der Höhlen zu transferieren und die Wärme dort zu genießen. Wahrscheinlich war es nicht nötig, aber die Möglichkeit allein gab ihm neue Kraft.

Die er dringend brauchte.

Wenn er an die schreckliche Kälte dachte ... Fast hätte er es vorgezogen, unter der Platte liegenzubleiben.

Ja, er wurde tatsächlich langsam alt.

Er überprüfte seine Ausrüstung, schaltete den Tarnfeldgenerator aus und aktivierte nur einen Sekundenbruchteil später den persönlichen Transporter. Das Gewicht der schweren Metallplatte wich jäh von ihm, und er fand sich in der gleichen Haltung auf dem Betonboden außerhalb des Schiffes wieder.

Der Wind war noch kälter, als er ihn in Erinnerung hatte. Sand kratzte ihm über die Wangen, geriet in Mund und Nase. Praktisch von einem Augenblick zum anderen spürte Drickel Durst.

Er reaktivierte das Tarnfeld und vergewisserte sich, daß es funktionierte.

Jetzt zum schwierigen Teil ...

Er versuchte aufzustehen.

Behutsam winkelte er die Arme an und stemmte sich langsam hoch, bis er saß. Schmerz brannte in Schulter und Hüfte. Er wartete, bis die Pein nachließ, bevor er ganz aufzustehen wagte.

Böen zerrten an dem Wächter, und dadurch fiel es ihm noch schwerer, das Gleichgewicht zu wahren. Wenigstens gaben die Beine nicht unter ihm nach. Taube Steifheit verharrte in den Hüften, und er fühlte Dutzende von wunden Stellen. Noch ein Test: Er setzte sich in Bewegung – und stellte erleichtert fest, daß er gehen konnte.

»Gut«, sagte er leise. Der kalte Wind nahm das Wort und riß es ihm von den Lippen, bevor es die Ohren erreichen konnte. Abgesehen vom Stechen in der Schulter, der steifen Hüfte und den Kopfschmerzen schien er soweit in Ordnung zu sein. Eins stand fest: Seine Verletzungen genügten nicht als Rechtfertigung für einen Abbruch der Mission. Vor fünfzehn Echtzeitjahren hatte er einen dreitägigen Einsatz beendet – mit gebrochenem Handgelenk und zwei angeknacksten Rippen. Jetzt war er bestimmt nicht schlechter dran als damals.

Er kehrte zum Wrack zurück, ging die Rampe hoch und betrat das Schiff, in dem ihn dichte graue Wolken erwarteten. Dafür mußte die Metallplatte verantwortlich sein: Nach dem plötzlichen Transfer war sie zu Boden gefallen und hatte jede Menge Staub aufgewirbelt. Trotz des matten Glühens fiel es ihm schwer, Lampe und Reisetasche zu finden. Er begann zu husten, und dadurch nahmen die Schmerzen in der Schulter zu.

Hier durfte er nicht bleiben. Jederzeit mochten sich andere Segmente aus der Decke lösen, und sicher dauerte es eine halbe Ewigkeit, bis der Staub wieder zu Boden sank. Er brauchte einen anderen Unterschlupf, einen Ort, an dem er sich aufwärmen, ausruhen und auf die Rückkehr der Planetenspringer warten konnte.

Er brauchte nicht lange zu überlegen, um eine Wahl zu treffen.

Drickel verstaute die Lampe und griff nach der Reisetasche.

Draußen stemmte er sich dem Wind entgegen und schritt der funktionsfähigen Zeitfähre entgegen, an der die Fremden solches Interesse gezeigt hatten. Wenn er sie schon bewachen mußte, so konnte er sie auch als Quartier nutzen, oder?

Im Vergleich zum Wrack war das Innere dieses Shuttles fast sauber und warm. Zehn der hundert Sitze lösten einen automatischen Zeitsprung aus, und Drickel hielt sich von ihnen fern.

Er sah sich um und seufzte. Dieses Schiff diente ihm nun als Heim – bis die Planetenspringer zurückkehrten.

Er deponierte die Tasche im nächsten Sessel. Hier konnte er wenigstens sicher sein, daß keine Deckenteile herabstürzten. Das Shuttle schützen – und es gleichzeitig als Ausgangsbasis nutzen, um die Planetenspringer zu vertreiben. Eine gute Wahl. Er hätte sofort daran denken sollen.

Er holte ein Tuch hervor und verwendete einen kleinen Teil seines Trinkwasservorrats, um es zu befeuchten. Anschließend wischte er sich das Gesicht ab. Dreimal wiederholte er den Vorgang, bis er sich einigermaßen sauber fühlte.

»Mal sehen, ob ich die Schulter irgendwie entlasten kann«, murmelte Drickel. Der Umstand, die richtige Entscheidung getroffen zu haben, erfüllte ihn mit Zufriedenheit.

Als fünf Minuten später achtzehn Planetenspringer vor dem Schiff erschienen, fragte sich der Wächter, ob sein Beschluß tatsächlich so klug gewesen war.

16

Paris' Hände wurden gerade erst warm. Dumpfer Schmerz regte sich in ihnen, tief in den Knochen, und vermutlich wurde er zu einem sehr unangenehmen Stechen, bevor sich auch die letzten Reste des Frostes auflösten. Tuvok und er waren dem Wind zu lange ausgesetzt gewesen. Angesichts derartiger Witterungsbedingungen stellten selbst dicke Jacken keinen nennenswerten Schutz dar. Zwar hatte Paris keine Gelegenheit gefunden, das Schiff mit den geheimnisvollen Bewegungen im Innern zu untersuchen, aber trotzdem freute er sich über die Rückkehr zur *Voyager*.

Sie standen nun im Transporterraum und warteten auf Janeway – sie hatte neue Einsatzorder in Aussicht gestellt. Paris wäre sehr dankbar gewesen für die Möglichkeit, zu duschen und allen Sand aus den Ohren zu entfernen. Er war auch in die Nase eingedrungen. Und in den Mund: Er brauchte nur die Zähne zusammenzubeißen, um es knirschen zu lassen.

Wenigstens hatte ihnen Janeway Gelegenheit gegeben, etwas zu essen. Als Paris und Tuvok an Bord eintrafen, hielt Fähnrich Hoffman kleine Terrinen für sie bereit. Die für Paris bestimmte enthielt einfache Tomatensuppe. Nach seinem Koller am ersten Tag in der *Voyager* wußte die ganze Crew, daß er es nicht ausstehen konnte, wenn man der Tomatensuppe Pilze, Reis oder bolianischen Käse hinzufügte.

»Ich glaube, ich habe Ihre Mahlzeit bekommen«, sagte Tuvok und hob die Terrine. »Das ist Tomatensuppe.«

»Sehr witzig«, erwiderte Paris.

»Ich versuche nicht, humorvoll zu sein«, meinte der Vulkanier.

»Ja.« Paris nickte. »Sie sind nur höflich. Ich weiß.« Trotzdem brodelte Ärger in ihm. Vielleicht lag es an Tuvoks Bemerkung in Hinsicht auf die Ahnung – und an der Möglichkeit, daß sie tatsächlich einen Kern aus Wahrheit enthielt.

Das Schott glitt beiseite, und die Kommandantin kam herein. Eine Strähne fiel ihr in die Stirn, was ungewöhnlich genug war, und hinzu kam: Die Uniform wirkte verknittert. Vermutlich hatte Janeway seit dem Verschwinden der ersten Einsatzgruppe weder gegessen noch geschlafen.

Das mit dem Schlaf galt auch für Paris. Das Schicksal jener Gruppe ging ihm sehr nahe, doch seine Besorgnis galt in erster Linie Kim. In dem jungen Fähnrich sah er so etwas wie einen kleinen Bruder, und er wollte ihn nicht auf diese Weise verlieren.

»Es hat sich etwas Neues ergeben, meine Herren«, sagte Janeway. Mit knappen Worten wies sie darauf hin, daß Chronitonpartikel von einigen Schiffen und einer Quelle im unterirdischen Höhlensystem ausgingen. »Finden Sie die Quelle. Stellen Sie fest, ob wir sie irgendwie nutzen können – für den Fall, daß eine Rettungsmannschaft in die Vergangenheit geschickt werden muß.«

»Wenn Kjanders die Wahrheit sagt, besteht eine hohe Wahrscheinlichkeit dafür, daß wir auch die Rettungsgruppe verlieren«, wandte Tuvok ein.

»Ja, das stimmt«, entgegnete Janeway. »Allerdings darf ich keine Möglichkeit unberücksichtigt lassen. Und ich halte es für sinnlos, mich auf die Auskünfte eines Mannes zu verlassen, dem meine Offiziere mißtrauen.«

Bei diesen Worten zuckte Paris innerlich zusammen. Es war noch gar nicht so lange her, daß der Argwohn von Janeways Offizieren *ihm* gegolten hatte. Er wußte nicht genau, in welchem Ausmaß man ihn jetzt akzeptierte, aber die Kommandantin und Kim vertrauten ihm. Auch

Chakotay, auf seine eigene Art und Weise. Trotzdem glaubte er immer wieder, Kompetenz und Zuverlässigkeit beweisen zu müssen.

Offenbar wies in seinem Gesicht irgend etwas darauf hin, was ihm durch den Kopf ging, denn Janeway sagte: »Ich möchte nicht, daß Sie dort unten in die Rolle des Helden schlüpfen. Ist das klar?« Sie bedachte Paris mit einem durchdringenden Blick.

Er lächelte und fühlte dabei, wie sich die ausgetrocknete Wangenhaut auf unangenehme Weise spannte. »Wenigstens sind wir nicht dem Wind ausgesetzt.«

»Captain?« Chakotays Stimme kam aus dem Lautsprecher und behielt ihren volltönenden Klang, obwohl sich die Stimmen anderer Personen bei Kom-Übertragungen blechern anhörten.

»Ich höre«, sagte Janeway.

»Die humanoide Lebensform erschien erneut auf dem Planeten, und zwar wieder nur für kurze Zeit.«

»Wie lange?« fragte die Kommandantin.

»Eigentlich erschien sie sogar zweimal«, erklärte Chakotay. »Beim erstenmal nur für einen Sekundenbruchteil, im Innern des Schiffes, und dann fast eine Sekunde lang außerhalb des Shuttles.«

»Welches Schiff meinen Sie?« erkundigte sich Paris.

»Es befindet sich etwa zweihundertfünfzig Meter nördlich vom ursprünglichen Retransferort.«

Paris schloß die Augen. Seine Ahnung war richtig gewesen. Er bedauerte nun, Janeway nicht ausdrücklich darauf hingewiesen zu haben. Andernfalls hätten sie vielleicht wichtige Informationen bekommen.

»Haben Sie nach den Restemissionen eines Transporterstrahls Ausschau gehalten, Commander?« fragte Janeway.

»In jenem Bereich findet er vor allem die energetischen Schatten unserer Transfers, Captain«, warf Tuvok ein.

»Filtern Sie das Energiemuster unseres Transporters aus der Sondierung«, sagte Janeway und warf dem Vulkanier einen kurzen Blick zu.

»Einen Augenblick«, erwiderte Chakotay.

»Captain ...« Paris zögerte kurz. »Unmittelbar vor unserer Rückkehr wollten wir uns das betreffende Schiff ansehen.«

»Wenn der ›Geist‹ über eine Tarnvorrichtung und außerdem auch noch einen Transporter verfügt, Mr. Paris ... Ich bezweifle, daß Sie in der Lage gewesen wären, ihn zu überraschen. Ich halte es für wahrscheinlich, daß er versuchte, Ihnen eine Falle zu stellen.«

Chakotay meldete sich wieder. »Ich habe eine fremde Transporterspur gefunden. Es handelte sich in beiden Fällen um den gleichen Humanoiden.«

»Offenbar haben wir es mit einer Person zu tun«, sagte Tuvok. »Ich nehme an, der ›Geist‹ arbeitet für die von Kjanders erwähnte Zeitkontrolle.«

»Und er versucht, uns zu verscheuchen?« Paris schüttelte den Kopf. »Das ergibt doch keinen Sinn.«

»Wenigstens einmal hat diese Taktik funktioniert«, hielt ihm Tuvok entgegen. »Neelix meinte, daß es auf Alcawell spukt.«

Janeway lächelte traurig. »Ja.«

Der Vulkanier wandte sich an sie. »Wenn die Tarnvorrichtung des Phantoms auf eine ähnliche Weise funktioniert wie die entsprechenden romulanischen Geräte, müßte sich eigentlich eine Ortung bewerkstelligen lassen.«

Dünne Falten bildeten sich in Janeways Stirn. Paris wußte dieses Zeichen zu deuten: Die Kommandantin konzentrierte sich auf etwas, war in Gedanken lichtjahrweit entfernt.

»In der Tat, Mr. Tuvok«, sagte sie schließlich. »Ich kümmere mich sofort darum.« Damit verließ sie den Transporterraum.

»Meine Güte!« Paris drehte sich zu dem Vulkanier um. »Sie verstehen es, unsere Kommandantin in Aufregung zu versetzen.«

»Ich habe mehrmals bemerkt, daß ihr Logik gefällt«, kommentierte Tuvok schlicht.

Kjanders nahm in der Offiziersmesse Platz. Der Kaffee, den er beim Gespräch mit Chakotay getrunken hatte, erfüllte ihn mit nervöser Unruhe, die ihn regelrecht zwang, durchs Schiff zu wandern. Das Vakuumschiff namens *Voyager* erwies sich als sehr groß. Und es war kein Passagierschiff, wie mehrere Besatzungsmitglieder betonten. Eine Frau mit höckriger Nase und Schmuck ausgerechnet am Ohr wies ihn auf Captain Janeways Bereitschaft hin, ihn zu jedem beliebigen Ort zu bringen – allerdings ohne die Möglichkeit einer Rückkehr.

Kjanders wußte nicht einmal, ob die Planetenspringer Geld verwendeten oder noch immer Tauschhandel trieben, so wie die Alcawellianer vor der Zeitreise.

Seine ›großartige‹ Idee, in die Zukunft zu fliehen, erwies sich als Reinfall. Er fand eine leere, öde Welt vor, und die Aussicht des Planetenspringens erschreckte ihn. Er hatte sich ein Abenteuer erhofft, ja, aber kein so schwieriges. Normalerweise fielen ihm solche Dinge immer leicht, und mit einer derartigen Erwartungshaltung war er auch diesmal aufgebrochen.

Einer der Fähnriche, die in der Offiziersmesse arbeiteten, hatte ihm mehr Kaffee angeboten. Der Becher stand nun vor ihm auf dem Tisch, und die Flüssigkeit darin kühlte immer mehr ab. Kjanders starrte durchs Panoramafenster, das ihm eine Vorstellung davon vermittelte, was die Echtzeitzukunft für ihn bereithielt: unendliche Schwärze; eine Heimatwelt, die immer kleiner und unbedeutender wurde, je weiter er sich von ihr entfernte.

So etwas wie Patriotismus regte sich in ihm, und Kjanders nahm dies mit großer Überraschung zur Kenntnis. Er hatte damit gerechnet, froh zu sein, Alcawell zu verlassen und der Zeitkontrolle zu entkommen. Doch an Bord dieses Vakuumschiffes war es kaum besser. Die Fremden hatten nur nicht ganz so strenge Vorschriften. Er erinnerte sich an eine Frau, die unweit des Maschinenraums an einem Terminal saß: Sie hatte nicht zugelassen, daß er die Kontrollen des Computers berührte.

Was befürchtete sie? Daß er mit Hilfe ihrer Station die *Voyager* übernahm?

Kjanders lächelte schief.

Darin hatte seine ursprüngliche Absicht bestanden: in der Übernahme des Schiffes. In seiner Vorstellung war das ganz einfach gewesen. Alle Alcawellianer hielten Planetenspringer für dumm und schwer von Begriff. Doch sie irrten sich. Die Fremden mochten nicht imstande sein, im Zeitstrom zurückzukehren, um ein Verbrechen zu verhindern, aber ihnen standen andere Methoden zur Verfügung. Zum Beispiel gaben sie ihren Schiffen eine solche Größe, daß ein Mann allein sie gar nicht unter Kontrolle bringen konnte.

Aber wenn er es schafft, Zugang zum Transporter zu erhalten ... Dann gelang es ihm vielleicht, die Geräte zu modifizieren und auf der Grundlage von Caxtons Theorien eine primitive Zeitmaschine zu bauen.

Kjanders schnaufte leise. Wenn ihm echtes technisches Geschick zu eigen gewesen wäre, hätte er bestimmt keinen kriminellen Lebensweg beschritten. In den Epochen von Alcawell genossen nur die Techniker echte Freiheit. Bei den Tests war Kjanders immer durchgefallen. Die Ergebnisse jener Prüfungen ließen keinen Zweifel: Er eignete sich nur für die Verwaltung, fürs Bürokratische.

Wenn er an Bord der *Voyager* bleiben wollte – um das überaus komplexe Funktionspotential des Schiffes besser kennenzulernen –, mußte er sich ein Beispiel an Kes nehmen und sich so nützlich machen, daß die Planetenspringer gar nicht mehr auf ihn verzichten konnten. Über welche besonderen Fähigkeiten verfügte er? Nun, er war ein guter Dieb. Er verstand es, sich aus schwierigen Situationen herauszuwinden. Und an seiner Agilität konnte kein Zweifel bestehen.

Abgesehen davon taugte er nur zum Bürokraten. Und für so jemanden gab es hier keine Verwendung.

Er trank den nur noch lauwarmen Kaffee und schnitt eine Grimasse. Noch immer zu bitter. Andererseits: Die

Flüssigkeit wirkte anregend, vertrieb das Gefühl der Erschöpfung aus ihm. Das gab ihm die Möglichkeit, den Erkundungsstreifzug durchs Schiff fortzusetzen.

»Ich wußte, daß ich Sie hier finden würde.« Chakotays Stimme hallte durch den großen Raum, und Kjanders schloß die Augen. Weitere Fragen. Wenn er Wert darauf legte, dauernd irgendwelche Fragen zu hören ... In dem Fall hätte er die Echtzeitära Achthundertneunundachtzig nicht verlassen und sich von der Zeitkontrolle schnappen lassen.

Sesselbeine kratzten über den Boden, und Polster seufzten, als der große, kräftig gebaute Planetenspringer Platz nahm. »Sie haben Gefallen an Kaffee gefunden, wie?«

Kjanders öffnete die Augen. »Ich mag seine Wirkung. Sie wiesen mich nicht darauf hin, daß es sich um eine Droge handelt.«

»Es ist keine Droge, nur ein leichtes Stimulans«, erwiderte Chakotay. Er warf einen kurzen Blick in den Becher. »Das heißt ... Vielleicht haben Sie recht. Bei Ihnen kommt auch noch der Zucker hinzu.«

Kjanders griff nach dem Becher und fühlte sich fast beleidigt. Seiner Ansicht nach war der Kaffee nur mit so viel Zucker genießbar. »Ich vermute, Sie statten mir keinen Höflichkeitsbesuch ab.«

Chakotay schüttelte den Kopf. »Wir schicken eine Gruppe in die Vergangenheit. Deshalb müssen wir wissen, was sie erwartet und was es zu vermeiden gilt.«

Kjanders zuckte so heftig zusammen, daß etwas Kaffee über den Rand des Bechers schwappte und ihm an die Brust spritzte. Häßliche braune Flecken entstanden auf dem blauen Stoff.

»Das ist Wahnsinn«, brachte er hervor.

»Wir wissen, daß Zeitreisen innerhalb einer Epoche als schweres Verbrechen gelten«, sagte Chakotay. »Es geht uns nur darum, die verschwundene Einsatzgruppe zurückzuholen, ohne gefaßt zu werden.«

»Die Kontrolle erwischt Sie bestimmt. Sie läßt keine Zeitverbrecher entkommen.«

»Ihre Präsenz an Bord dieses Schiffes beweist das Gegenteil«, meinte Chakotay.

»Ich bin nur deshalb unbehelligt geblieben, weil hier alles leer und öde ist«, sagte Kjanders. »Deshalb konnte ich überhaupt einen Zeitsprung durchführen. Ich dachte zunächst, daß man bei der Kontrolle nicht wußte, wo ich mich befinde, daß ich irgendwo im System verlorenging. Aber das stimmt nicht. Der wahre Grund lautet: Die Wächter kannten mein Ziel und waren davon überzeugt, daß es hier keine Überlebenschance für mich gibt. Deshalb beschlossen sie, keine Energie für einen kurzen Transfer in die Vergangenheit zu vergeuden, um mich zu verhaften.«

Bitterkeit erfaßte Kjanders. Geistesabwesend – und erfolglos – versuchte er, die Kaffeeflecken fortzuwischen.

Chakotay nahm ein Tuch vom nächsten Tisch und reichte es ihm. Es roch nach Essig. »Wie können wir dafür sorgen, daß unsere Leute ›im System verlorengehen‹?«

Kjanders betupfte die Flecken. Die Duftmischung aus Kaffee und Essig ließ Übelkeit in ihm entstehen. »Hören Sie, Commander, ich möchte es Ihnen folgendermaßen erklären: Nehmen wir mal an, Sie sind die Kontrolle, und ich möchte Ihnen entkommen. Ich laufe dort durch die Tür oder beame mich auf den Planeten. Oder ich springe in der Zeit zurück. Was auch immer. Gehen wir davon aus, daß meine Flucht gelingt.«

Chakotay nickte.

»Als Kontrolle lösen Sie einen Zeitalarm aus und transferieren eine Truppe gerade weit genug in die Vergangenheit, um mich in Empfang zu nehmen, wenn ich durch die Tür laufe.«

Chakotay saß stumm im Sessel, die Hände vor dem Bauch gefaltet. Ganz offensichtlich dachte er nach.

Nach einer Weile beugte er sich vor. »Man kann also nur dann erfolgreich sein, wenn man nicht die Aufmerksamkeit der Zeitkontrolle weckt. Stimmt das?«

»Ja«, bestätigte Kjanders. »Das Problem ist allerdings:

Ihre Freunde sind bereits von der Zeitkontrolle verhaftet worden, und selbst wenn es Ihnen gelänge, sie zu befreien: Eine bewußt herbeigeführte temporale Manipulation würde dafür sorgen, daß der Befreiungsversuch fehlschlägt. Wenn einen die Kontrolle erst einmal erwischt hat, so kann man nicht mehr entkommen.«

Chakotay stand auf. »Es muß irgendeinen Punkt geben, den wir übersehen. Es *kann* nicht unmöglich sein, die Verschwundenen zurückzuholen.«

Kjanders bemühte sich nach wie vor, die Flecken fortzuwischen. Der Kaffee schien direkt ins Gewebe eingedrungen zu sein. Wenn die Flüssigkeit bei gewöhnlichem Stoff eine so schädliche Wirkung entfaltete – was richtete sie dann im Magen an?

»Kjanders …«, sagte Chakotay sanft. »Wenn Ihnen etwas einfällt, wenn es irgendeine Möglichkeit gibt – die Kommandantin wüßte das sicher sehr zu schätzen.«

Der Alcawellianer verzog das Gesicht. Tief in seinem Innern rangen Hoffnung und Verzweiflung miteinander. Es gab jetzt eine Chance für ihn, sich nützlich zu machen, unentbehrlich zu werden. Doch dafür würde er vermutlich mit seinem Leben bezahlen müssen.

Er seufzte tief. Nein, bei dieser Sache konnte er den Planetenspringern nicht helfen.

Kjanders ließ das Tuch sinken. »Sie können Ihren Freunden nicht helfen, Chakotay. Finden Sie sich damit ab. Der temporale Transfer einer zweiten Gruppe würde nur bedeuten, daß Sie noch mehr Leute verlieren.«

»Kein Wunder, daß die Zeitkontrolle bei Ihnen so mächtig wurde«, sagte Chakotay scharf. »Offenbar geben die Alcawellianer auf, ohne auch nur einen Versuch zu unternehmen.«

»Nein«, erwiderte Kjanders. »Wir hängen nur an unserem Leben.«

17

Es war kein guter Tag, um zu sterben. Torres verabscheute diesen Ausdruck. Wenn ihre Mutter – eine standhafte Klingonin – in schwierige Situationen geraten war, so hatte sie häufig folgende Worte formuliert: *Heute ist ein guter Tag, um zu sterben.* Doch die kleine B'Elanna stimmte ihr nie zu. Kein Tag war gut, um zu sterben.

Und selbst wenn es doch einen geeigneten Tag gab – der heutige kam nicht in Frage.

Ihre Unruhe steckte offenbar an, denn auch Kim wanderte nervös umher. Inzwischen kannte sie jeden Quadratzentimeter dieses Quartiers, vom neongrünen Teppich bis hin zu den braunroten Möbeln. Ein Fenster gab es nicht, nur rosarote Wände im Wohnzimmer. In Küche und Bad herrschten rote Töne sowie Chrom vor.

Neelix saß auf dem Boden. Er hatte die abgerissenen Blüten aus dem Müllbehälter geholt und zerfetzte sie methodisch, zupfte ein Blütenblatt nach dem anderen ab. Der von ihnen ausgehende Geruch schien immer intensiver zu werden – das mochte der Grund sein, warum B'Elanna an ihre Mutter gedacht hatte. Trotzdem brachte sie es nicht fertig, Neelix zu bitten, die Blüten wieder in den Abfallbeseitiger zu werfen.

»Sie liebt mich«, sagte Kim, als Neelix ein weiteres Blütenblatt fortzog.

Torres blieb stehen und sah ihn an. Schnappte er allmählich über?

Neelix ließ das nächste Blütenblatt fallen, und der junge Fähnrich kommentierte: »Sie liebt mich nicht.«

»Was soll das bedeuten?« fragte B'Elanna.

Kim lächelte schief. »Es ist ein altes Spiel auf der Erde. Wenn nur noch ein Blütenblatt übrig ist, weiß man Bescheid: entweder ›sie liebt mich‹ oder ›sie liebt mich nicht‹. Hier sollte es wohl heißen: ›man wird mich hinrichten‹ oder ›man wird mich nicht hinrichten‹.«

»Man wird mich hinrichten«, wiederholte Neelix und zog an einem Blütenblatt. »Man wird mich nicht hinrichten.«

»Genug mit dem Unfug!« Torres griff nach den Blüten, ging damit in die Küche, warf sie in den Presser und schaltete das Gerät ein.

Der Geruch welker Blüten hing wie ein schlechtes Parfüm in der Luft.

Neelix seufzte. »Ich schätze, es war nicht sehr komisch.«

»Ich kann in unserer Situation überhaupt keine komischen Aspekte erkennen«, fügte Kim hinzu.

»Ich auch nicht.« Torres stand in der Küchentür. »Ich finde es einfach unerträglich, darauf zu warten, daß irgendwelche Bürokraten unseren Tod beschließen, ohne zu versuchen, die Dinge aus unserer Perspektive zu sehen.«

»Bleibt uns etwas anderes übrig?« erwiderte Kim. »Wir wissen jetzt, daß die Wächter einfach nur in die Vergangenheit zu springen brauchen, um alle unsere Fluchtversuche zu vereiteln. Wir haben es selbst erlebt.«

»So sehr ich der überaus tüchtigen Captain Janeway vertraue ...«, ließ sich Neelix kummervoll vernehmen. »Ich fürchte, selbst sie kann uns nicht an diesem schrecklichen Ort finden.«

»Und wenn sie einen entsprechenden Versuch unternähme«, sagte Kim, »so geriete sie wahrscheinlich in eine ähnlich schwierige Situation wie wir.«

»Wir sind wirklich ein fröhlicher Haufen, nicht wahr?« fragte Torres spöttisch.

Die anderen mieden ihren Blick. Neelix wischte sich die

Hände ab und stand auf. Kim schritt zur Couch und nahm Platz.

»Ich habe nachgedacht«, verkündete die Klingonin. »Rawlik hat recht. Die Zeitkontrolle erwischt uns in jedem Fall. Es sei denn, wir haben Erfolg.«

»Wie bitte?« fragte Neelix.

Kim setzte sich auf. »Genau«, sagte er. »Wenn wir erfolgreich sind und in unsere Zeit zurückkehren, so transferieren sich die Wächter nicht in die Vergangenheit, um uns zu schnappen.«

»Manchmal fällt es mir überhaupt nicht schwer, Erklärungen zu verstehen«, brummte Neelix. »Bei anderen Gelegenheiten habe ich den Eindruck, daß mein Gehirn in einer Schale neben dem Bett liegt.«

Torres und Kim wandten sich ihm verblüfft zu.

»Das meine ich im übertragenen Sinne«, sagte Neelix rasch.

»Wir dürfen nicht länger untätig bleiben«, betonte B'Elanna. »Selbst wenn ein Fluchtversuch fehlschlägt ... Anschließend wissen wir wenigstens, daß wir alles versucht haben.«

»Guter Hinweis«, meinte Neelix. »Glaube ich wenigstens.«

Torres sah ihn an. »Sind Sie imstande, den Wächter näher zur Tür zu locken?«

»Ob ich ihn näher zur Tür locken kann?« wiederholte Neelix. »Passen Sie auf!«

»Warten Sie«, sagte B'Elanna rasch. »Zuerst möchte ich meine Idee erläutern. Ich brauche auch Ihre Hilfe, Fähnrich. Wir müssen versuchen, das kleinere Zeitshuttle zu erreichen, mit dem wir hierhergekommen sind. Wenn wir es bis dorthin schaffen und einen Transfer einleiten, sind wir in Sicherheit.«

»Klingt logisch«, entgegnete Kim. »Wenn uns die Wächter aufhalten wollen, müssen sie eingreifen, bevor wir ins Shuttle gelangen.«

»Und wenn wir den Wächter als Geisel nehmen ...«,

überlegte Neelix laut. »Dann müßte eine Intervention der Zeitkontrolle erfolgen, bevor wir dieses Quartier verlassen. Richtig?«

»Ja.« Zum erstenmal regte sich Hoffnung in Torres und vertrieb die Niedergeschlagenheit aus ihr. Wenn sie es schafften, den Wächter als Geisel zu nehmen... Dann bestand tatsächlich Aussicht auf Erfolg. »Also los, Neelix. Sorgen Sie dafür, daß der Wächter näher kommt – ich überwältige ihn.« B'Elannas Puls raste, und es fühlte sich herrlich an; endlich konnte sie wieder aktiv werden.

»Mit Vergnügen«, sagte Neelix. Zielstrebig ging er zur Tür, doch als er die Hand nach dem Knauf ausstreckte...

Rawlik und zwei in orangefarbene Overalls gekleidete Wächter platzten herein.

»Verdammter Mist«, hauchte Torres.

»Gutes Timing«, sagte Neelix und zu B'Elanna. »Vermutlich kein Zufall, oder?«

Die Klingonin schüttelte den Kopf. Der jähe Adrenalinschub ließ sie zittern, und alles in ihr drängte danach, den Gegnern entgegenzustürmen, sich ihnen zum Kampf zu stellen.

Sie setzte sich in Bewegung, doch sofort richteten die beiden Wächter ihre Waffen auf sie.

»Ich rate Ihnen dringend davon ab, B'Elanna«, sagte Rawlik. »Beim letztenmal mußten wir auf Sie schießen.«

»Warum sind Sie dann nicht in der Zeit zurückgesprungen, um mir zuvorzukommen?« erwiderte Torres scharf.

»Oh, das sind wir. Sie brachen beiden Wächtern den Unterkiefer, bevor wir Sie schließlich zur Aufgabe zwangen. Nun, vielleicht läßt sich Gewalt mit einem Appell an die Vernunft vermeiden.«

»Komisch. Genau das haben wir von Ihnen erwartet: Vernunft.«

»Eins muß ich zugeben«, meinte Rawlik. »Nie zuvor hatten wir so entschlossene und einfallsreiche Gefangene.«

»Falls das ein Kompliment sein soll – danke«, sagte Neelix.

Kim legte die Hände auf den Rücken. »Wie weit kamen wir beim ersten Versuch?«

»Fast bis zum Shuttle, mit dem Wächter als Geisel.« Rawlik zögerte kurz und sah Torres an. »Dieser neuerliche Verstoß gegen unsere Gesetze führt sicher nicht dazu, daß der Rat Ihnen gegenüber gnädiger gestimmt ist.«

»Hatten wir eine Chance?« fragte Torres. »Zu entkommen, meine ich.«

»Nein«, sagte Rawlik. »Ihre Situation ist dadurch nur noch schlechter geworden. Nun, ich werde beim Rat trotzdem ein gutes Wort für Sie einlegen.«

»Danke.« B'Elanna bemühte sich sehr, den Sarkasmus aus ihrer Stimme fernzuhalten. Noch immer vibrierte die von dem Adrenalinstoß hervorgerufene Energie in ihr – genug Kraft, um noch stundenlang unruhig durchs Quartier zu wandern. »Wir warten hier.«

Sie sank in einen dick gepolsterten Sessel, zog die Beine an und gab sich unbesorgt. Ihre Entscheidung stand bereits fest: Wenn morgen die Wächter kamen, um sie zur Hinrichtung zu bringen, so wollte sie kämpfend in den Tod gehen, wie es einer Klingonin gebührte.

Neelix nahm in dem Sessel neben ihr Platz. Rawlik bedeutete den beiden Wächtern, rechts und links von der Tür Aufstellung zu beziehen, nickte dann Torres zu und ging ohne ein weiteres Wort.

»Wir haben es wenigstens versucht«, meinte Kim.

»Bei der Flucht muß ich großartig gewesen sein«, murmelte Neelix. »Wenn ich mich doch nur daran erinnern könnte ...«

Paris rematerialisierte und seufzte. Kein Wind und relative Wärme. Die Temperatur hier betrug etwa null Grad Celsius und war fast tropisch, wenn man sie mit den Verhältnissen auf der Planetenoberfläche verglich. Welch eine Erleichterung.

Er traf vor Tuvok im Höhlensystem ein. Fähnrich Hoffman hatte zuvor darauf hingewiesen: Angesichts der dicken Felsschichten konnten nicht beide Transfersignale gleichzeitig gesendet werden.

Der Vulkanier erschien eine halbe Sekunde später, und zwar mit eingeschalteter Lampe. Staubpartikel schwebten in der Luft, winzigen Motten gleich.

»Meine Güte«, sagte Paris leise.

Dies mußte einst ein großes Kontrollzentrum gewesen sein, mit Dutzenden von Terminals und anderen Einrichtungen. Vermutlich hatten hier Hunderte von Personen gearbeitet. Jetzt wirkte alles grau, wie von schmutzigem Schnee bedeckt. Die Luft war knochentrocken, aber wenigstens gab es hier unten keinen Wind.

»Bewegen Sie sich möglichst langsam«, riet Tuvok seinem Begleiter.

Paris senkte den Blick. Eine dünne Schicht aus feinem grauen Staub schwebte dicht über seinen Stiefeln. Sie war unmittelbar nach seinem Retransfer aufgestiegen und senkte sich wie in Zeitlupe.

»Wir müssen hier sehr vorsichtig sein«, fuhr Tuvok fort. »Wenn wir nicht achtgeben, könnten wir einen wahren Staubsturm auslösen. Passen Sie bei jedem Schritt gut auf. Außerdem sollten wir einen gewissen Abstand wahren, um uns nicht gegenseitig durch aufgewirbelten Staub zu behindern.« Er sah auf die Anzeigen des Tricorders. »Hier entlang.«

Sie wandten sich nach rechts. Paris ging ganz behutsam, und nach etwa drei Minuten wünschte er sich den Wind herbei.

Ganz gleich, wie leicht er bei den einzelnen Schritten auftrat: Schon nach wenigen Sekunden bildeten sich dichte wogende Staubwolken. Es ließ sich gar nicht vermeiden, das Zeug einzuatmen. Schließlich griff er in die Ausrüstungstasche und holte eine Schutzmaske hervor. Tuvok folgte seinem Beispiel. Anschließend schaltete

Paris auch seine eigene Lampe ein – in diesem »Nebel« brauchten sie mehr Licht.

Beide Männer warteten darauf, daß sich der Staub wieder setzte, doch ein großer Teil davon blieb in der Luft, zog in trägen Schwaden dahin.

»Wir müssen versuchen, vor den Wolken zu bleiben«, sagte Tuvok.

Sie gingen weiter.

Paris wagte es nicht einmal, tief einzuatmen. Der feine Staub klebte an allen feuchten Stellen fest. Zum Glück war es in dieser Kaverne nicht warm. Paris schauderte innerlich, als er sich vorstellte, hier zu schwitzen – und innerhalb kurzer Zeit von einer dicken, schmierigen Staubschicht bedeckt zu sein.

»Eine Menge Staub, nicht wahr?« sagte er. Es sollte beiläufig klingen, doch bestimmt hörte Tuvok die Anspannung in der Stimme.

»Die vom Tricorder durchgeführte Analyse bestätigt diese Feststellung«, erwiderte der Vulkanier. »Die Partikel sind nicht schädlich, nur unangenehm.«

Das dürfte der vulkanische Ausdruck dafür sein, daß sie einem verdammt auf die Nerven gehen, dachte Paris.

Sie gingen schnell genug, um vor den Staubwolken zu bleiben, die sich durch ihre Schritte bildeten. »Bleiben Sie nicht ruckartig stehen«, sagte Paris.

Er dachte jetzt vor allem an den Staub und nicht mehr in erster Linie daran, wie er Kim und den anderen helfen konnte. Dieser Umstand ärgerte ihn.

Tuvok deutete nach vorn. »Fußspuren. Sie führen von der Zeitmaschine zum Tunnel.«

Paris wurde allmählich langsamer, als er sich den Spuren näherte – er wollte sie nicht verwischen. »Sie könnten neu oder auch zwanzig Jahre alt sein. Es läßt sich kaum feststellen. Immerhin bleibt die Luft hier unten unbewegt, solange keine Besucher kommen.«

»Es läßt sich doch feststellen«, widersprach Tuvok. »Die Ränder der Fußabdrücke sind klar ausgeprägt und nicht durch Schwerkrafteinwirkung abgerundet. Woraus folgt: Die Spuren entstanden erst vor kurzer Zeit. Sie führen zu einem Tunnel, der sich unter dem Shuttle erstreckt, mit dem Torres, Kim und Neelix in der Vergangenheit verschwanden. Wir haben den ›Geist‹ zum erstenmal bemerkt, als er sich vom Tunnel aus zur Planetenoberfläche beamte.«

Paris nickte. »Jetzt haben wir die Bestätigung: Das Phantom trägt Stiefel.«

Sie drehten sich um und wanderten langsam zur Zeitfähre. Seite an Seite mußten sie durch einen langen Korridor gehen, so dicht nebeneinander, daß sich fast ihre Schultern berührten – nur auf diese Weise konnten sie es vermeiden, in den aufgewirbelten Staub zu geraten. An den Türen ließen sich Probleme nicht vermeiden; dort mußte Paris dem Vulkanier durch Staubwolken folgen, die nicht einmal das Licht seiner Lampe durchdrang.

Als sie den kleinen Raum erreichten, waren sie beide in eine graue Schmutzschicht gehüllt. Tuvok bekam dadurch ein geisterhaftes Erscheinungsbild. Das Grau verschlug alle Farben seiner Uniform, haftete auch im Gesicht und an den Haaren fest. Seine einst weiße Maske war jetzt ebenfalls grau, und vermutlich war sie ebenso nutzlos geworden wie das von Paris getragene Exemplar – mit einer solchen Menge Staub konnten die Filter einfach nicht fertig werden. Paris spürte ihn in der Nase (dort bildete er dicke Klumpen) und auch im Mund. Er fragte sich, wie es um seine Augen stand …

»Ein individuelles Zeitshuttle«, sagte Tuvok, als er stehenblieb und die kleine Maschine betrachtete. Fußspuren führten von ihr fort. »Von diesem Bereich aus …« Mit dem Tricorder deutete der Vulkanier zu einer Stelle, an der einst ein Terminal installiert gewesen war. »… wurde der Apparat kontrolliert. Und wahrscheinlich ist das nach wie vor der Fall, dreihunderttausend Jahre in der Vergangenheit.«

Paris trat etwas näher. »Die Fähre müßte also automatische Rückkehr programmiert sein. Wenn das ›Phantom‹ seine Mission beendet hat, steigt es ein und transferiert sich in seine Heimatepoche.«

»Diese Annahme halte ich für logisch.«

Eine Zeitlang beobachteten sie die Zeitmaschine stumm. Paris konnte nirgends einen Antrieb erkennen, obwohl ein beständiger Strom aus Chronitonpartikeln von der kleinen Zeitfähre ausging.

Schließlich klopfte Tuvok auf seinen Insignienkommunikator. *»Voyager?«*

»Sprechen Sie, Mr. Tuvok.« In Captain Janeways Stimme ertönte unüberhörbare Autorität. Paris sah auf und rechnete fast damit, daß allein der Klang genügte, um weitere Staubwolken entstehen zu lassen.

»Wir haben das Shuttle gefunden. Offenbar ist es nur für ein oder zwei Personen bestimmt. Alles deutet darauf hin, daß es vor kurzer Zeit verwendet wurde.«

»Gibt es Anzeichen dafür, daß sich die betreffende Person in der Nähe befindet?« fragte Janeway.

»Wir haben Fußspuren entdeckt«, sagte Paris. »Aber wir rechnen nicht damit, dem ›Geist‹ an diesem Ort zu begegnen. Bestimmt befindet er sich auf der Planetenoberfläche. Hat die Einsatzgruppe noch nichts Unheimliches erlebt?«

»Nein«, entgegnete Janeway. »Aber ihr Transfer fand erst vor knapp zehn Minuten statt.«

»Captain«, wandte sich Tuvok an die Kommandantin, »ich glaube, ich weiß jetzt, wie wir das vermeintliche Phantom fassen können. Bitte sorgen Sie dafür, daß der Transporterfokus auf diesen Raum gerichtet wird – damit wir uns jederzeit hierher zurückbeamen können.«

»Wundervoll«, murmelte Paris. Die Vorstellung, durch den langen Korridor und ein Meer aus Staub zur Haupthöhle zurückzukehren, gefiel ihm ganz und gar nicht.

»Transferieren Sie uns anschließend zur Landegruppe«, fügte der Vulkanier hinzu.

Paris stöhnte. Eine Dusche und noch etwas Tomatensuppe wären ihm lieber gewesen. Nun, wenigstens brauchten sie sich nicht mehrmals schmutzig zu machen. Es genügte, daß sie sich einmal von Staub und Sand befreiten. Paris befürchtete, daß sie zu diesem Zweck Warp-Schrubber benötigten. Gewöhnliche Bürsten konnten gegen so viel Schmutz sicher nichts ausrichten.

»Bleiben Sie in Bereitschaft«, sagte Janeway.

Wenige Sekunden später schimmerte ein Transporterstrahl und brachte sie aus dem kleinen Zimmer zur Oberfläche des Planeten. Eisiger Wind heulte und blies den Staub der Maske Paris direkt in die Augen. Er fluchte, nahm die nutzlos gewordene Schutzmaske ab und überließ sie den ungeduldig an ihr zerrenden Böen. Sein Gesicht verwandelte sich in eine Fratze, als rasiermesserscharfe Sandkörner in die Wangen schnitten.

»Ich verabscheue diese Welt nicht nur«, brummte er. »Ich *hasse* sie.«

18

Drickel legte sich eine Armschlinge an, um die verletzte Schulter zu entlasten. Er vergewisserte sich, daß sie flexibel genug blieb – er wollte auch weiterhin die rechte Hand benutzen. Ein schmerzstillendes Mittel vertrieb zumindest einen Teil der Pein aus ihm, ohne Benommenheit hervorzurufen: Der Wächter konnte auch weiterhin klar denken. Leider ließ sich auf diese Weise nichts gegen den Wind ausrichten.

Draußen erklangen auch weiterhin die Stimmen der Fremden. Drickel hatte sie einige Minuten lang beobachtet, bevor er sich um den Arm kümmerte. Diese Planetenspringer schienen nicht an dem funktionsfähigen Shuttle interessiert zu sein, sondern an den beiden Schiffen rechts und links davon. Er hielt das zunächst für einen glücklichen Zufall – bis er begriff, daß sie die betreffenden Zeitfähren auseinandernahmen. Wahrscheinlich wollten sie Aufschluß über die Funktionsweise gewinnen.

Die Transporter der Außenweltler wiesen auf einen hohen technischen Entwicklungsstand hin, und hinzu kam die bemerkenswert unerschütterliche Ruhe des Spitzohrigen. Drickel befürchtete plötzlich, daß die Fremden tatsächlich imstande waren, alles herauszufinden. Was für ihn bedeutete: Ihm blieb nur wenig Zeit, um seine Verletzungen zu behandeln und sich auf die nächste Phase der Mission vorzubereiten.

Er entschied sich dagegen, die Planetenspringer zu bedrohen. So etwas kam jetzt noch nicht in Frage. Er würde erneut Dinge schweben lassen, und wenn das nicht zum gewünschten Resultat führte … In dem Fall wollte er sich das schwächste Glied in der Kette vornehmen. Wachverordnung, Abschnitt 3765 Komma 41, Paragraph 01: Ohne zwingenden Grund durften Planetenspringer nicht verletzt werden. Diese Klausel war erst vor kurzer Zeit von der neuen Vorschrift 3765 Komma 41, Paragraph 01.1A abgelöst worden, die sich durch einen recht vagen, verwirrenden Wortlaut auszeichnete. Drickel wußte nicht, ob er Verletzungen verursachen und gegebenenfalls einen kurzen Retro-Zeitsprung durchführen durfte, um derartige Zwischenfälle zu verhindern.

Manchmal mußte man improvisieren, trotz oder gerade wegen der Vorschriften. Die gegenwärtige Situation war schon kompliziert genug; es galt, Aktionen zu vermeiden, die alles noch unübersichtlicher gestalteten. Außerdem: Für einen korrektiven Sprung in die nahe Vergangenheit brauchte er eine Sondergenehmigung (Wachverordnung, Abschnitt 00001 Komma 18, Paragraph 99.32B), und manchmal berieten die Echtzeitkomitees wochenlang, bevor sie eine entsprechende Erlaubnis erteilten.

Hinzu kam, daß sich Drickel nicht auf irgendwelche Anhörungen konzentrieren wollte, sondern auf das geistige Duell mit den Planetenspringern: Wer von ihnen zeichnete sich durch mehr Kreativität und Einfallsreichtum aus?

Er griff nach der Reisetasche und vergewisserte sich, daß sie alle erforderlichen Gegenstände enthielt. Im Anschluß daran überprüfte er noch einmal den Tarnfeldgenerator, bevor er das Shuttle verließ.

Der Wind schien noch kälter zu sein als vorher und trieb so viel Sand vor sich her, daß man kaum die Lider heben konnte. Drickel mußte die Augen zusammenkneifen, um etwas zu erkennen.

Er schritt zum unteren Ende der Rampe, und von dort aus beobachtete er die Szene. In der Nähe stand ein Mann, der eine gelbschwarze Uniform trug und seine Waffe schußbereit in der Hand hielt. Er kehrte dem Wind den Rücken zu und schien die Nordseite eines der beiden

Wracks zu bewachen – vermutlich arbeiteten dort andere Außenweltler. Ein weiterer Wächter stand im Westen. Und einer im Osten. Drickel bemerkte auch einen im Süden, immer in bezug auf das gleiche Schiff. Vier weitere Wachposten umgaben ein zweites Wrack. Dort begannen gerade mehrere Planetenspringer damit, einzelne Platten aus dem Rumpf zu entfernen.

Sie plünderten nicht. O nein – sie begannen mit einer gründlichen Untersuchung.

Drickel wich in den Windschatten der Rampe und nahm die Hilfe seiner Sensoren in Anspruch. Die Frage lautete: Womit hatte er es nun zu tun?

Im Innern der beiden Wracks befanden sich jeweils fünf Planetenspringer, aber nur einer von ihnen trug eine Waffe.

»Ziemlich viel Feuerkraft«, murmelte der Zeitwächter. »Und ich bin vermutlich der Grund dafür.« Er lachte leise vor sich hin. Nein, sie fingen ihn bestimmt nicht. Im Hinterzimmer gab es niemanden, der bei dieser Arbeit Besseres leistete. Bisher war niemand in der Lage gewesen, es mit ihm aufzunehmen.

Niemand.

Zweihundertvierzig erfolgreiche Missionen lagen hinter ihm.

Er würde sich auch diesen Leuten gegenüber durchsetzen. Die große Anzahl der Bewaffneten deutete auf Nervosität hin. Nur ein Schluß ließ sich daraus ziehen: Die Planetenspringer fürchteten ihn. Und wenn man in diesem Zusammenhang nicht direkt von *Furcht* sprechen konnte... Die Fremden waren zumindest beunruhigt.

Drickel schlang sich den Riemen der Reisetasche um die unverletzte Schulter. Den Außenweltlern stand nun ein echtes Spektakel bevor. Er hatte zwanzig große Antigravmodule und viele kleinere Einheiten – genug, um gleichzeitig fünf alte Schiffe aufsteigen zu lassen.

Er schritt durch den offenen Bereich und hielt dabei den Kopf gesenkt, damit ihm der Wind nicht direkt ins Gesicht wehte. In der einen Hüfte regte sich neuerlicher

Schmerz – ließ die Wirkung des Mittels so schnell nach? Oder lag es daran, daß er regelrecht gegen die Böen ankämpfen mußte? Während er einen Fuß vor den anderen setzte, holte er einige Antigravscheiben hervor. Kurz darauf erreichte er jenes Wrack, das er schon einmal benutzt hatte, um die Fremden zu erschrecken. Er befestigte die Module an genau den gleichen Stellen. Das Shuttle befand sich direkt neben einer der Fähren, in der die Planetenspringer arbeiteten. Ein Wächter stand dort im Windschatten und hielt aufmerksam Ausschau.

Als die Antigravmodule einsatzbereit waren, trat Drickel von hinten an den Wächter heran und zupfte an seinem rechten Ohr. Der Mann drehte sich abrupt um, hob die Waffe und hielt verwirrt nach einem Gegner Ausschau. Schließlich schüttelte er den Kopf und besann sich wieder auf den Wachdienst.

Drickel zog noch einmal am Ohr des Planetenspringers, ging zum nächsten Schiff und lachte, als sich der Mann mehrmals nervös umsah.

Als er vier weitere Antigravgeräte an einem anderen Wrack befestigte, fiel ihm etwas auf. Zwei Männer materialisierten im Schimmern eines Transporterstrahls. Ihr Retransfer fand unweit der funktionsfähigen Zeitfähre statt.

Die beiden Männer waren sehr schmutzig – eine graue Schicht hatte sich auf ihren Uniformen gebildet –, und sie trugen Schutzmasken. Starke Böen bliesen ihnen den Staub von der Kleidung. Der erste Mann riß sich die Maske vom Gesicht und überließ sie dem Wind. Der zweite nahm seine in aller Ruhe ab und verstaute sie in einer Tasche.

Spitzohr und sein Begleiter.

In Drickels Magengrube krampfte sich etwas zusammen. Offenbar hatten sich diese beiden Planetenspringer im unterirdischen Höhlensystem aufgehalten. Und wenn ihnen dort die Fußspuren aufgefallen waren, so wußten sie, daß es hier nicht ›spukte‹.

Eine noch schlimmere Möglichkeit fiel ihm ein: Und wenn die Fremden das kleine Shuttle entdeckt hatten?

Zum zweiten Mal seit Beginn dieser Mission fühlte er sich von profunder Unruhe heimgesucht. Er mußte sich beeilen, wenn er erneut einen Erfolg erzielen wollte.

Drickel wagte gar nicht daran zu denken, zu welchen Konsequenzen ein Fehlschlag seiner Bemühungen führen mochte.

Er wankte zum dritten Wrack und brachte auch dort Antigravmodule unter. Drei schwebende Schiffe mußten derzeit genügen. Ihm blieb einfach nicht genug Zeit, um fünf zu präparieren.

Unter dem letzten Shuttle blieb er stehen. Der Sand stach wie mit winzigen Nadeln aus Eis, als er die Kontrolleinheit hervorholte und den Code für das erste Schiff eingab. Es löste sich vom Boden, stieg langsam drei Meter weit auf.

Einer der Wächter rief etwas, lief zur einen Seite und hielt die Waffe schußbereit. Er hatte die Augen weit aufgerissen und schrie auch weiterhin – bis ihn die anderen Planetenspringer hörten.

»Bisher läuft es ganz gut«, sagte Drickel zufrieden.

Er aktivierte die Antigravmodul des zweiten Shuttles und ließ es zehn Meter aufsteigen. In jener Höhe war der Wind stärker, und die Fähre neigte sich hin und her. Drickel justierte den Kontrollgeber, um das Shuttle zu stabilisieren.

Die Rampe bewegte sich wie ein stählerner Tentakel, klopfte mehrmals an die Unterseite des Schiffes. Einige Male gelang es dem lauten Hämmern sogar, das Heulen des Winds zu übertönen. Zwei Wächter deuteten in die entsprechende Richtung und eilten zum freien Bereich.

Spitzohr holte sein Ortungsinstrument hervor und begann mit einer ruhigen Sondierung. Sein hellhäutiger Begleiter beobachtete das Geschehen einige Sekunden lang, stützte die Hände an die Hüften und lächelte. Dann nahm er ebenfalls einen Sensor zur Hand und entfernte sich von

Spitzohr. Beide Männer scannten erst die schwebenden Shuttles und ließen den Ortungsfokus dann von einer Seite zur anderen gleiten. Ganz offensichtlich hielten sie nach jemandem oder etwas Ausschau.

»Nur zu«, sagte Drickel. »Versucht ruhig, mich zu lokalisieren.«

Er gab erneut einen Code ein, und das dritte Schiff setzte sich in Bewegung. Nach zwei Metern kam es wieder zum Stillstand. Es schwankte ein wenig im starken Wind; seine Rampe berührte nach wie vor den Boden, etwa zwei Meter von Drickel entfernt.

Die Wächter schienen nicht zu wissen, was sie davon halten sollten.

Drei Zeitshuttles, die ohne ersichtlichen Grund flogen – das schuf Verwunderung bei den Planetenspringern. Doch sie gerieten nicht etwa in Panik. Ihre Selbstbeherrschung und Disziplin beeindruckten Drickel. Die Wächter hoben ihre Waffen, aber niemand von ihnen ließ sich dazu hinreißen, auf eins der schwebenden Schiffe zu schießen. Sie beschränkten sich darauf, zu beobachten und bereit zu sein.

»Ein enttäuschendes Publikum«, murmelte Drickel.

Er drehte den Kopf, um festzustellen, wie sich die beiden Männer mit den Ortungsinstrumenten verhielten. Spitzohr war einige Schritte näher gekommen und sondierte das über Drickel schwebende Shuttle. Schließlich vollführte er eine Geste und winkte den Hellhäutigen zu sich. Der andere Mann nickte.

Spitzohr hielt den Sensor nicht in eine bestimmte Richtung, als er Schaltkomponenten berührte und dann den Kopf hob. Er schien eine Reaktion zu erwarten.

Und es erfolgte eine.

Als der spitzohrige Planetenspringer aufsah, leuchtete ein warnender Hinweis im Display von Drickels Kontrolleinheit.

Er blinzelte fassungslos. Die Verbindung zu den Antigravmodulen war unterbrochen. Mit dem Ergebnis, daß sie sich automatisch abschalteten.

Drickel schnappte nach Luft, lief los und vergaß den Schmerz in der Hüfte.

Über ihm knirschte es, als sich die Antigravgeräte deaktivierten und das Shuttle gleichzeitig von einer heftigen Bö erfaßt wurde.

Als das Landegestell auf den Boden knallte, war Drickel erst einen Schritt weit gekommen. Die relativ dünnen Metallbeine dienten nur dazu, das Gewicht einer Zeitfähre im Ruhestatus zu tragen. Nicht einmal in einem fabrikneuen Zustand hätten sie ein herabstürzendes Shuttle auffangen können, ohne dabei zu Bruch zu gehen.

Drickels einzige Hoffnung bestand darin, rechtzeitig unter dem Schiff hervorzukommen.

Er legte noch einen Meter zurück, bevor das am weitesten von ihm entfernte Landebein zerbarst. Es klang wie die Entladung von tausend Projektilschleudern. Metallfragmente rasten wie Geschosse umher.

Drickel fühlte sich wie jemand, der unter Wasser zu laufen versuchte.

Die Zeit schien langsamer zu verstreichen, aber er wußte, daß es sich dabei nur um einen subjektiven Eindruck handelte.

Noch ein Schritt.

Ein weiterer Schritt – und es bestand keine Gefahr mehr, von dem herabfallenden Schiff zermalmt zu werden. Drickel brachte ihn zur Hälfte hinter sich...

Und dann knickte das Landebein direkt neben ihm ein.

Es hörte sich an wie die Explosion einer Bombe.

Etwas packte Drickel, preßte ihm die Luft aus den Lungen und schleuderte ihn hoch in die Luft.

Er flog.

Und flog.

Fort vom herabstürzenden Shuttle.

Gnädige Schwärze umfing ihn, bevor er auf den Beton prallte.

19

Captain Janeway stand neben Fähnrich Hoffman im Transporterraum. Hoffmans Finger huschten geschickt über die Kontrollen und holten die letzten Angehörigen der Einsatzgruppe zurück: Carey, Tuvok und Paris. Die anderen befanden sich bereits an Bord, und eine Person mußte in der Krankenstation behandelt werden. Der holographische Doktor hatte darüber geklagt, nicht rechtzeitig informiert worden zu sein.

Als der Vulkanier und seine beiden Begleiter materialisierten, verstand Janeway, warum Tuvok um eine Begegnung im Transporterraum und nicht auf der Brücke gebeten hatte. Mit Carey schien soweit alles in Ordnung zu sein. Er war ein wenig schmutzig von der Arbeit im Wrack, doch Paris und Tuvok …

Sie schienen gerade unter einem Schutthaufen hervorgekrochen zu sein. Der Schmutz klebte so dick an ihnen, daß man die ursprüngliche Farbe der Uniformen höchstens noch erahnen konnte. Auch in ihren Gesichtern bildete er eine dicke Kruste. Was die Augen betraf … Bei Paris war das Weiße so sehr gerötet, daß es nach einer Blutung aussah. Und Tuvoks innere Lider hatten sich halb geschlossen.

»Ich nehme an, im unterirdischen Höhlensystem kam es zu keinen Zwischenfällen, oder?« fragte Janeway.

»Nein«, erwiderte Paris. »Allerdings bekamen wir es mit Staub zu tun, der sich in vielen Jahrmillionen ansammelte.«

»Ich vermute, die Akkumulation betrifft nur einen

Zeitraum von etwa hunderttausend Jahren«, sagte Tuvok. »Andernfalls wären wir kaum durchgekommen.«

»Wie dem auch sei, Captain«, sagte Paris rasch. »Wir haben keine Verletzungen erlitten. Was man von Fähnrich Berggren nicht sagen kann.«

»Er wurde von einigen schrapnellartigen Metallsplittern getroffen«, erklärte Janeway. »Es besteht keine Lebensgefahr für ihn. Schildern Sie mir bitte die Ereignisse auf dem Planeten.«

»Der ›Geist‹ meinte offenbar, uns mit mehr als nur einem fliegenden Schiff beeindrucken zu müssen«, entgegnete Tuvok. »Er verwendete ferngesteuerte Antigravmodule. Ich habe die Steuerungssignale blockiert, und dadurch fielen die Shuttles auf den Boden.«

»Die Abstürze waren sehr spektakulär«, meinte Paris. »Und so laut, daß es möglich gewesen wäre, sie selbst auf der anderen Seite des Planeten zu hören.«

Tuvok ging nicht darauf ein, und Janeway unterdrückte ein Lächeln. Paris unterbrach den Vulkanier manchmal nur deshalb, um ihn zu ärgern. Aber es nützte nichts: Tuvok blieb immer ruhig und gelassen.

»Wenn wir die Trümmer untersuchen, sollten wir die Antigravgeräte finden«, fuhr er jetzt fort. »Aber vielleicht bleibt die Suche nach dem ›Phantom‹ auch weiterhin ohne Ergebnis. Ich habe damit gerechnet, daß der Unbekannte nach dem Absturz der Shuttles weitere Aktivitäten entfaltet, doch nichts geschah – obgleich wir noch zehn Minuten auf dem Planeten blieben.«

»Was schließen Sie daraus, Mr. Tuvok?«

»Ich halte es für möglich, daß der angebliche Geist verletzt oder gar tot ist.«

Fähnrich Hoffman seufzte leise, und Janeway musterte sie kurz. Hoffman und Torres hatten bei speziellen Projekten im Maschinenraum zusammengearbeitet und dabei Freundschaft geschlossen. Die junge Frau wußte ebensogut wie alle anderen: Der ›Geist‹ bot ihnen die einzige echte Chance, B'Elanna Torres und ihre Begleiter in die Gegenwart zurückzuholen.

»Fahren Sie fort«, sagte Janeway.

»Ich habe die kontrollierenden Signale angemessen und zu ihrem Ursprung zurückverfolgt. Der Fremde befand sich unter einem der abgestürzten Shuttles.«

»Irgendwelche Anzeichen einer Leiche?«

»Nein«, sagte Tuvok. »Andererseits: Vielleicht ist das Phantom noch immer unsichtbar.«

»Wenn der Unbekannte wirklich unter dem abgestürzten Schiff stand, so kann er jetzt kaum mehr sein als ein Geist«, ließ sich Paris in einem Anflug von schwarzem Humor vernehmen. »Das Ding schwebte nur zwei Meter über dem Boden. Wer sich darunter befand, hatte gewiß nicht genug Zeit, sich in Sicherheit zu bringen.«

»Wie wollen Sie den Fremden finden?«

»Mit Hilfe von infraroten Emissionen«, antwortete Tuvok sofort. »Ein Verletzter bewegt sich kaum, und dadurch sammelt sich Wärme, die man orten kann.«

»Das klappt nicht, wenn der Bursche tot ist«, wandte Paris ein.

»Ich weiß«, entgegnete Tuvok. »Aber wenn er tot ist, erübrigt sich die Notwendigkeit, ihn zu lokalisieren.«

»Versuchen wir's«, entschied Janeway. »Können Sie ihm helfen, Paris?«

»Ja.«

Die Kommandantin lachte fast, als sie den Gesichtsausdruck des jungen Mannes bemerkte. Eine Rückkehr zum Planeten stand auf Paris' Wunschliste an letzter Stelle. Andererseits: Solange Kim vermißt wurde, zögerte er bestimmt nicht, sich weiteren Einsatzgruppen anzuschließen. Diese Charaktereigenschaft wußte Janeway sehr zu schätzen.

»Gut.« Sie wandte sich an Carey, als Tuvok zur Seite trat und auf seinen Insignienkommunikator klopfte, um die erforderliche Ausrüstung anzufordern. »Wie kommen die Untersuchungen der Schiffe voran?«

»Bis es zu der Aufregung kam, wurden gute Fortschritte erzielt. Die technischen Hintergründe des Zeitreisepotentials sind noch nicht ganz klar, aber wir haben damit begonnen, Metallplatten aus dem Innern der Shuttles im Hangar zwei zu lagern. Sie eignen sich gut als Rohmaterial für die benötigten Ersatzteile.«

»Ausgezeichnet«, sagte Janeway. »Setzen Sie die Arbeit fort. Stellen Sie neue Gruppen zusammen und kehren Sie auf den Planeten zurück. Wir brauchen so schnell wie möglich konkrete Ergebnisse. Allerdings: Helfen Sie Tuvok und Paris, wenn das notwendig werden sollte. Die Suche nach dem ›Geist‹ hat Priorität. Verstanden?«

»Ja, Captain.«

»Wir sind soweit«, ließ sich Tuvok vernehmen.

Die beiden Männer traten wieder auf die Transporterplattform. Carey eilte fort, um den Technikern Bescheid zu geben, und Paris schirmte sich schon jetzt die Augen ab, obwohl es hier gar keinen Wind gab, der Sand heranwehte.

Tuvok wirkte wie immer ruhig und gelassen.

»Viel Glück«, sagte Janeway unmittelbar vor der Entmaterialisierung. Sie hoffte, daß Paris und der Vulkanier den ›Geist‹ schnell fanden. Nur dadurch konnte sie vermeiden, sich zu sehr auf Kjanders verlassen zu müssen.

Torres, Kim und Neelix schliefen nicht. Nach der letzten Begegnung mit Rawlik blieben sie wach, aßen gelegentlich einen Happen – man hatte ihnen inzwischen Lebensmittel gebracht – und erörterten ihre Situation. Es mußte irgendeine Möglichkeit geben, die Zeitkontrolle zu überlisten. Torres war nach wie vor entschlossen, sie zu finden.

Einem Bekannten gegenüber hatte sie einmal behauptet, in jeder Bürokratie ein Schlupfloch entdecken zu können. Nur zweimal waren ihre Bemühungen ohne Erfolg geblieben: bei Starfleet und jetzt hier auf Alcawell. Starfleet hatte ihr gestattet zu gehen, wenn auch nicht auf eine friedliche Weise; so etwas wäre gegen B'Elannas Natur gewesen. Nun, wenigstens blieb sie am Leben.

Alcawell hingegen wollte sie umbringen.

Rawlik stellte ihre einzige Hoffnung dar.

Konnte eine Situation eigentlich noch aussichtsloser werden, wenn man Hilfe nur vom obersten Bürokraten einer Bürokratie erwarten durfte, der es in erster Linie um die Beachtung strenger Vorschriften ging?

»Wenn es hier doch nur Fenster gäbe«, sagte Kim. »Rawlik meinte, er würde am Morgen vor dem Rat sprechen. Aber woher sollen wir wissen, ob es Morgen oder Abend ist? Oder ob auf diesem Planeten der Tag vierundzwanzig Stunden dauert?«

»Vielleicht werden hier jedem Tag mehrere Stunden hinzugefügt, damit neue Gesetze erlassen werden können«, spekulierte Neelix. Er lehnte sich auf der Couch zurück. »Ich habe mich nicht einmal richtig von Kes verabschiedet. Weil ich sicher war, schon nach kurzer Zeit zurückzukehren. Man sollte eben immer mit dem Unerwarteten rechnen.«

»In meiner Heimat gilt das als Klischee«, sagte Kim.

»Klischees sind nur deshalb Klischees, weil sie Wahrheit enthalten«, behauptete Neelix.

»Klischees sind Klischees, weil gewisse Leute sie unter den falschen Umständen verwenden«, warf Torres ein.

»Was woanders ein Klischee ist, muß hier keins sein«, gab Neelix zu bedenken.

»In der Tat«, bestätigte Kim. »Hier rechnen die Leute mit dem Unerwarteten und beugen ihm vor.«

Torres musterte den jungen Fähnrich. Die Furcht schien ihn inzwischen verlassen zu haben. Vielleicht lag es an den langen Stunden der Tatenlosigkeit. Hinzu kam innere Kraft, an der es Kim sicher nicht mangelte. Er war schon des öfteren mit dem Tod konfrontiert worden, ohne dabei in Panik zu geraten.

Es muß einen Ausweg geben, dachte die Klingonin.

Aber hier auf Alcawell schien ein möglicher Ausweg nur zu weiteren Problemen zu führen.

Die Tür öffnete sich, und Rawlik kam mit einem Frühstückstablett herein. Torres rümpfte die Nase, als er es auf einem Stuhl absetzte. Sie sah: einige Gebäckstücke, die aussahen wie zermahlene Käfer, die man mit rotem Farbstoff vermischt hatte. Drei daneben stehende Gläser enthielten eine Flüssigkeit, deren Farbe an das Haar von Rawliks Assistentin erinnerte.

B'Elanna schenkte dem Essen zunächst keine Beachtung, obwohl ihr Magen knurrte. »Hat der Rat eine Entscheidung getroffen?«

Rawlik nahm ein Gebäckstück, biß ab, kaute und schluckte. »Er tagt noch immer. Vor einer Echtzeitstunde habe ich ihm Ihren Fall vorgetragen. Frühstück?« Er bot Neelix das Tablett an.

Der Talaxianer ließ sich nicht zweimal auffordern. »Dies bleibt nicht unsere letzte Mahlzeit, wenn die Beratungen andauern.«

Auch Kim griff nach einem Glas. »Sie hätten die Küche mit genügend Vorräten ausstatten sollen. Dann wäre es nicht nötig, daß Sie Ihre Vorträge beim Rat unterbrechen, um uns etwas zu bringen.«

»Ich halte keine Vorträge mehr«, erwiderte Rawlik.

Neelix trank einen vorsichtigen Schluck. »Es ist süß«, sagte er überrascht.

Torres nahm ihr Glas, als Kim ebenfalls trank.

»Das Aroma erscheint mir nicht vertraut«, meinte der Fähnrich.

B'Elanna probierte die Flüssigkeit – und glaubte sich in ihre Kindheit zurückversetzt. »Ich bekam so etwas oft von meiner Mutter: eine klingonische Spezialität namens Vleq. Ich fand das Zeug gräßlich, selbst dann, wenn es heiß serviert wurde.«

»Wenn Sie eine höhere Temperatur vorziehen ...«, begann Rawlik.

Torres schüttelte den Kopf. »Schon gut. Ich bin mehr an

den neuesten Entwicklungen interessiert. Wann erfahren wir, was uns erwartet?«

»Bald«, sagte Rawlik. Er begann mit einer unruhigen Wanderung, nahm dabei den gleichen Weg durchs Zimmer wie zuvor die Klingonin.

Neelix und Kim hatten zwar nichts gegessen, dafür jedoch ihre Gläser ausgetrunken. B'Elanna folgte ihrem Beispiel. Ja, die Flüssigkeit schmeckte tatsächlich wie Vleq. Sie war süß und stillte nur einen Teil des Durstes. Die Vorstellung, nach einem solchen Getränk auch noch süßes Gebäck zu essen, ließ Übelkeit in B'Elanna entstehen.

»Wenn sich der Rat gegen uns entscheidet ...«, sagte sie langsam. »Wo legen wir dann Berufung ein?«

»Es gibt keine Berufung«, entgegnete Rawlik. »Der Rat ist die höchste Autorität. Es bleibt uns nichts anderes übrig, als noch ein wenig Geduld zu haben und zu warten.«

»Nun ...« Neelix streckte sich auf der Couch aus. »Meiner Erfahrung nach wartet man am besten mit einem Nickerchen. Ich finde das sehr angenehm. Kes meinte einmal, daß ich zu oft ein Nickerchen mache ...«

Kim nickte. »Ich bin auch ziemlich müde.«

»Schlafen Sie bloß nicht«, wandte sich Torres an Neelix. »Wenn Sie die Augen schließen, geraten wir immer in Schwierigkeiten.«

Ein Gefühl tiefer Erschöpfung breitete sich in ihr aus. Es war keine normale Müdigkeit, eher so etwas wie verlockende Benommenheit.

Schlafen Sie bloß nicht. Wenn Sie die Augen schließen ...

Eine Alarmsirene schrillte irgendwo im Hinterkopf der Klingonin.

Sie wankte Rawlik entgegen. Sofort traten die beiden Wächter vor, um ihn zu schützen. »Sie haben uns vergiftet!«

»Es gab keine andere Möglichkeit.«

»Der Rat?«

Rawlik nickte traurig. »Es tut mir leid.«

Mit einem Ruck befreite sich Torres aus dem Griff der Wächter. Die plötzliche Bewegung ließ sie taumeln. »Ich wollte kämpfend aus dem Leben scheiden und einige von euch Mistkerlen ins Jenseits mitnehmen«, brachte sie mühsam hervor.

Rawlik nickte erneut, und B'Elanna konnte sein Gesicht kaum mehr erkennen. »Es blieb nicht nur bei der Absicht. Sie und Ihre Begleiter sind die einzigen Leute in der ganzen Geschichte unserer Kultur, die vier Zeitalarme auslösten.«

Dieser Punkt blieb für Torres ohne jede Bedeutung. Neben der Couch sank sie auf die Knie und packte Neelix an den Schultern. »Aufwachen!« Sie hatte einmal gehört, daß Drogen und andere Substanzen eine weniger intensive Wirkung entfalteten, wenn die Betreffenden wach blieben. Doch Neelix rührte sich nicht. »Wachen Sie auf!«

Mit der gleichen Aufforderung wandte sie sich an Kim. Die Augen des jungen Fähnrichs waren halb geöffnet, aber er schien nicht mehr zu atmen.

B'Elanna stemmte sich hoch. »Ich verzichte nicht auf einen Kampf«, zischte sie und schlug nach Rawlik. Er hielt sie an den Handgelenken fest. Das hätte er bestimmt nicht geschafft, wenn die Klingonin voll bei Kräften gewesen wäre.

»Sie haben bereits gekämpft. Sie und Ihre Gefährten töteten fünf Wächter und verwundeten fünf weitere Personen, darunter auch ein Ratsmitglied. Anschließend beschlossen wir, die dramatischen Vorfälle durch einen neuerlichen Zeitsprung in die Vergangenheit zu korrigieren.«

B'Elanna wand sich hin und her, während der Benommenheitsnebel immer dichter wurde. »Glauben Sie, daß ich mich dadurch besser fühle?«

»Es tut mir sehr leid«, sagte Rawlik.

»Wir wollten nur nach Hause.« Torres lauschte dem Klang der eigenen Stimme – sie schien aus weiter Ferne zu kommen.

Der Alcawellianer ließ sie aufs Sofa sinken. Sie trachtete danach, sich zu bewegen, doch es gelang ihr nicht.

Sie wollte Rawlik sagen, daß er dies für den Rest seines Lebens bedauern würde.

Ihre bleischweren Lider sanken herab, und sie setzte den Kampf im Innern fort. Schon über viele Jahre hinweg hatte sie gegen ihr doppeltes Wesen gekämpft und überlebt. Alles in ihr sträubte sich dagegen, jetzt eine Niederlage hinzunehmen.

Weiterkämpfen – darauf kam es an.

Doch plötzlich fehlte ihr die Kraft…

20

Paris konnte sich Sand nie wieder als etwas Harmloses vorstellen. Der Wind wehte immer heftiger und brachte eine eisige Kälte, der sogar die Thermohandschuhe durchdrang. Die winzigen, scharfen Sandpartikel schnitten in die Jacke; vermutlich war es nur noch eine Frage der Zeit, bis die ersten Löcher entstanden. Jemand hatte Paris einmal darauf hingewiesen, daß man aus Sand Glas herstellte – jetzt zweifelte er nicht mehr daran.

Tuvok und er trugen Geräte. Carey war ihnen auf den Planeten gefolgt und arbeitete mit den Technikern zusammen.

Der Vulkanier hielt es für ausgeschlossen, die Körperwärme des ›Geistes‹ mit nur einem Tricorder orten zu können. Seiner Ansicht nach hatte der Fremde bestimmt entsprechende Sicherheitsmaßnahmen ergriffen. Tuvok führte ein stichhaltiges Argument an: Bisher war es nicht möglich gewesen, infrarote Emissionen vom vermeintlichen Phantom zu empfangen.

Aus diesem Grund nahm er einen speziellen Sensor auf den Planeten mit. Eigentlich war er für den Einsatz im Weltraum bestimmt, aber er würde auch hier seinen Zweck erfüllen. Das behauptete Tuvok zumindest.

Paris hoffte, daß er recht behielt. Er wollte endlich etwas unternehmen und *aktiv* werden. Sie mußten den Unbekannten finden, bevor er starb – andernfalls ging eine Chance verloren, Kim und die anderen zu retten.

Der Vulkanier gab Paris ein Zeichen, und gemeinsam bewegten sie den scheibenförmigen Apparat. Eigentlich handelte es sich nicht in dem Sinne um einen Sensor. Die Ortungsfunktion sollte von Tuvoks Tricorder wahrgenommen werden. Die Scheibe diente vielmehr als Antenne, sollte die infraroten Signale empfangen und verstärkt an den Tricorder weitergeben. Sie durchmaß anderthalb Meter, und in diesem Zusammenhang gab es ein Problem: Man mußte sie möglichst ruhig halten, wenn sie irgendwelche Daten liefern sollte. Paris überlegte, wie das angesichts des Winds bewerkstelligt werden sollte.

Tuvok stellte eine Datenverbindung zwischen der Scheibe und seinem Ortungsinstrument her. Paris glaubte, im Gesicht des Vulkaniers subtile Hinweise zu erkennen, die ihm nicht sehr gefielen.

»Halten Sie die Antenne so ruhig wie möglich«, sagte Tuvok. Sie verständigten sich inzwischen mit Hilfe der Insignienkommunikatoren, um nicht dauernd schreien zu müssen. »Zuerst sondieren wir den Bereich um jedes der abgestürzten Wracks.«

Paris setzte sich und versuchte, den Körper regelrecht um die Scheibe zu wickeln. Er streckte die Beine und verwendete sie wie zwei Anker, während der Rücken die Funktion eines Schilds übernahm. Schließlich nickte er, um Bereitschaft zu signalisieren. »Die technische Abteilung der *Voyager* hätte Ihnen bestimmt ein stabiles Stativ zur Verfügung stellen können. Und solche Dinge klagen nicht über Wind, Sand oder Kälte.«

»Bestimmt nimmt dieser Vorgang nur wenige Minuten in Anspruch, Lieutenant.«

»Einem Stativ wäre es völlig gleich, wie lange er dauert. Ein Stativ ...«

»Könnte angesichts der Böen kaum genug Stabilität gewährleisten.« Tuvok blickte aufs Display. »Etwas nach links drehen.«

Paris rutschte ein wenig zur Seite und streckte dann erneut die Beine. Der Beton unter ihm schien aus Gletschereis zu bestehen, und der Sand hatte irgendwie einen

Weg in die Hose gefunden, um dort mit spöttischer Hartnäckigkeit zu schmirgeln und zu kratzen.

»Ein Stativ ...«, begann er noch einmal.

»Ein Stativ wäre sicher vernünftig genug zu schweigen«, sagte Tuvok. Seine Stimme klang ruhig, fast monoton, aber Paris spürte dahinter verborgene Emotionen. Oder bildete er sich das nur ein? Basierten die Hinweise des Vulkaniers allein auf Logik?

Vielleicht.

Vielleicht auch nicht.

Paris holte tief Luft und versuchte, sich trotz der an ihm zerrenden Böen zu entspannen. Wenn sie hier alles auf diese Weise scannen mußten, brauchten sie sicher mehr als nur einige Minuten.

Er neigte den schmerzenden Rücken ein wenig zur Seite, und dadurch geriet auch die Scheibe in Bewegung. Entschlossen schlang er die Arme darum und hielt sie fest.

Tuvok betrachtete die Anzeigen einige Sekunden lang und stellte fest, in welche Richtung die Antenne deutete. Dann richtete er den Blick noch einmal aufs Display. »Ich habe Sie nicht gebeten, die Antenne zu bewegen, doch jetzt bin ich Ihnen dankbar dafür. Der ›Geist‹ existiert.«

Im Anschluß an diese Worte lief er los. Paris drehte die Scheibe mühsam, legte sie mit der gewölbten Fläche nach unten auf den Boden, damit sie dem Wind möglichst wenig Angriffsfläche bot. Dann stand er auf und folgte dem Vulkanier.

Dreißig Meter entfernt wurde Tuvok langsamer und setzte ganz vorsichtig einen Fuß vor den anderen. Nach einigen Schritten stieß er gegen etwas, ging in die Hocke und betastete einen unsichtbaren Gegenstand.

Paris trat näher und sank Tuvok gegenüber auf die Knie. Als er jetzt genau hinsah, bemerkte er kleine Sandanhäufungen, die sich vor einem Objekt auf dem Boden geformt hatten. Es gab nicht die geringste visuelle Verzerrung – das ›Phantom‹ verwendete eine außergewöhnlich gut funktionierende Tarnvorrichtung.

Vorsichtig streckte er die Hand aus – und berührte Stoff. Seine Finger schwebten über einer Leere, die sich selbst dem Zorn des Winds entzog: Der Sand mied einen Bereich, der etwa so groß war wie ein Mensch.

Paris' Hand glitt weiter und fand etwas, das sich wie ein Arm anfühlte.

»Der Fremde lebt noch.« Tuvok rief nun wieder, um das Heulen des Winds zu übertönen.

Erleichterung durchströmte Paris, aber er wahrte eine gewisse innere Distanz zu ihr. Der Fremde lebte zwar noch, aber das bedeutete nicht, daß sie Kim und die anderen finden konnten.

Er klopfte auf seinen Insignienkommunikator. »*Voyager*. Drei Personen für den Transfer. Beamen Sie uns direkt zur Krankenstation.«

»Die Instrumente zeigen nur zwei Personen, Sir«, erwiderte Hoffman. Ihre Stimme verlor sich fast im Fauchen und Heulen der Böen.

Paris nahm das kleine Kom-Gerät ab und legte es auf den unsichtbaren Körper. Es erweckte dadurch den Eindruck, mitten in der Luft zu schweben.

»Mein Insignienkommunikator befindet sich jetzt an der dritten Person. Transferieren Sie uns.«

Der Transporterstrahl schimmerte, und von einem Augenblick zum anderen herrschte Stille – jemand schien die gräßlichen Geräusche einfach ausgeschaltet zu haben.

Nur Fähnrich Berggren befand sich in der Krankenstation. Mit verbundenen Händen schlief er auf einer Behandlungsliege und schnarchte leise. Er merkte nicht, was um ihn herum geschah.

»Computer«, sagte Tuvok, »aktiviere das für den Notfall bestimmte holographische Medo-Programm.«

Sofort erschien Doktor Zimmerman. »Wo liegt das Problem?« fragte er. Es klang fast verärgert.

»Wir haben einen Schwerverletzten mitgebracht«, sagte Paris.

»Tatsächlich?« Der holographische Arzt sah sich um.

Tuvok schenkte ihm keine Beachtung und stellte eine interne Kom-Verbindung her. »Captain, der Geist befindet sich nun in der Krankenstation.«

»Ich bin unterwegs«, entgegnete Janeway knapp.

»Geist?« wiederholte Zimmerman. »Ich bin nur auf die Behandlung gewöhnlicher Geschöpfe programmiert.«

»Sollen wir ihn auf einen Untersuchungstisch legen?« fragte Paris.

Tuvok nickte.

Paris schob die Hände unter das Phantom, und der Vulkanier bückte sich ihm gegenüber.

»Es befindet sich niemand zwischen Ihnen«, sagte der holographische Arzt.

»Fertig?« fragte Tuvok.

Paris' Hände tasteten unter dem Unsichtbaren nach einem Halt. »Fertig.«

»Jetzt«, sagte der Vulkanier. Gemeinsam hoben sie den Fremden hoch und trugen ihn zum nächsten Diagnosetisch.

»Offenbar ist die Behandlung einer kollektiven Halluzination erforderlich«, meinte Zimmerman.

Paris schnaufte leise. Der Geist erwies sich als recht schwer; Tuvok und er taumelten unter dem Gewicht.

»Die mir zur Verfügung stehenden psychologischen Daten sind begrenzt. Aber wenn Sie auf den Liegen dort drüben Platz nehmen ... Dann versuche ich, die Ursache Ihres Wahns festzustellen.«

Als Paris die Hände unter dem Geist hervorzog, spürte er einen breiten Gürtel an der Taille. »Vielleicht handelt es sich um einen Instrumentengürtel.«

Tuvok betastete etwas, das sich etwa dreißig Zentimeter über dem Untersuchungstisch zu befinden schien. Er drehte sich halb um, als Janeway hereinkam.

Sie kam näher und starrte auf den vermeintlich leeren Tisch hinab. »Erstaunlich«, kommentierte sie.

»Noch jemand«, sagte Zimmerman und rollte mit den Augen.

»In der Tat«, bestätigte Tuvok. »Der Schild schirmt sogar einen großen Teil der Körperwärme ab. Die Tarnvorrichtung funktioniert außergewöhnlich gut.«

»Möglicherweise haben wir es mit einer Phasenverschiebung zu tun«, spekulierte Janeway.

Der holographische Arzt trat näher. Offenbar nahm er die letzten Hinweise zum Anlaß, seine Situationsbewertung zu revidieren. »Soll das heißen, der Patient ist unsichtbar?« fragte er.

»Ja«, erwiderte Paris scharf. »Sie haben's erfaßt. Und wir haben keine Ahnung, wie es ihm geht.«

»Bitte machen Sie Platz«, sagte Zimmerman. »Ich bin hier der Arzt.«

Tuvok rührte sich nicht von der Stelle. »Der Lieutenant glaubt, daß sich die Kontrollen für den Schild am Gürtel befinden, und ich halte das ebenfalls für sehr wahrscheinlich. Allerdings: Vielleicht ist es gefährlich, sie zu manipulieren. Derzeit wissen wir nicht, welche Konsequenzen sich daraus ergeben könnten.«

»In dieser Hinsicht scheinen Sie einige Probleme zu haben«, warf der Arzt ein. »Ganz offensichtlich sind Sie nicht imstande, die Resultate Ihrer Aktivitäten vorauszusehen. Hinzu kommt: Sie sind vollkommen verschmutzt. Dreck löst sich von Ihnen und fällt auf den Patienten. Es wäre möglich, daß sich sein Zustand dadurch verschlechtert. Gehen Sie jetzt beiseite.«

»Gedulden Sie sich ein wenig, Doktor«, sagte Janeway.

»Wenn diese Person ernsthaft verletzt ist, dürfte nicht Geduld angebracht sein, sondern Eile«, stellte Zimmerman fest.

»Warum nehmen wir nicht einfach den Gürtel ab?« schlug Paris vor.

Janeway überlegte kurz. »Das scheint ein akzeptables Risiko zu sein.«

Paris betastete den breiten Gürtel, bis er glaubte, eine

Art Schnalle gefunden zu haben. Einige Sekunden lang wanderten seine Finger hin und her, auf der Suche nach Besonderheiten, die überhaupt nicht existierten. Es war ein ganz gewöhnlicher Verschluß, dazu bestimmt, im Notfall schnell geöffnet zu werden.

»Hoffentlich berühren Sie keine offenen Wunden«, sagte Zimmerman. »In einem unkontrollierten Ambiente ist die Gefahr einer Infektion besonders groß.«

Paris bedachte Janeway mit einem fragenden Blick.

Als die Kommandantin nickte, zog er an der Schnalle, und es klackte laut. Fähnrich Berggren schnarchte etwas lauter, hustete und drehte sich auf die Seite.

Auf dem Untersuchungstisch erschien ein Körper, und Paris sah nun, daß er das Ende des Gürtels in der Hand hielt.

Das Wesen auf dem Tisch erwies sich als ein Mann, dessen Größe an die eines klingonischen Kriegers heranreichte. Er hatte orangefarbenes Haar und eine gut ausgeprägte Muskulatur. Das Kinn war ebenso breit wie bei Kjanders, die Stirn schmal. Im Gesicht zeigten sich jene Spuren, wie sie nur Wind und Sand hinterlassen konnten.

Der Fremde trug einen schwarzen Overall, und an der einen Schulter zeigte sich eine improvisiert anmutende Schlinge. Die Augen standen bemerkenswert weit auseinander, und die Nase lief spitz zu. Die Hände wiesen acht Finger auf und steckten in Handschuhen. Der Gürtel wirkte eher wie eine tragbare Konsole mit Taschen. Hier und dort blinkten Kontrollampen; Paris sah auf den ersten Blick, daß er nicht nur dazu diente, den Träger zu tarnen.

»Welche Aufgaben auch immer dieser Mann wahrnimmt – er ist ein Profi«, sagte Tuvok.

»So hat es den Anschein«, erwiderte Janeway. Sie wich zurück und wandte sich an den holographischen Arzt. »Was ist los mit ihm?«

»Zunächst einmal: Der Wunsch nach Unsichtbarkeit läßt gewisse psychologische Probleme vermuten«, antwortete Zimmerman. »Was die physischen Aspekte betrifft... Vielleicht kann ich Ihnen Auskunft geben, wenn ich endlich Gelegenheit erhalte, den Patienten zu untersuchen.«

Paris und Tuvok traten beiseite, woraufhin der Arzt mit einem medizinischen Scan begann. »Ich stelle folgendes fest: eine ausgerenkte Schulter, Gehirnerschütterung, drei gebrochene Rippen sowie eine Schulterblattfraktur. Offenbar hat er es in erster Linie seinem Overall zu verdanken, nicht verblutet zu sein. Er wird überleben.«

»Wann können wir mit ihm reden?« fragte Janeway.

»In einer Stunde.« Zimmerman deutete auf den Gürtel. »Bitte bringen Sie das fort. Solche Instrumente sind hier in der Krankenstation zu gefährlich.«

Paris hob den mittleren Teil des Körpers ein wenig an, und Tuvok zog den Gürtel unter ihm hervor.

»Gehen Sie jetzt«, sagte der Arzt. »Ich gebe Ihnen Bescheid, sobald der Patient erwacht.« Er sah Tuvok und Paris an. »Was Sie beide betrifft: Ich verbiete Ihnen hiermit, die Medo-Abteilung noch einmal in einem solchen Zustand aufzusuchen.«

»Befehlen Sie mir etwa, unter die Dusche zu treten?« fragte Paris. Zum erstenmal in seinem Leben erhoffte er sich Anweisungen.

»Ich bin mit dem Erfahrungsschatz verschiedener Ärzte programmiert«, erklärte Zimmerman. »Niemand von ihnen hat es jemals mit Leuten zu tun bekommen, die auch nur annähernd so schmutzig waren wie Sie.«

»Er befiehlt uns zu duschen«, sagte Paris zu Tuvok. »Ist das zu fassen?«

»Ich gebe Ihnen ebenfalls eine entsprechende Order.« Janeway lächelte bei diesen Worten.

»Danke, Captain«, erwiderte Tuvok.

Paris musterte ihn überrascht. Der Vulkanier wirkte tatsächlich erleichtert.

21

Drickel öffnete langsam die Augen und versuchte, sich auf das weiter oben schimmernde Licht zu konzentrieren. Dumpfer Schmerz pochte hinter seiner Stirn, und der Glanz stach ihm wie mit winzigen Nadeln in die Augen.

»Sind Sie wach? Gut.« Die Stimme eines Mannes. Und sie klang energisch. Das letzte Wort hörte sich fast wie ein Befehl an.

Ein verschwommenes Gesicht erschien über Drickel, und er trachtete vergeblich danach, Einzelheiten zu erkennen. Es wich fort, und er wollte den Kopf drehen. Die Bewegung bescherte ihm jähe Pein, und er stöhnte leise. Aus einem Reflex heraus schloß er die Augen wieder.

»Captain ...« Die Stimme des Mannes ertönte erneut. »Der vormals unsichtbare Patient ist nun wach. Während der nächsten Minuten müßten seine Schmerzen nachlassen, und dann können Sie mit ihm reden.«

»Danke, Doktor. Ich bin unterwegs.«

Der Mann hatte recht: Drickels Schmerzen ließen tatsächlich nach. Vorsichtig bewegte er den Kopf von einer Seite zur anderen, und diesmal spürte er dabei kaum mehr als einen unangenehmen Druck.

»Sie fühlen sich bestimmt besser, wenn Sie noch zwei Minuten lang still liegenbleiben.«

»In ... Ordnung«, brachte Drickel hervor. Der Mund war trocken, und Sand klebte am Gaumen. Er kam der Aufforderung des Mannes nach und versuchte, sich zu entspannen.

Offenbar weilte er bei den Planetenspringern, an Bord

ihres Vakuumschiffes. Sich hoch über Alcawell oder gar im All zu befinden ... Er konnte es sich kaum vorstellen. Jene Geschichten, die er über den Weltraum gehört hatte, schilderten diesen als einen sehr gefährlichen Ort. Die Planetenspringer mußten verrückt sein. Anders ließ es sich nicht erklären, daß sie so großen Gefallen daran fanden, durch gräßliche Leere zu fliegen.

Wenigstens gab es hier eine medizinische Einrichtung. Das Versagen der Antigravmodule, der Absturz des Shuttles ... Drickel erinnerte sich: Das geborstene Landebein hatte ihn fortgeschleudert, und dadurch mußte sich der Instrumentengürtel gelöst haben. Nur damit ließ sich erklären, daß ihn die Fremden gefunden hatten – weil er plötzlich sichtbar geworden war. Nun, ein Glück für ihn. Selbst wenn er keine zu schweren Verletzungen erlitten hatte: In der Kälte hätte er nicht lange überleben können. Seine Schutzkleidung hielt den Frost nur für eine gewisse Zeit von ihm fern.

Etwas zischte – ein hydraulisches System? Unmittelbar darauf hörte Drickel Schritte. Er hob die Lider. Das Licht strahlte ihm noch immer direkt in die Augen, aber jetzt schmerzte es nicht mehr. Es gelang ihm sogar, Einzelheiten der Decke zu erkennen.

»Wie geht es ihm?« Die Stimme einer Frau.

»Es besteht keine Lebensgefahr für ihn«, erwiderte der Arzt.

Drickel stemmte sich auf einem Ellenbogen hoch. Er trug noch immer den Overall, aber von dem Gürtel fehlte jede Spur. Die Kleidung wirkte so sauber wie zu Beginn seiner Mission.

Der Raum vermittelte einen antiseptischen Eindruck. Blaue und graue Farbtöne dominierten – so etwas schien den Planetenspringern zu gefallen. An den Wänden sah Drickel Bildschirme und Konsolen. In der Nähe schlief ein Mann auf einer Liege und schnarchte leise.

Der Zeitwächter blickte zu den vier Fremden. Spitzohr und sein hellhäutiger Begleiter musterten ihn. Aus der

Nähe wirkten ihre Gesichter fast zart. Spitzohrs Miene brachte ruhigen Ernst zum Ausdruck, und der Blasse lächelte. Sie waren jetzt nicht mehr schmutzig und rochen ein wenig nach Seife.

Neben ihnen stand ein Mann mit kahlem Kopf, hielt einen kleinen Scanner in der Hand und sondierte Drickel. Drickels Blick verharrte bei diesem Planetenspringer. Kein nennenswertes Haar auf dem Kopf... Wie seltsam! In der ganzen Geschichte von Alcawell – in allen Epochen – gab es nichts Vergleichbares.

Der Wächter merkte plötzlich, daß er starrte. Rasch wandte er seine Aufmerksamkeit der vierten Person zu.

Dabei schien es sich um den ›Captain‹ zu handeln: eine schlanke Frau, kleiner als die Männer. In den hellblauen Augen zeigte sich nicht nur Intelligenz, sondern auch Autorität. Die Haarfarbe – ein sanftes Braun – erschien dem Alcawellianer eher zurückhaltend und bescheiden, aber irgendwie paßte sie zu der Kommandantin. Das Rot ihrer Uniform brachte Vitalität in diese von sanften Tönen geprägte Umgebung.

»Wie fühlen Sie sich?« fragte die Frau.

»Ich lebe. Und das habe ich vermutlich Ihnen zu verdanken.«

Die Kommandantin nickte, deutete zu Spitzohr und dem Hellhäutigen. »Lieutenant Tuvok und Paris haben Sie gefunden.« Sie zeigte auf den dritten Mann. »Das ist unser Arzt, und ich bin Captain Janeway. Sie sind an Bord des Raumschiffs *Voyager*.«

Raumschiff? So nannten die Planetenspringer ihre Vakuumschiffe? Der Hinweis auf den Raum... Drickel dachte an grenzenlose Weite, an eine Leere, die sich bis in die Unendlichkeit erstreckte. Eine Vorstellung, die ihm Unbehagen bereitet.

»Freut mich, Sie kennenzulernen, Captain«, sagte er. Und zu den beiden Männern: »Ich danke Ihnen dafür, daß Sie mir das Leben gerettet haben.«

»Gern geschehen«, erwiderte Paris.

Tuvok deutete eine Verbeugung an.

»Wir möchten Ihnen einige Fragen stellen«, sagte die Kommandantin und kam näher. Ihr Stimme klang fest; offenbar war sie daran gewöhnt, Anweisungen zu erteilen. Sie stand mit auf den Rücken gelegten Händen, hielt sich gerade, ohne dabei steif zu sein. Ihre Bewegungen deuteten auch auf physische Kraft hin.

»Ich höre«, sagte Drickel. Wenn es hier ähnlich zuging wie bei der Zeitkontrolle, so hielt er es für besser, möglichst viele Informationen zu gewinnen. Vielleicht gab es bei den Planetenspringern ebenso strenge Regeln wie auf Alcawell – Vorschriften, die es zu beachten galt. »Wenn ich mich zuerst aufsetzen darf ...«

Janeway sah zum Arzt.

»Warum sind meine Patienten immer bestrebt, sich selbst Schaden zuzufügen?« brummte der Kahlköpfige.

»Doktor?« fragte die Kommandantin.

»Bestimmt gibt es überhaupt nichts dagegen einzuwenden. Und wahrscheinlich verstehen Sie es viel besser, den Zustand von Patienten zu diagnostizieren.« Er bedachte Paris und Tuvok mit einem finsteren Blick. »Wenigstens sind Sie beide jetzt sauber.«

Drickel unterdrückte ein Lächeln und schwang die Beine über den Rand der Liege. Er klopfte an die Taille – es fühlte sich sonderbar an, nicht mehr das Gewicht des Instrumentengürtels zu spüren. »Weiß jemand, was aus meinem Gürtel geworden ist?«

Tuvok nickte. »Wir mußte ihn abnehmen, damit Sie sichtbar werden. Vermutlich enthält er nicht nur Kontrollen für die Tarnvorrichtung, sondern auch noch andere Komponenten, die gefährlich werden könnten. Aus diesem Grund haben wir ihn in einem Stasisfeld untergebracht, in der Frachtkammer eins.«

»Der Generator funktionierte noch, als Sie mich fanden?« entfuhr es Drickel verblüfft. Wenn der Tarnschild nach wie vor existierte, hätten ihn die Planetenspringer eigentlich nicht finden dürfen. Sie waren noch viel erstaunlicher, als er bisher angenommen hatte. »Aber wie ...?«

»Dafür haben wir später noch Zeit genug«, sagte die Kommandantin namens Janeway. »Zuerst brauche ich Auskünfte in Hinsicht auf die verschwundene Einsatzgruppe. Wo hält man sie fest? Und wie können wir sie zurückholen?«

Drickel vernahm die Worte, ohne ihre Bedeutung zu verstehen. »Einsatzgruppe?«

»Drei Besatzungsmitglieder dieses Schiffes wurden gegen ihren Willen von einem Shuttle in die Vergangenheit transportiert«, erläuterte Janeway. »Wenige Sekunden später kehrte die Zeitfähre mit Mr. Kjanders an Bord zurück. Er meinte, die Gruppe werde von der sogenannten Zeitkontrolle festgehalten. Angeblich droht ihr die Hinrichtung. Ich nehme an, daß Sie für die Kontrolle arbeiten. Immerhin haben Sie versucht, uns zu verscheuchen.«

Drickel neigte den Kopf ein wenig zur Seite. Dabei ging es also um den von Rot erwähnten Zeitalarm. Bisher hatte er zwischen diesen beiden Elementen keine Verbindung hergestellt. Woraus folgte: Drickels Mission hatte zu spät begonnen; sein Bemühen, das funktionsfähige Shuttle zu schützen, war vollkommen umsonst gewesen.

Das Gewicht des Versagens senkte sich schwer auf Drickel herab.

Die Kommandantin beobachtete ihn aufmerksam, und in ihren Zügen sah er eine Besorgnis, die den verschwundenen Besatzungsmitgliedern galt.

Drickel beschloß, ganz offen zu sein, »Ich weiß nichts von der Einsatzgruppe«, sagte er. »Das ist die Wahrheit.«

»Warum haben Sie dann versucht, uns zu verjagen?«

»Weil das meine Pflicht als Wächter ist. Festgelegt und beschrieben wird sie in der Wachverordnung, Abschnitte 00000 bis 49000, alle Paragraphen. Wir Zeitwächter verhindern, daß irgendwelche Planetenspringer in vergangene oder zukünftige Epochen Alcawells vorstoßen.«

»Ich verabscheue diese Bezeichnung«, murmelte Paris.

»Ich arbeite tatsächlich für die Zeitkontrolle«, fuhr Drickel fort. »Und zwar für eine besondere Abteilung, die wir ›Hinterzimmer‹ nennen. Unsere Aufgabe besteht darin, Fremde von den aufgegebenen Zeitshuttle-Stationen fernzuhalten. Ich bin für fünfzig Ären zuständig.«

»Ihr Volk hat also nicht nur einfach diese Epoche verlassen«, sagte Tuvok. »Es starb irgendwann aus.«

Drickel lachte. »Nein. Wir zogen nur weiter ...«

»Meine Herren ...«, ließ sich Janeway vernehmen. »Das ist alles schön und gut, aber es muß warten, bis wir die Einsatzgruppe zurückgeholt haben.«

»Ihre Leute sind in großen Schwierigkeiten«, meinte Drickel. »Wenn Sie mir gestatten, einige Dinge zu erklären ...«

Er hob die Hand zum Gesicht, ließ sie dann wieder sinken.

»Mein Patient scheint müde zu sein«, sagte der Arzt. »Er braucht eine Ruhepause ...«

»Nein«, widersprach Drickel. »Es ist alles in Ordnung mit mir. Ich versuche nur, Tausende von Jahren und zahllose Vorschriften in wenigen Sätzen zusammenzufassen.« Er sah Tuvok an und runzelte die Stirn. »Ganz offensichtlich verfügen Sie über eine hochentwickelte Technologie. Ich nehme an, Sie sind auch zur Zeitreise fähig, oder?«

»Bei uns haben Zeitreisen stattgefunden, aber nur unter sehr außergewöhnlichen Umständen«, antwortete der Vulkanier. »Ausflüge in die Vergangenheit oder Zukunft sind in unserer Kultur keineswegs an der Tagesordnung.«

Paris räusperte sich demonstrativ. »Damit meint Tuvok folgendes: Je mehr Sie erklären, desto besser für uns.«

»Wenn es uns dabei hilft, die Einsatzgruppe zurückzuholen«, gab Janeway zu bedenken.

»Und wenn es Sie nicht zu sehr anstrengt«, fügte der

Arzt hinzu. »Wie kräftig auch immer Ihr Körper sein mag: Heute war er einem Kollaps sehr nahe. Das sollten Sie nicht vergessen.«

Diese Erfahrung konnte Drickel sicher nicht aus dem Gedächtnis streichen. Seiner Ansicht nach wurde es Zeit, daß man bei der Zeitkontrolle entschied, fortan immer mindestens zwei Wächter in den Einsatz zu schicken. Er seufzte. Neue Vorschriften ...

»Ich möchte Ihnen erklären, warum Sie einen leeren Planeten fanden«, sagte er. »Sie wissen sicher, was es mit Paradoxa auf sich hat. Bei der Zeitreise gibt es weitere Faktoren, die wir erst spät entdeckten.«

Er rutschte auf dem Untersuchungstisch zurück und überkreuzte die Beine. Die Hüfte fühlte sich jetzt viel besser an.

Der Arzt runzelte die Stirn und bedachte ihn mit einem mißbilligenden, fast drohenden Blick. Durch den kahlen Schädel wirkte er unheilvoll.

»Hundertfünfzigtausend Echtzeitjahre vor dem gegenwärtigen Zeitpunkt entdeckten wir, daß an jedem Entscheidungspunkt in der Echtzeit zwei oder mehr alternative Universen entstehen«, fuhr Drickel fort. »Ihre Quantität hängt von der Anzahl möglicher Lösungen ab. Die meisten Zeitlinien führen später zum Hauptstrom zurück, wie Wasser, das um einen Felsen fließt. Doch manchmal entstehen daraus eigenständige Entwicklungsstränge. Wir fanden heraus, wie man zwischen den einzelnen Parallelwelten wechseln kann – und entdeckten Millionen von Zeitlinien, in der sich unser Volk nie auf Alcawell entwickelt hat.«

»Das meinten Sie vorhin, als Sie vom Weiterziehen sprachen«, sagte Tuvok. »Faszinierend.«

Drickel lächelte. Er mochte Spitzohr; offenbar verstand er sehr schnell. »Während der gegenwärtigen Echtzeit gibt es etwa zweihundert Milliarden Alcawellianer, die über acht Millionen verschiedene Zeitlinien verstreut sind.«

»Ich weiß nicht ganz, was das mit der Einsatzgruppe zu tun hat«, wandte die Kommandantin ein.

»Nun, dies alles bleibt nicht ohne Einfluß auf sie«, erwiderte Drickel. »Als man die Dimensionsverschiebungen entdeckte, wurden neue Gesetze erforderlich. Wir hatten bereits Vorschriften in Hinsicht auf die Zeitreise, und jetzt mußte der Wechsel zwischen den Dimensionen reglementiert werden. Der Transfer in die Zukunft wurde noch gefährlicher, und deshalb legte man bei der Zeitkontrolle immer strengere Maßstäbe an.«

»Stammen Sie aus einer anderen Dimension?« fragte Janeway.

»Nein. Die Shuttles auf dem Planeten wurden gebaut, bevor man die Paralleluniversen entdeckte. Die Fähren verkehren nur im Zeitstrom dieser Dimension. Darüber hinaus sind sie auf bestimmte Epochen programmiert – um jedes Risiko auszuschließen. Doch Ihre Einsatzgruppe hat einen Transfer in die Vergangenheit durchgeführt und damit gegen das Gesetz verstoßen, wenn auch unbeabsichtigt.«

»Es ist logisch, daß eine Gesellschaft wie die Ihre Richtlinien erläßt, die unbedingt beachtet werden müssen«, sagte Tuvok.

»Aber wir sind nicht Teil jener Gesellschaft«, meinte Janeway.

»Das stimmt«, bestätigte Drickel. »Wie dem auch sei: Ihre Leute könnten in der Vergangenheit über die Zukunft des Planeten sprechen. Damit werden Paradoxa heraufbeschworen, die katastrophale Konsequenzen nach sich ziehen könnten. Deshalb bemühe ich mich, Planetenspringer von den Schiffen fernzuhalten.«

»Gut für Sie«, entgegnete Janeway. »Was mich betrifft: Mir geht es in erster Linie um die Rettung der Einsatzgruppe.«

Diese Fremden waren zweifellos sehr intelligent, fand Drickel. Jene Gerüchte, die er über Außenweltler gehört hatte, konnten unmöglich der Wahrheit entsprechen. Der

Umstand, daß er sie einmal für dumm gehalten hatte, erfüllte ihn nun mit Verlegenheit.

»Vielleicht sind wir in der Lage, sie zu befreien«, sagte er. »Ich muß zu meinem Zeitshuttle zurück und Bericht erstatten.«

»Meinen Sie die kleine Fähre in der Höhle?« fragte Tuvok.

»Die haben Sie ebenfalls gefunden?« Drickel sah sich um. »Sie sind die einzigen Planetenspringer, bei denen ich eine Niederlage hinnehmen mußte. Und dann retteten Sie mir auch noch das Leben.« Er schüttelte den Kopf. »Ich bin nicht nur beeindruckt, sondern auch dankbar. Daher halte ich es für angemessen, daß ich Ihnen bei dem Versuch helfe, Ihre Freunde hierher zurückzuholen.«

Vorsichtig bewegte Drickel Schultern und Arme. Erstaunlicherweise war von den Verletzungen fast nichts mehr zu spüren. »Wann kann ich dieses ... Hospital verlassen, Doktor?«

»Sie brauchen mindestens noch zwei Tage Ruhe, um sich zu erholen. Geben Sie Körper und Geist Gelegenheit, alle Nachwirkungen des erlittenen Schocks zu überwinden. Nun, Ihre physische Struktur unterscheidet sich von allen gespeicherten Medo-Parametern, und daher bin ich vielleicht gar nicht in der Lage, bei Ihnen eine Infektion sofort als solche zu erkennen. Um jedes Risiko auszuschließen, sollten Sie noch eine Woche lang hierbleiben.« Der Arzt seufzte und sah zu Janeway. »Allerdings scheinen Sie alle bestrebt zu sein, ein überaus aktives Leben zu führen – wodurch Sie keine Zeit haben, an das eigene Wohlergehen zu denken. Die einzige Ausnahme ist Fähnrich Berggren, der es offenbar nicht für Zeitvergeudung hält, in der Krankenstation zu schlafen. Da so viele wichtige Dinge auf Sie warten ...« Der Doktor winkte mit der Hand, als wollte er Drickel davonscheuchen. »Je eher Sie von hier verschwinden, desto besser.«

»Danke, Doc«, sagte Paris.

»Wir können Sie von hier aus direkt zu Ihrem Shuttle

beamen.« Janeway sah Drickel an. »Und wir begleiten Sie, wenn Sie nichts dagegen haben.«

Der Zeitwächter lachte, schwang die Beine einmal mehr über den Rand des Untersuchungstisches und stand auf. »Ich habe nichts anderes von Ihnen erwartet.« Er zögerte. »Da fällt mir ein ... Sie haben jemand namens Kjanders erwähnt.«

Die Kommandantin nickte. »Er kehrte mit dem Shuttle zurück, das unsere Leute in die Vergangenheit brachte. Er schien von dem, was er hier vorfand, geradezu schockiert zu sein.«

Drickel lachte. »Das wundert mich nicht. Wenn es sich um den gleichen Kjanders handelt, von dem ich gehört habe, so ist es ein Verbrecher, nach dem die Zeitkontrolle sucht. Sie sollten vorsichtig sein.«

Janeway lächelte – zum erstenmal seit Beginn des Gesprächs. Dadurch schien ihr Gesicht regelrecht aufzuleuchten. »Das dachten wir uns schon. Im Augenblick trinkt er jede Menge Kaffee in der Offiziersmesse. Wir halten ihn unter ständiger Beobachtung.«

Erneut schüttelte Drickel beeindruckt den Kopf. Es wäre sicher wünschenswert, diese Planetenspringer als Freunde zu haben. Eins stand fest: Er wollte nicht noch einmal gegen sie antreten müssen.

»Würde bitte jemand mein Programm deaktivieren?« fragte der Arzt.

»Medizinisches Notfallprogramm aus«, sagte Tuvok.

Der Doktor verschwand.

Drickel deutete auf die Stelle, wo er eben noch gestanden hatte. Einige Sekunden lang war er so verblüfft, daß es ihm die Sprache verschlug.

»Ich ...«, begann er schließlich. »Ich bin von einem ...«

»Sie sind von einem Hologramm behandelt worden«, sagte Janeway.

»Ein Unsichtbarer, der seine Heilung einem holographischen Arzt verdankt«, stellte Paris fest. »Es erscheint mir logisch. Was halten Sie davon, Tuvok?«

»Ich kann in diesem Zusammenhang keine sonderbaren Aspekte erkennen«, erwiderte der Vulkanier. »Wir haben einen holographischen Arzt, und Mr. Drickel war unsichtbar. So was kommt vor.«

Paris lachte, und Janeway stimmte mit ein. Drickel wußte nicht, was sie so lustig fanden. Offenbar ging es Tuvok ebenso. Nun, die Planetenspringer mochten sehr intelligent sein, aber manchmal waren sie auch sehr seltsam.

22

Janeway regte sich nicht, als sie in der Höhle materialisierte. Paris und Tuvok hatten sie deutlich genug vor dem Staub gewarnt. Sie waren vor ihr und Drickel eingetroffen, hielten jetzt Lampen hoch, um die Dunkelheit aus dem Gewölbe zu vertreiben.

Der Staub bildete überall dicke Schichten, und die Luft erwies sich als vollkommen trocken. Im Höhlensystem sollte es wärmer sein als auf der Oberfläche des Planeten, aber diese Behauptung bewies einmal mehr, daß alles relativ war. Janeway vermutete, daß die Temperatur um den Gefrierpunkt lag.

Allgegenwärtiges Grau, geschaffen vom Staub. Das Licht der Lampen glitt hin und her, doch immer wich nur ein Teil der Finsternis zurück. Die Reste eines Computerterminals kauerten unter einer mehrere Zentimeter dicken grauen Schmutzschicht. Nur eines wirkte hier neu: eine Maschine, die vor einer der Wände stand.

Tuvok und Paris richteten die Lichtkegel ihrer Lampen darauf.

Der Apparat mochte etwa so groß sein wie ein Mensch. Er wies einen Sitz sowie eine Art Instrumententafel auf. Allein ihm fehlte ein Mantel aus Staub.

»Vermeiden Sie schnelle Bewegungen«, sagte Tuvok. »Der Staub steigt sofort auf und bildete dichte Wolken.«

»Ich bleibe hier stehen und spiele Laternenpfahl«, erwiderte Paris. Er hob die Lampe noch etwas höher.

Drickel und Janeway wechselten einen kurzen Blick, bevor sie Seite an Seite zum Zeitshuttle gingen. Staub wogte empor, und Paris hustete.

»Verdammter Mist, Tuvok«, sagte er. »Bestimmt befiehlt uns der Doktor erneut, unter die Dusche zu gehen.«

Janeway schmunzelte.

Drickel trat an den Apparat heran und betätigte einige Tasten, ohne auf dem Sitz Platz zu nehmen. Der Staub holte sie beide ein, schien wie mit geisterhaften Händen an ihnen hochzutasten. Ein Teil davon geriet Janeway in den Mund, und sie stellte einen alkalischen Geschmack fest. Glücklicherweise hatte Tuvok eine Analyse vorgenommen und keine schädlichen Substanzen festgestellt.

Drickel beugte sich vor, um dem wallenden Grau zu entkommen. »Notfallpriorität. Ärainterne Kommunikation. Drickel an Noughi. Ich berufe mich auf die Wachverordnung, Abschnitte 500 bis 537, alle Paragraphen. Hören Sie mich, Noughi?«

Es verstrichen nur zwei oder drei Sekunden, und dann erklang die Stimme einer Frau.

»Hinterzimmer-Antwort aufgrund von Notfallpriorität. Berufung auf Kontroll-Abschnitte 999 bis 1500. Hier spricht Noughi. Hoffentlich gibt es einen guten Grund für diesen Kontakt. Um die von Ihnen genannten Vorschriften zu überprüfen, brauche ich vermutlich einen ganzen Monat.«

Janeway fühlte, wie sich ihr das Nackenhaar aufrichtete. Eine Stimme, die dreihunderttausend Jahre überbrückte ...

»Vielleicht sogar mehr als einen Monat«, sagte Drickel. Sein Tonfall veränderte sich nun – flirtete er? »Wer auch immer mich in den Einsatz schickte: Bei der Bestimmung des Retransfer-Zeitpunkts kam es zu einem Fehler. Jene Planetenspringer, die ich verscheuchen sollte, hatten bereits einige Echtzeitstunden vor meinem Eintreffen drei Personen an Ihre Abteilung verloren.«

»Offenbar bleibt Ihnen nichts anderes übrig, als eine offizielle Beschwerde einzureichen.« Die Frau lachte leise. »Ich sorge dafür, daß man die Formulare 7564,555 bis 32889,321 zu Ihrem Wohnort schickt – damit Sie nach Ihrer Rückkehr an diesem Problem arbeiten können.« Noughi legte eine kurze Pause ein. »Wenn Sie deshalb eine Notfallpriorität erklärt haben, müssen Sie noch einige zusätzliche Formulare ausfüllen.«

»Nein«, entgegnete Drickel. »Hier gibt es einige Probleme. Was ist mit den drei Außenweltlern geschehen?«

»Man brachte sie hierher, und anschließend kam es zu einem neuerlichen Transfer. Rawlik kümmerte sich um sie. Er verwendete zuviel Echtzeit für diesen Fall, was ihm eine Rüge durch die Kontrolle einbrachte. Die Vorschriften der S-Serie, Abschnitte 2A bis 37B, persönliche Beteiligung, Paragraphen 1 und 2. Sie wissen schon.«

»Ja«, sagte Drickel. »Damit habe auch ich einmal Schwierigkeiten bekommen.«

Janeway hatte schon vor einer ganzen Weile das Interesse an den alcawellianischen Gesetzen verloren. Sie nahm nur zur Kenntnis, daß Drickel enttäuscht klang.

»Sie hätten hier sein sollen, Drickel. Ich kann verstehen, warum Rawlik die Vorschriften vergaß. Nie zuvor haben Planetenspringer so viele Zeitalarme ausgelöst.«

»Verursachten sie einen, als ich nach acht neunundachtzig aufbrach?«

»Ja. Und dann noch drei weitere.«

Drickel drehte ein wenig den Kopf, sah zu Janeway und lächelte. »Angesichts derartiger Aktivität sind sie bestimmt noch am Leben, oder?«

Stille folgte. Janeway hielt unwillkürlich den Atem an.

»Tut mir leid, Drickel. Sie haben die Hinrichtung um drei Echtzeitstunden verpaßt. Die Leute vom Hauptraum sind noch unterwegs, meinte Rot.«

Janeway fühlte sich so, als hätte ihr jemand einen Schlag versetzt. Neben ihr schnappte Paris nach Luft.

Torres, Kim und Neelix. Sie konnte nicht glauben, daß sie tot waren. Nein, unmöglich.

Paris stöhnte, und die Lampe in seiner Hand zitterte. Tuvok zeigte keine erkennbare Reaktion.

Drickel hob den Zeigefinger zu einer mahnenden Geste.

»Sind Sie sicher, Noughi? Manchmal erfolgt zwar eine entsprechende Anweisung, aber anschließend vergehen noch einige Tage bis zur Exekution.«

»Tage?« wiederholte die Frau. »Wochen! Mehrere Versuche und ein ganzes Komitee waren erforderlich, um die Fremden zu überlisten. Es blieb Rawlik nichts anderes übrig, als in die Vergangenheit zu springen und die Planetenspringer zu vergiften.«

»Meine Güte«, entgegnete Drickel. »Und trotzdem wirft man ihm persönliche Beteiligung vor?«

»Ich glaube schon«, bestätigte Noughi. »Hören Sie ... Wenn wir auch weiterhin miteinander plaudern, müssen wir noch dreißig andere Formulare ausfüllen.«

»Na schön. Halten Sie die Dinger bereit. Vielleicht muß ich noch einmal Kontakt mit Ihnen aufnehmen.«

»Wundervoll«, erwiderte die Frau.

Drickel betätigte einen Schalter und unterbrach damit die Verbindung. Er lehnte sich ans Zeitshuttle und neigte den Kopf zur Seite, bis die Stirn den Arm berührte. »Es tut mir leid«, sagte er leise. »Es tut mir wirklich leid.«

Janeway ließ den angehaltenen Atem entweichen. Sie hatte sich mehr Hilfe von dem Alcawellianer erhofft, wandte sich nun von ihm ab und ging langsam in Richtung Ausgang. Das Lampenlicht projizierte unstete Schatten in den staubigen Tunnel. Drei verschiedene Fußspuren führten in die Dunkelheit – wie gut das zur gegenwärtigen Situation paßte.

Die Kommandantin konnte sich einfach nicht mit dem Tod von Torres, Kim und Neelix abfinden. Daß sie auf diese Weise sterben mußten ... Es erschien ihr absurd.

Wenn sie der Einsatzgruppe befohlen hätte, das Shuttle zu verlassen, oder wenn sie sofort bereit gewesen wäre, eine zweite Gruppe in die Vergangenheit zu schicken ...

Wenn, wenn. Es gab so viele Dinge, die sie ändern

wollte. Sie stellte sich vor, in den Verlauf der Ereignisse einzugreifen, dem allgemeinen Geschehen eine neue Struktur zu geben …

Zeitalarme. Sprünge in die Vergangenheit. Seit der Hinrichtung von B'Elanna Torres und ihrer beiden Begleiter waren dreihunderttausend Jahre vergangen. Welche Rolle spielten drei Stunden mehr oder weniger?

Janeway drehte sich so abrupt um, daß erneut Staub aufwallte. Sie wischte ihn aus dem Gesicht und kehrte zu den anderen zurück.

»Erklären Sie mir, was es mit einem Zeitalarm auf sich hat«, wandte sie sich an den Alcawellianer.

So etwas wie Argwohn erschien in Drickels Gesicht.

»Wir haben gerade drei unserer besten Leute verloren«, sagte Paris. »Ich schätze, unter solchen Umständen können Sie ruhig Auskunft geben.«

Drickel zuckte mit den Achseln. »Ein Zeitalarm bedeutet, daß ein oder mehrere Wächter über eine kurze temporale Distanz in die Vergangenheit springen, um eine ganz bestimmte Entwicklung zu verhindern. Dieses Mittel setzt man nur sehr selten ein. Wer einen Zeitalarm auslöst, muß mit der Todesstrafe rechnen. Die Einsatzgruppe verursachte gleich vier, abgesehen von den vorherigen Achthunderter-Verstößen. Das ist erstaunlich genug. Offenbar sind Ihre Leute sehr tüchtig.«

»Sie *waren* es«, betonte Paris. Die Lampe in seiner Hand zitterte noch immer.

»Tom …« Janeways Stimme brachte jetzt Anteilnahme zum Ausdruck, ohne daß sie dadurch an Autorität verlor. »Warum sind Zeitalarme so selten, Mr. Drickel?«

»Ganz abgesehen von der Gefahr, daß irreparable Paradoxa entstehen …« Drickel sah kurz zu Tuvok. »Jeder Retro-Zeitsprung bewirkt, daß an der korrigierten Stelle im Zeitstrom eine neue Dimension abzweigt. In den meisten Fällen gibt es nur geringfügige Unterschied zum Original, so daß sich praktisch keine Konsequenzen daraus ergeben.«

»Und wenn die Unterschiede größer sind?«

»Dann entsteht eine neue Zeitlinie«, antwortete Drickel. »Mit Bewohnern, die sich vielleicht in den Dimensionen ausbreiten.«

Janeway nickte. Eine Idee bildete sich in ihr und gewann immer mehr Konturen. »Und sonst passiert nichts?«

Drickel wirkte ein wenig verwirrt. »Nein. Solange es nicht zu einem Paradoxon kommt. In besonders schlimmen Fällen entsteht eine permanente Zeitschleife: Für die davon betroffenen Personen wiederholen sich bestimmte Ereignisse immer wieder. Doch so etwas geschieht fast nie, weil die Retrosprünge nur über kurze Zeiträume erfolgen.«

»Ich verstehe.« Mit langsamen, vorsichtigen Schritten ging Janeway durch den Raum. Staub wogte, klebte an Haut und Uniform. Vor Drickel verharrte sie, stützte die Hände an die Hüften und maß den Alcawellianer mit einem durchdringenden Blick. »Wenn Sie uns tatsächlich helfen wollen, so bekommen Sie nun Gelegenheit dazu.« Sie deutete aufs kleine Zeitshuttle. »Wie wär's, wenn wir damit weit genug im Zeitstrom zurückspringen, um die Einsatzgruppe vor einem Betreten des Schiffes zu warnen?«

Die Farbe wich aus Drickels Gesicht, und Entsetzen flackerte in seinen Augen. »Dadurch entstünden zwei Universen. Im einen sind Ihre Leute tot, und im anderen leben sie.«

»Allein durch Ihre Frage haben Sie bereits Parallelwelten geschaffen, Captain«, warf Tuvok ein. »In einer lautet Drickels Antwort ›nein‹, in der anderen ›ja‹.«

Janeway nickte. Der Vulkanier hatte natürlich recht. Schon durch die Frage war ein alternatives Universum entstanden. Sie überlegte. »Hat die Hinrichtung meiner Leute langfristige Folgen für Ihre Gesellschaft?«

Drickel dachte darüber nach und nickte. »Das andere Universum existiert weiterhin und entwickelt sich auch ohne die von Ihnen ausgeschickte Einsatzgruppe.«

Janeway bemerkte die besondere Formulierung und sah zu Tuvok, der andeutungsweise nickte. Drickel hatte vom »anderen Universum« gesprochen, was bedeutete, daß er in diesem Kosmos eine Korrektur für möglich hielt.

»Sie sind also bereit, uns zu helfen?« fragte Janeway.

Drickel lächelte. »Ich werde es versuchen. Aber ich bin nicht sicher, ob wir erfolgreich sein können.«

»Damit entstehen weitere Dimensionen«, meinte Tuvok.

»Allmählich kriege ich davon Kopfschmerzen«, sagte Paris. »Wie wär's, wenn wir Kim und die anderen zurückholen, um anschließend unser Leben weiterzuleben – ohne uns um ein Leben zu kümmern, das wir ganz offensichtlich *nicht* leben?«

Janeway lachte und richtete den Blick auf Drickel. »Also los.«

»Es wird nicht klappen, Captain«, sagte Tuvok.

Die Kommandantin wandte sich an den vulkanischen Sicherheitsoffizier. »Warum nicht?« fragte sie. Ihre Stimme hallte in der seit vielen Jahrtausenden verlassenen Höhle wider, und dadurch merkte sie, wie laut sie gesprochen hatte.

»Weil ein Paradoxon die Folge wäre«, sagte Tuvok. »Und vermutlich eine Zeitschleife, die wir nie wieder verlassen könnten.«

»Bitte erklären Sie das.« Janeway wollte die Antwort gar nicht hören. Ihr ging es nur um die Rettung der Einsatzgruppe.

»Nehmen wir einmal an, Sie und Mr. Drickel reisen weit genug in die Vergangenheit, um Torres und ihre Begleiter am Betreten des Zeitshuttles zu hindern.« Tuvoks Stimme klang so ruhig wie immer. »Dann existieren Sie beide in doppelten Versionen. Sie befinden sich sowohl in der *Voyager* als auch beim Shuttle, Captain. Und Sie, Drickel, sind nicht nur bei der Zeitfähre, sondern auch hierher unterwegs, um Ihre Mission zu beginnen.«

Der Alcawellianer seufzte. »Sie erstaunen mich immer wieder, Tuvok. Ich habe an der Zeitschule acht Monate gebraucht, um dieses Konzept zu verstehen – und ich vergesse es immer wieder.«

Er hustete und wischte sich Staub aus dem Gesicht. »Dadurch entsteht natürlich ein zusätzliches Problem. Nachdem wir die unfreiwilligen Zeitreisenden gewarnt haben, existiert dieses Universum nicht mehr. Wohin sollen wir also zurückkehren? Wenn wir Ihre Leute warnen, Captain, so sind wir uns nie begegnet. Was bedeutet, daß wir sie gar nicht warnen konnten. Im Grunde genommen handelt es sich dabei um das Man-töte-den-eigenen-Großvater-Prinzip – damit werden alle Mitarbeiter der Zeitkontrolle gleich zu Beginn ihrer Ausbildung konfrontiert. Es kommt zu einem Paradoxon, wenn sich zwei Zeitlinien beziehungsweise Dimensionen trennen und eine Person in der falschen festsitzt.«

Tuvok nickte. »So will es die Logik, fürchte ich.«

Ärger quoll in Janeway empor, bildete einen Knoten in ihrem Hals. Sie wünschte sich Torres herbei, die nie zögerte, ihrem Zorn ein Ventil zu verschaffen.

»Wenn so etwas nicht möglich ist...«, sagte sie so ruhig wie möglich. »Was unternehmen wir dann?«

»Wenn die Rettung der Verschwundenen in dieser Zeitlinie noch nicht stattgefunden hat, so müssen wir davon ausgehen, daß es nie dazu kommt«, erwiderte Tuvok.

Drickel nickte.

»Damit finde ich mich nicht ab«, sagte Janeway scharf. »Uns steht genug Zeit zur Verfügung, um eine Lösung zu finden.«

»Allerdings müssen wir dabei auch an ein Volk und seine Gesellschaft denken, Captain«, wandte Tuvok ein.

Das wußte Janeway natürlich. Sie wußte es mit der gleichen Gewißheit, die sie schon einmal empfunden hatte: als sie das Gebot der Ersten Direktive achtete und entschied, im Delta-Quadranten zu bleiben, anstatt den leichten Weg nach Hause zu nehmen. Sie durfte auf Alcawell kein Unheil anrichten.

Aber sie brachte es auch nicht fertig, einfach so die Hinrichtung von Torres, Kim und Neelix hinzunehmen.

»Der Zeitstrom ist Hunderte von Jahrmillionen lang«, meinte Paris. »Wenn wir solche Maßstäbe anlegen, betrifft unser Eingreifen nur einen winzigen Bruchteil ...«

Drickel unterbrach den jungen Mann. »In der alcawellianischen Kultur gilt schon ein solcher Vorschlag als Schwerverbrechen.«

»Logisch«, kommentierte Tuvok.

Janeway ging wieder zur Tür, die in den dunklen Tunnel führte. Es kümmerte sie nicht, wieviel Staub sie dabei aufwirbelte. In ihrer Zukunft würde es immer einen derartigen finsteren Korridor geben. Nicht zum erstenmal verlor sie Besatzungsmitglieder, und wahrscheinlich geschah es auch nicht zum letztenmal. Und immer dann, wenn jemand aus ihrer Crew starb, reichte ein schwarzer Tunnel in eine Sphäre der Alpträume.

Um sie herum schwebte Staub, stumm und friedlich. Janeway lehnte den Kopf an kühlen Stein und versuchte, gleichmäßig zu atmen.

Es mußte eine Lösung geben.

Irgendwo.

Die Stille dauerte bereits eine volle Minute, als Drickel sagte: »Captain ...«

Janeway drehte sich um. Der Alcawellianer stand an seinem Zeitshuttle. Paris und Tuvok hielten nach wie vor ihre Lampen hoch, und das Licht filterte durch den Staub. Der matte Schein verlieh dem Gewölbe etwas Irreales.

»Vielleicht gibt es eine Möglichkeit, Paradoxa zu vermeiden.«

»Welche?« fragte Janeway sofort und näherte sich wieder dem Shuttle. Ein Schweif aus Staub folgte ihr.

»Tuvok hat recht. Wenn in dieser Zeitlinie noch keine Rettung erfolgt ist, so wird es auch nicht mehr dazu kommen. Um Ihre Leute trotzdem vor dem Tod zu bewahren, müssen wir die Kontrolle bitten, einen neuerlichen Retro-Zeitsprung durchzuführen.«

»Die Kontrolle hat Torres und ihre Begleiter hinrichten lassen. Ausgerechnet von jener Behörde sollen wir nun Hilfe erwarten?«

»Ich dachte dabei an einen ganz bestimmten Mitarbeiter der Zeitkontrolle«, sagte Drickel. »An Rawlik.«

Janeway sah zu Tuvok, der kurz die Schultern hob und senkte – offenbar wußte er nicht, worauf der Alcawellianer hinauswollte.

Sie musterte Drickel und holte tief Luft. »Wie haben Sie sich das vorgestellt?«

»Ich schlage vor, wir vertrauen dem System. Es scheint zu funktionieren – obgleich man aufgrund unserer derzeitigen Umgebung einen anderen Eindruck gewinnen könnte. Daraus folgt, daß auch die Kontrolle funktioniert. Und wahrscheinlich auch weiterhin funktionieren wird, über Hunderttausende von Jahren hinweg.«

Tuvok nickte. »Logisch.«

»Ich hasse dieses Wort«, murmelte Paris.

»Rawlik ist ein Freund von mir. Während einer frühen Phase meines Lebens geriet ich in Schwierigkeiten, und er verhalf mir zu einem Posten im Hinterzimmer. Er mußte nun zum erstenmal eine Hinrichtung durchführen, und das hat ihn bestimmt zutiefst erschüttert. Man warf ihm bereits vor, dem Fall zuviel Zeit zu widmen – vermutlich hat er versucht, Ihre Leute zu retten. Für eine entsprechende Chance dürfte er sehr dankbar sein.«

»Ach, tatsächlich?« erwiderte Paris mit unüberhörbarem Spott. »Er hätte sie doch einfach freilassen und hierher zurückschicken können, oder?«

»Tom.« Diesmal erklang eine Warnung in Janeways Stimme. »Entschuldigen Sie bitte, Mr. Drickel. Die Angehörigen der Einsatzgruppe sind unsere Freunde. Fahren Sie fort.«

»Noughi erwähnte eine Vergiftung. Vielleicht kann ich Rawlik dazu bewegen, eine weniger starke Dosis zu verwenden...«

»Und ich hole die ›Leichen‹«, sagte Janeway aufgeregt. Sie schöpfte Hoffnung. »Dadurch glauben alle Beteiligten, daß die angeblichen Zeitverbrecher tot sind – obgleich in Wirklichkeit niemand gestorben ist.«

»Und es käme nicht zu einem Paradoxon«, fügte Tuvok hinzu.

»Allerdings geht es zunächst darum, Rawlik zu überzeugen«, sagte Drickel. »Ich wäre sofort bereit, eine solche Chance zu nutzen. Bestenfalls bringt es ihm eine weitere Rüge wegen zu starker persönlicher Beteiligung ein. Die Kontrollbeamten auf seinem Kommandoniveau bekommen mehrere solche Ermahnungen, bis sie sich an die allgemeine Routine gewöhnen. Wie dem auch sei: Ich kann nicht für ihn sprechen. Und es gibt noch ein anderes Problem.«

Janeway nickte. »Wenn ich in die Vergangenheit reise, riskiere ich mein Leben.«

Diese Worte hingen wie der Staub in der Luft. Sie sah Tuvok an und interpretierte das Schweigen des Vulkaniers als Zustimmung.

Paris beugte sich vor. »Ich gehe an Ihrer Stelle, Captain. Es macht mir nichts aus, mich in Gefahr zu begeben.«

»Mir auch nicht.« Janeway lächelte. »Und ich glaube, ich verfüge über bessere diplomatische Fähigkeiten.« Sie klopfte auf ihren Insignienkommunikator. »Commander Chakotay?«

»Ja, Captain?« erwiderte der Indianer. Seine Stimme drang aus dem Kom-Lautsprecher, hallte durch die Höhle und wirkte auf eine sehr angenehme Weise vertraut.

»Ich begleite Mr. Drickel in die Vergangenheit. Tuvok und Paris erklären Ihnen alles.«

»Sehen Sie darin die einzige Möglichkeit, Captain? Ich bin gern bereit...«

»Die Entscheidung ist bereits gefallen, Commander«, sagte Janeway gleichzeitig sanft und fest. »Danke. Wenn ich nicht zurückkehre ... Für den Fall befehle ich Ihnen, die Umlaufbahn zu verlassen und den Flug nach Hause fortzusetzen. Schicken Sie keine Rettungsgruppe in den temporalen Transfer. Wenn diese Sache nicht klappt, bleiben alle unsere Maßnahmen sinnlos. Verstanden?«

»Wie lange sollen wir warten, Captain?«

Janeway wandte sich an Drickel.

»Hier in dieser Zeitebene kehren wir nach zehn Minuten zurück«, sagte der Alcawellianer. »In der Vergangenheit brauchen wir vielleicht Monate, um alle bürokratischen Hürden zu überwinden, aber hier vergehen zwischen Transfer und Retransfer nur zehn Minuten. Eine knappere temporale Distanz läßt Noughi sicher nicht zu.«

»Selbst wenn Monate vergehen – nach Ihrer Rückkehr erinnern Sie sich nicht mehr daran«, meinte Tuvok.

Janeway musterte den Vulkanier verwirrt. Diese Art von Logik ergab keinen Sinn für sie.

»Verlassen Sie den Orbit in zwei Stunden, Chakotay«, wies sie ihren Stellvertreter an Bord der *Voyager* an. »Und nehmen Sie alle benötigten Rohmaterialien von den demontierten Shuttles mit.«

»In Ordnung, Captain.« Eine kurze Pause. »Viel Glück.«

»Danke.«

Janeway trat zu Drickel. »Brechen wir auf.«

»Wir warten hier auf Sie, Captain«, sagte Paris. »Um Ihnen zu helfen, wenn Sie zurückkehren.«

»Danke, Mr. Paris.« Über die Schulter hinweg blickte sie zu Tuvok. Er nickte, und das genügte ihr.

Drickel wartete bereits und deutete auf den zweiten Sitz des Zeitshuttles. Janeway kam der stummen Aufforderung nach und nahm Platz. Wie sie jetzt feststellte, bestand die Instrumententafel eigentlich nur aus einer Tastatur.

Der Alcawellianer beugte sich vor und betätigte einen Schalter. »Standardmitteilung, Code 15 bis 36. Hallo, Noughi: Zwei Personen sind zu Ihnen unterwegs.«

»Ich erwarte Sie«, lautete die Antwort. Ein Seufzen folgte. »Ich schätze, das bedeutet noch mehr Papierkrieg.«

Drickel lehnte sich zurück.

Janeway versteifte sich ein wenig, als die staubige Höhle verschwand.

23

Janeway blinzelte, als ihr helles Licht entgegenflutete. Sie hustete sich Staub aus den Lungen und war dankbar, der Finsternis im unterirdischen Höhlensystem entkommen zu sein.

Der Raum, in dem das kleine Zeitshuttle nun stand, erschien ihr kleiner als jener, in dem sie sich eben noch aufgehalten hatten. Janeway nahm einen seltsam süßen Geruch wahr. Auf der einen Seite bemerkte sie einen Schreibtisch, auf dem ein Farn mit weit herabhängenden Blättern wuchs. An der Wand weiter rechts gab es mehrere Computerterminals und große Bildschirme mit ständig wandernden Datenkolonnen. Der Text von Vorschriften kroch durch ein Projektionsfeld.

Drickel bedeutete seiner Begleiterin, nicht sofort aufzustehen. Ein kräftig gebauter Mann in mittleren Jahren mit roter Perücke wandte sich Drickel zu und lächelte.

»Offenbar finden Sie großen Gefallen daran, Bericht zu erstatten«, sagte er.

Drickel erwiderte das Lächeln.

Eine Frau näherte sich. »Im Gegensatz zu mir«, sagte sie.

Janeway erkannte die Stimme. Noughi. Sie war sehr schlank, und bei ihr wirkten das breite Kinn sowie die schmale Stirn – typische Merkmale von Alcawellianern – erstaunlich attraktiv. Die Kleidung bestand aus einem schwarzen Umhang über einem weißen Kleid. Am Hals und an den Ärmeln wies der Stoff große Öffnungen auf, doch Knöpfe deuteten darauf hin, daß die lappenartigen Erweiterungen auch geschlossen werden konnten. Die Hosenbeine waren an den Fußknöcheln verschnürt, und was die Schuhe betraf... Nie zuvor hatte Janeway absurdere Exemplare gesehen.

»Captain Janeway, das ist Noughi«, stellte Drickel vor. »Und ein guter alter Bekannter namens Rot.«

Rot – ein passender Name. Janeway nickte ihnen beiden zu und sah dann Drickel an, der nun einen weiteren Aspekt seines Wesens offenbarte, indem er mit Noughi flirtete. Sie unterdrückte ein Schmunzeln.

»Willkommen«, sagte die Alcawellianerin. Sie schwankte nicht einmal auf den seltsamen Schuhen. »Ihre Leute waren fabelhaft. Außerhalb des Hinterzimmers hat man Wetten abgeschlossen, wie viele Zeitalarme sie noch verursachen würden, bis es der Kontrolle schließlich gelang, sie zu überlisten.«

Janeway schauderte fast. Bei den Bewohnern dieses Planeten gab es so viele Vorschriften und Regelungen, daß sie manchmal ganz vergaßen, es mit lebenden Geschöpfen zu tun zu haben.

»Noughi...« Rots Stimme klang ein wenig vorwurfsvoll. »Captain Janeway ist gekommen, um die Leichen zu holen.«

Noughis Gesichtsfarbe veränderte sich. Gelbe Verlegenheitsflecken erschienen auf ihren Wangen und bildeten einen sonderbaren Kontrast zur Kleidung. »Ich wollte Sie nicht beleidigen...«

»Keine Sorge«, erwiderte Janeway. »Es freut mich, daß sich hier jemand einen Erfolg meiner Leute erhofft hat.«

»Ich nehme an, Sie sind zur ersten Ära unterwegs, oder?« wandte sich Rot an Drickel.

»Ja. Könnten Sie uns bei Rawlik ankündigen?«

»Kein Problem«, sagte Noughi. »Viel Glück.«

»Ich begleite Sie zum Schiff«, bot sich Rot an.

Sie verließen den Raum durch eine Tür, die Janeway zunächst nicht gesehen hatte. Fast wünschte sie sich nun, Tuvok mitgebracht zu haben. *Es hätte ihn sicher fasziniert zu erfahren, wie die Höhlen vor dreihunderttausend Jahren ausgesehen haben,* dachte sie.

Natürlich bestanden die Tunnel – beziehungsweise Korridore – auch jetzt aus Stein, aber es gab keinen Staub. Janeway klopfte auf ihre Uniform, und sofort lösten sich graue Schwaden von dem Stoff. Bestimmt bot sie einen gräßlichen Anblick. Und wenn schon. Sie war nicht hier, um an einem Schönheitswettbewerb teilzunehmen. Ihre Absicht bestand vielmehr darin, drei Besatzungsmitglieder der *Voyager* zu retten.

Kurz darauf erreichten sie eine Gabelung und wählten dort einen Gang, in dem es nach brennendem Pech roch. Janeway warf einen raschen Blick in einen Seitentunnel. Dort gab es viele Pflanzen an den Wänden – vermutlich stammte der eigentümliche Geruch von ihnen.

Schließlich betraten sie einen Raum, der seltsam vertraut auf die Kommandantin wirkte. Es handelte sich um eine große, hohe Kammer, deren Wände aus geglättetem Felsgestein bestanden. Eine Mischung aus Sand und Staub bedeckte den Betonboden.

In der Mitte dieses Raums stand ein Zeitshuttle, das wie eine Miniaturversion der Schiffe auf der Planetenoberfläche wirkte. Es fehlten Landebeine und eine Rampe, und außerdem war diese Fähre ein ganzes Stück kleiner. Aber von der Struktur und dem allgemeinen Erscheinungsbild her ähnelte das Shuttle den anderen.

Drickel öffnete die Luke, und Rot trat an ihn heran. »Sie riskieren viel. Vielleicht ist Rawlik nicht bereit, auf Ihr Anliegen einzugehen.«

Drickel lächelte. »Ich bin auf Risiken spezialisiert, Rot. Das wissen Sie ja.«

»Nun, ich wünsche Ihnen von ganzem Herzen Erfolg.«

Drickel ergriff Rots Hand. »Dafür danke ich Ihnen sehr.«

Dann stieg er ein. Janeway folgte ihm.

In dem kleinen Schiff gab es zehn Sitze und keine erkennbaren Kontrollen. Andere Passagiere befanden sich nicht an Bord.

Der Sessel erwies sich als überraschend weich, aber er

vermittelte trotzdem nicht das Gefühl von Bequemlichkeit. Janeway hatte gerade erst Platz genommen, als sich auch schon die Luke schloß. Das Shuttle stieg sanft auf – und landete wieder.

»Gab es ein Problem?« fragte die Kommandantin.

»Nein«, erwiderte Drickel. »Wir sind gerade über vierhundert Millionen Jahre in die Vergangenheit gereist.«

An Janeways Kleidung haftete noch immer Staub aus der Zukunft. Vierhundert Millionen Jahre ... Ein solcher Zeitraum sprengte den Rahmen ihrer Vorstellungskraft. Trotzdem fühlte sie sich sehr weit von Paris, Tuvok und der *Voyager* entfernt.

Das Verlassen des Shuttles nahm mehr Zeit in Anspruch als die ganze Reise. Auf der Rampe verharrte Janeway kurz. Wenn sie nicht gewußt hätte, daß sie durch die Zeit gesprungen waren ... Auf den ersten Blick schien die Umgebung überhaupt keine Unterschiede aufzuweisen: das kleine Schiff mitten in der Kammer, ein Betonboden, der steinerne Tunnel.

Allerdings ...

Mehrere Personen in orangefarbenen Overalls warteten nun am Zugang des Korridors. Vor ihnen stand ein Mann, der die Hände auf den Rücken gelegt hatte und sich durch die gleiche Statur auszeichnete wie Paris. Dem Gesicht mangelte es natürlich nicht an den charakteristischen alcawellianischen Merkmalen, aber bei ihm kam ein Spitzbart hinzu. Das Haar war braun – offenbar verzichtete dieser Mann auf eine Perücke.

In seiner unmittelbaren Nähe ruhten drei lange, schwarze Behälter auf dem Boden.

Särge sahen auf vielen Welten gleich aus.

Janeway hob die Hand zur Stirn, als Benommenheit nach ihren Gedanken tastete. Drickel hatte darauf hingewiesen, daß sie vielleicht einen mehrere Monate langen Kampf gegen die alcawellianische Bürokratie führen mußten. *Ich bleibe hier, bis wir einen Erfolg erzielen – und wenn es Jahre dauert.*

Drickel zögerte beim Anblick der Särge. Dann entspannte er sich, und ein Lächeln umspielte seine Lippen. »Halten Sie sich zurück«, flüsterte er Janeway zu. »Überlassen Sie den größten Teil des Redens mir.«

Der Zeitwächter trat vor, ergriff Rawliks Hand und wiederholte jene Geste, mit der er sich von Rot verabschiedet hatte. »Danke dafür, daß Sie gekommen sind.«

»Wahrscheinlich muß ich deshalb mit zwei weiteren Rügen wegen persönlicher Beteiligung rechnen.«

»Vielleicht sollten Sie sich ans Vorschriftenbüro wenden«, meinte Drickel. »Nicht nur alcawellianische Familien haben das Recht, die Leichen ihrer Angehörigen zu bekommen. Das gilt auch für Planetenspringer.«

Rawlik schüttelte den Kopf. »Für dieses Echtzeitjahr habe ich bereits genug Bürokratie hinter mir.« Der Schatten eines Lächelns zupfte an seinen Mundwinkeln.

Janeways Kehle war trocken. Sie ahnte, daß etwas geschah, daß sich hinter Worten, Gesten und Mienenspiel eine subtile Bedeutung verbarg, die sie nicht zu erfassen vermochte. Die Särge schienen zuviel Substanz und Realität zu haben.

Und doch …

Janeway trat an Drickels Seite.

»Captain …«, sagte Rawlik, woraufhin sie fast zusammenzuckte. Sie waren einander nicht vorgestellt worden, aber der Mann verhielt sich so, als sei sie ihm gut bekannt. *Vielleicht ist das tatsächlich der Fall,* fuhr es ihr durch den Sinn.

Er schloß seine warme Hand um die ihre. »Ich möchte Ihnen mein Beileid für das Schicksal Ihrer Leute aussprechen.« Er hob die Stimme, obwohl das eigentlich gar nicht nötig war, betonte jedes Wort. »Unsere Gesetze sind streng, aber gerecht. Wir müssen unsere Gesellschaft so gut wie möglich schützen.«

Keine Antwort mochte die beste Antwort sein. Janeway beglückwünschte sich zu der Entscheidung, Paris nicht an dieser Mission beteiligt zu haben. Vermutlich hätte er die erste Gelegenheit genutzt, um Rawlik und den anderen Alcawellianern gegenüber in aller Deutlichkeit auszudrücken, was er von ihrer Bürokratie hielt. Auch *flexible* Bürokratien konnte Paris nicht ausstehen. Hier wäre seine Geduld sicher auf eine harte Probe gestellt worden.

Rawlik hielt noch immer Janeways Hand, und sie spürte einen Fremdkörper. Der Mann gab ihr etwas. Sie mußte sich sehr beherrschen, um keinen Blick auf das Objekt zu werfen.

Nach einigen Sekunden ließ er los. Janeway schloß die Hand und fühlte einen Zettel.

Rawlik wandte sich an die Alcawellianer in den orangefarbenen Overalls. »Tragen Sie die Särge ins Schiff. Captain Janeway ist gekommen, um ihre Toten zu holen.«

Die Männer kamen der Aufforderung stumm nach und brachten die schwarzen Behälter ins Shuttle. Der Anblick ließ die Kommandantin innerlich schaudern.

Selbst der beste Captain verlor dann und wann ein Mitglied seiner Crew.

Auf Dauer ließ sich so etwas gar nicht vermeiden.

Die Alcawellianer kletterten wieder aus der Zeitfähre und verließen den Raum.

Rawlik trat einen Schritt näher und sprach leiser. »Sie halten das Gegenmittel in der Hand, Captain. Wir mußten eine spezielle Droge verwenden, die den Tod simuliert. Die Dosis ließ sich nicht reduzieren – das hätte Verdacht erregt. Wenn die Personen in den Särgen nicht innerhalb von einer Echtzeitstunde behandelt werden, sterben sie tatsächlich.«

Janeway bedachte Drickel mit einem fragenden Blick. »Genügt das?«

Er nickte. »Wenn wir uns beeilen.«

»Ich kann Ihnen gar nicht genug danken«, sagte Janeway zu Rawlik.

Er lächelte. »Es war mir ein Vergnügen. Unsere Zusammenarbeit während der letzten Monate … Es fühlte sich an wie während der guten alten Zeit. Wir haben wirklich etwas geleistet.«

Drickel lachte leise. »Ich habe Ihnen von dem Schreibtischjob abgeraten.«

Rawlik zuckte mit den Achseln. »Er hat auch Vorteile.«

»Zum Beispiel diesen hier«, sagte Drickel. »Wie lange haben wir gebraucht, um uns beim Rat durchzusetzen?«

»Drei Monate Echtzeit.«

»Drei Monate?« wiederholte Janeway. »Drei Monate lang bin ich hier gewesen?«

»Ja«, bestätigte Rawlik. »Und wir haben auch Zeit genug gefunden, den Staub von Ihrer Uniform zu entfernen.«

Janeway schmunzelte.

»Gehen Sie jetzt«, drängte Rawlik. »Sie vergeuden wertvolle Echtzeit.«

Die Kommandantin nickte. »Danke. Und danken Sie auch der Kontrolle.«

»Sie haben sich bereits bei ihr bedankt«, erwiderte Rawlik. Wieder zuckte es in seinen Mundwinkeln. »Und zwar mit recht eindrucksvollen Worten.«

Drickel führte Janeway zum Schiff. Durch die offene Luke konnte man die Särge sehen – sie wirkten finster und unheilvoll.

»Oh, und noch etwas«, sagte Rawlik. Er näherte sich der Luke und sprach noch etwas leiser: »Bitte richten Sie Torres aus, daß ich nur meine Pflicht erfüllte.«

Janeway nickte und drückte ihm die Hand. »Wie wir alle.«

Sie stieg ein und strich mit den Fingerkuppen über das glatte Material der Särge. Den Zettel hielt sie noch immer in der linken Hand. »Ich schlage vor, wir machen uns jetzt auf den Weg, Mr. Drickel.«

»Setzen Sie sich«, erwiderte der Alcawellianer. »Sonst funktioniert dieses Ding nicht.«

Sie nahm neben ihm Platz, und ihr Blick galt auch weiterhin den Särgen. Sie glaubte fast zu hören, wie die Zeit mit einem leisen Ticken verstrich. Nur eine Stunde blieb ihnen ...

Die Luke schloß sich, und das Shuttle stieg auf, um praktisch sofort wieder aufs Landegerüst zurückzusinken. Eine sehr angenehme – und schnelle – Methode des Reisens. Die Luke schwang beiseite, und Rot stand dort, wo sie ihn zurückgelassen hatten.

Gestalten in orangefarbenen Overalls warteten neben ihm. Einmal mehr fiel Rot sofort durch seine Perücke auf.

»Also los«, sagte Drickel zu den Alcawellianern. »Unsere Erlaubnis sieht eine maximale Aufenthaltsdauer der Planetenspringerin von einigen wenigen Minuten vor. Sie nimmt die Särge mit.«

Die Männer in den orangefarbenen Overalls hoben die Särge mühelos hoch und brachten sie durch die Tür zum Hinterzimmer. Dort setzten sie die schwarzen Behälter ab.

»Sicherheitsvorschrift 111,42«, erklärte Drickel, als sei damit alles klar. Als er Janeways Verwirrung bemerkte, fügte er hinzu: »Jenen Bereich dürfen sie nicht betreten.«

Rot wartete, bis die Männer gegangen waren, bevor er die Tür öffnete. Noughi nahm sie in Empfang – ihre Schuhe standen nun auf dem Schreibtisch, wirkten dort wie sonderbar geformte Vasen – und half ihnen dabei, die Särge ins Hinterzimmer zu tragen.

Dort schoben sie den ersten ins kleine Shuttle, wodurch Drickel gerade noch genug Platz blieb, um auf den Sitz zu sinken.

»Zehn Minuten Distanz vom ursprünglichen Transferzeitpunkt«, sagte er. »Ich lade den Sarg aus und kehre sofort hierher zurück.«

»Ich würde Sie gern begleiten«, meinte Janeway.

Noughi schüttelte den Kopf. »Tut mir leid. Diese Zeitfähre kann nur jeweils zwei große Objekte befördern.«

»Na schön.« Janeway begriff sofort, daß es keinen Sinn hatte, irgendwelche Einwände zu erheben. Drickel wußte, wie man die Kontrollen des Shuttles bediente – bei ihm war die »Fracht« am besten aufgehoben.

Sie reichte ihm das Papier. Erst jetzt stellte sie fest: Es handelte sich nicht um einen Zettel, sondern um eine kleine Tüte – die das Gegenmittel enthielt. »Geben Sie das Tuvok.«

»In Ordnung. Keine Sorge, ich kümmere mich um alles.«

Janeway nickte und trat zurück.

»Warum die Eile?« fragte Rot. Und als er den Gesichtsausdruck der Kommandantin bemerkte: »Offenbar bin ich gerade ebenso taktlos gewesen wie zuvor Noughi. Und ich habe sie wegen ihrer Bemerkung kritisiert...«

Janeway lächelte schief. »Wir möchten so schnell wie möglich eine Behandlung durchführen – um Alcawell dann zu verlassen.«

Rot nickte, als Drickel Noughi zunickte, woraufhin die Alcawellianerin eine Taste drückte. Das Shuttle verschwand.

Dreißig Echtzeitsekunden später – Janeway erschienen sie wie dreißig Stunden – erklang Drickels Stimme aus der Zukunft. »Sie können mich jetzt zurückholen, Noughi.«

Unmittelbar darauf erschien die Fähre wieder.

Der Vorgang wiederholte sich zweimal, und nach einem neuerlichen Transfer klopfte Drickel auf den nun freien Platz an seiner Seite. »Sind Sie für die Rückkehr zu Ihrem Schiff bereit?«

»Ja«, erwiderte Janeway fest.

Sie winkte Noughi und Rot zu, bevor sie ins Shuttle kletterte und sich setzte.

Noughi sah Drickel an. »Anschließend müssen Sie mir beim Papierkram helfen.«

Er lächelte. »Gern.«

Einen Atemzug später befand sich Janeway wieder in

dem staubigen Gewölbe. Paris hielt eine Lampe und spielte noch immer die Rolle des Laternenpfahls. Inzwischen bildete der Staub eine dicke Schicht auf ihm.

Janeway glaubte, seit einer Ewigkeit nichts Schöneres gesehen zu haben.

Im wahrsten Sinne des Wortes.

24

Janeway ließ sich selbst, Paris und Drickel sofort zur Krankenstation beamen. Sie wollte feststellen, wie es um die ›Hingerichteten‹ stand. Als sie vor der Tür materialisierte, hob der holographische Arzt den Kopf. Er stand neben Kim, der benommen blinzelte. Torres setzte sich gerade auf. Neelix hielt Kes' Hand und sprach leise mit ihr.

Janeway lächelte. Sie hatten es geschafft.

Die Toten waren wieder lebendig.

»Nein, nein, nein«, sagte Dr. Zimmerman. »Ausgeschlossen. Verlassen Sie die Krankenstation, und zwar sofort. Mr. Paris, ich habe Sie deutlich darauf hingewiesen, daß ich Sie in einem solchen Zustand nicht noch einmal in meiner Abteilung zu sehen wünsche.«

»Ich verspreche Ihnen, hier alles sauberzumachen«, erwiderte Paris und ging zu Kim. Er klopfte ihm auf die Schulter. »Wenn Sie demnächst irgendwelche Ausflüge im Sinn haben, sollten Sie mich mitnehmen. Dadurch vermeiden Sie es, in Schwierigkeiten zu geraten.«

»O natürlich«, sagte Torres. »Da spricht Mister Hochmut. Wir haben eine bürokratische Hölle hinter uns. Damit wären Sie gewiß nicht fertig geworden.«

»Was die Bürokratie betrifft...«, erwiderte Paris selbstsicher. »Ich hatte Gelegenheit, in einer Strafkolonie der Föderation einschlägige Erfahrungen zu sammeln.«

Janeway wandte sich an den Arzt. »Entschuldigen Sie, Doktor. Wir sprechen kurz mit Ihren Patienten, und dann lassen wir sie in Ruhe.«

Zimmerman schüttelte den Kopf. »Keine Ahnung von Medizin. Keine Ahnung von richtigem Benehmen. Und keine Ahnung von Sauberkeit. Es grenzt an ein Wunder, daß dieser Ort nicht längst zur Brutstätte exotischer Krankheiten wurde.« Er nahm einen Medo-Tricorder und beugte sich über Kim.

»Du hättest uns sehen sollen, Teuerste«, sagte Neelix zu Kes und versuchte dabei, möglichst sanft zu sprechen. »Wir waren großartig. Die Leute von der Zeitkontrolle meinten, nie hätten sie es mit so wagemutigen, einfallsreichen und beharrlichen Widersachern zu tun bekommen.«

»Du hast mir gefehlt, Neelix«, entgegnete Kes. »Ich bin sehr froh, daß du zurück bist.«

»Ich auch, um ganz ehrlich zu sein. Ständig habe ich an dich gedacht ...«

»Und er hat noch öfter von Ihnen gesprochen«, warf Kim ein.

»Sie dürfen erst dann reden und sich bewegen, wenn ich es Ihnen erlaube«, sagte Zimmerman scharf. »Jetzt muß ich die Sondierung wiederholen.«

»Tut mir leid«, murmelte Kim.

»Seien Sie endlich still!«

Janeways Lächeln wuchs in die Breite. Sie hatte diese Leute vermißt, und es erfüllte sie mit großer Erleichterung, sie wieder an Bord der *Voyager* zu wissen. Sie berührte Drickel am Arm und nickte ihm dankbar zu, woraufhin er ebenfalls lächelte. Dann näherte sie sich Torres.

»Wie fühlen Sie sich?«

B'Elanna bedachte Drickel mit einem verwunderten Blick, bevor sie Janeway ansah. »Ich staune darüber, noch am Leben zu sein, Captain. Wie ist es Ihnen gelungen, das System zu überlisten? Wir haben alles versucht.«

»Es ist eine lange Geschichte, und manche Einzelheiten sind mir nicht bekannt. Geben Sie sich zunächst mit folgendem Hinweis zufrieden: Mr. Drickel ist in die Vergangenheit gesprungen, um Sie zu retten.«

»Sprünge in die Vergangenheit!« entfuhr es B'Elanna Torres. »Ich kann es nicht mehr hören ...« Sie musterte den Alcawellianer, und ihre Züge glätteten sich. »Danke.«

Er deutete eine Verbeugung an. »Gern geschehen.«

Janeway drückte Torres' Hand. »Es freut mich, daß Sie wieder hier sind.«

»Ich bin noch glücklicher darüber, Captain.«

Die Kommandantin lächelte einmal mehr.

Torres schien eine verdächtige Veränderung in ihrem Gebaren zu entdecken und fügte rasch hinzu: »Glauben Sie mir, Captain – nach den jüngsten Erfahrungen erscheint mir Starfleet fast attraktiv.«

»Seien Sie vorsichtig, Maquisard«, ließ sich Kim von der anderen Behandlungsliege her vernehmen. »Was Sie jetzt sagen, könnte später gegen Sie verwendet werden.«

Torres lachte. »Keine Sorge. Ich werde bestimmt nicht abtrünnig.«

Janeway klopfte der Klingonin auf die Schulter und hinterließ einen Staubfleck. »Ich sollte jetzt besser unter die Dusche gehen. Später kehre ich zurück. Es ist wundervoll, Sie alle wieder an Bord zu haben.«

»Captain ...« Neelix drehte den Kopf. »Vielleicht sollten wir diese Warnung allen zukünftigen Einsatzgruppen mit auf den Weg geben: Hütet euch davor, irgendwo Platz zu nehmen und ein Nickerchen zu machen.«

B'Elanna und Kim lachten. Zimmerman schnitt eine finstere Miene.

»Das klingt vernünftig, Mr. Neelix.« Janeway wandte sich Drickel zu, der das Geschehen schmunzelnd beobachtete.

»Ich nehme an, Sie wollen bald heimkehren«, sagte sie. »Wie dem auch sei: Ich möchte Ihnen ein Gästequartier an Bord anbieten. Befreien Sie sich von dem Staub. Anschließend erwarten Sie eine Tour durchs Schiff sowie eine leckere warme Mahlzeit. Nun, was halten Sie davon?«

»Ich nehme Ihre Einladung gern an, Captain«, erwiderte Drickel. »Allerdings ist meine Mission hier noch nicht ganz beendet. Es muß noch eine Sache geregelt werden, und dabei geht es um Kjanders.«

Kjanders. Den hatte Janeway völlig vergessen. Ein weiteres Dilemma – dem sie sich am besten sofort stellte. »Mr. Drickel … Ich bin nicht bereit, Kjanders in die Vergangenheit zurückzuschicken, wenn ihn dort der Tod erwartet.«

»Das steht keineswegs fest, Captain«, erwiderte Drickel. »Es hängt ganz von ihm ab.«

»Es hängt von ihm ab?« wiederholte Torres. »Als *wir* hingerichtet werden sollten, hat uns niemand nach unserer Meinung gefragt.«

»Ich lasse nicht zu, daß Sie meine Patienten aufregen«, sagte der holographische Arzt. »Ich bin nicht mehr bereit, den hier herrschenden Zirkus noch länger hinzunehmen.«

»Seien Sie unbesorgt, Doc«, entgegnete Paris. »Wenn's Ihnen zuviel wird, deaktivieren wir einfach das Medo-Programm.«

»Für diese Personen besteht keine akute Lebensgefahr mehr«, verkündete Zimmerman. »Aber ihr Zustand muß auch weiterhin überwacht werden. Daher wäre es sehr unklug, das medizinische Notfallprogramm ausgerechnet jetzt zu deaktivieren.«

Kim und Paris lachten schallend. Der Arzt hingegen wirkte verwirrt.

Janeway ließ sich nicht ablenken. »Welche Chance wollen Sie Kjanders geben?« fragte sie Drickel.

»Ich biete ihm einen Job an.«

»Einen Job?« Mit dieser Antwort hatte Janeway gewiß nicht gerechnet. »Haben Sie ihn nicht als einen Verbrecher bezeichnet, nach dem die Zeitkontrolle sucht?«

»Er hat gegen die Vierhunderter- bis Achthunderter-Vorschriften verstoßen«, sagte Drickel. »Vermutlich hat er sogar noch mehr auf dem Kerbholz. Ein gerissener Bursche.« Er lächelte. »Aber nicht so gerissen wie ich.«

»Wie Sie?« Janeway starrte den Alcawellianer überrascht an.

»Ja, wie ich.« Drickel lachte. »Wer in unserer Gesellschaft das Risiko liebt, gerät meistens schon nach kurzer Zeit in Schwierigkeiten – weil sich die betreffenden Personen gegen das System wenden. Aber gerade solche Leute sind es, die sich für mein Aufgabengebiet eignen.«

»Sie möchten Kjanders vorschlagen, zum Zeitwächter zu werden?«

Drickel nickte. »Natürlich muß er die Ausbildung überstehen, aber das dürfte ihm keine unüberwindlichen Probleme bereiten. Immerhin hat er es immer wieder geschafft, die Kontrolle zu überlisten.«

Janeway sah zu Torres, die erneut lächelte. Wenigstens war sie taktvoll genug, nicht laut zu lachen. »In unserer Kultur lernen wir gerade, daß Rebellen manchmal die besten Teammitglieder sind«, sagte die Kommandantin zu Drickel. Wieder glitt ihr Blick zu B'Elanna. »Dafür gibt es gute Beispiele.«

Die Klingonin lächelte dankbar und schwieg.

Janeway klopfte auf ihren Insignienkommunikator. »Mr. Kjanders, bitte kommen Sie unverzüglich zur Krankenstation.«

»Äh«, klang die Stimme des Alcawellianers aus dem Kom-Lautsprecher. »Äh, ja. Ich bin gleich bei Ihnen.«

Er unterbrach die Verbindung.

Kes wandte sich an Janeway. »Kjanders verbringt einen großen Teil seiner Zeit in der Offiziersmesse«, erklärte sie. »Er hat festgestellt, daß es nicht nur eine Sorte Kaffee gibt.«

»Wenn er so dumm war, dir irgendwelche Unannehmlichkeiten zu bereiten...« Neelix setzte sich auf und schien bereit zu sein, in den Kampf zu ziehen. Dr. Zimmerman drückte ihn mit einer Hand auf die Liege zurück.

»Ich habe nur einmal mit ihm gesprochen«, erwiderte Kes. »Er war sehr höflich.«

Es herrschten wieder normale Zustände an Bord. Janeway wischte sich eine sehr unangenehme Mischung aus Schweiß und Staub von der Stirn. Paris, Drickel und sie sahen aus, als kämen sie direkt aus einem Bergwerk auf Druwarius IV.

Plötzlich fiel der Kommandantin ein, daß es noch etwas auszurichten galt. »Fast hätte ich es vergessen. B'Elanna, Mr. Rawlik läßt Ihnen mitteilen, daß er nur seine Pflicht erfüllte.«

Torres' Blick reichte in die Ferne.

»Ich habe geantwortet, das sei bei uns allen der Fall«, fügte Janeway hinzu.

Die Klingonin lächelte. »Danke, Captain.«

Janeway nickte.

Kjanders erschien in der Tür, bemerkte Drickel und riß die Augen auf.

»Die Kontrolle«, brachte er hervor. »Wie kommt ein Zeitwächter hierher?«

»Das werden Sie in den nächsten Echtzeitwochen erfahren«, entgegnete Drickel. »Wenn Sie mich bitte entschuldigen würden, Captain ...«

»Ich bestehe auf der bereits erwähnten Mahlzeit. Außerdem möchte ich mit Ihnen über die nicht mehr funktionstüchtigen Shuttles auf dem Planeten reden.«

»Wir haben schon darüber gesprochen«, sagte Drickel.

»Nur kurz«, räumte Janeway ein. »Wir brauchen Innenplatten aus einigen Wracks, um aus dem Metall dringend benötigte Ersatzteile herzustellen. Wenn man bedenkt, in welchem Zustand sich die alten Schiffe befinden ... Sie können ohnehin nichts mehr mit ihnen anfangen. Wenn Sie also bereit wären, uns eine entsprechende Demontage zu erlauben ...«

Drickel lachte. »Als Gegenleistung für die leckere Mahlzeit und ein interessantes Gespräch – einverstanden.« Er verbeugte sich vor der Kommandantin, schlang dann den Arm um Kjanders' Schultern und führte ihn in eine Ecke der Krankenstation.

Als sie fortgingen, hörte Janeway, wie Drickel Zahlen nannte. Kjanders verharrte abrupt. »*Ich* soll zu einem Wächter werden?«

Janeway lächelte zufrieden. Vielleicht mußten sie noch für einen weiteren Echtzeittag im Orbit bleiben, um die restlichen Dinge zu klären, aber das machte ihr nichts aus. Was bedeutet ein zusätzlicher Tag angesichts der langen Heimreise?

STAR TREK™

in der Reihe
HEYNE SCIENCE FICTION & FANTASY

STAR TREK: CLASSIC SERIE

Vonda N. McIntyre, Star Trek II: Der Zorn des Khan · 06/3971
Vonda N. McIntyre, Der Entropie-Effekt · 06/3988
Robert E. Vardeman, Das Klingonen-Gambit · 06/4035
Lee Correy, Hort des Lebens · 06/4083
Vonda N. McIntyre, Star Trek III: Auf der Suche nach Mr. Spock · 06/4181
S. M. Murdock, Das Netz der Romulaner · 06/4209
Sonni Cooper, Schwarzes Feuer · 06/4270
Robert E. Vardeman, Meuterei auf der Enterprise · 06/4285
Howard Weinstein, Die Macht der Krone · 06/4342
Sondra Marshak & Myrna Culbreath, Das Prometheus-Projekt · 06/4379
Sondra Marshak & Myrna Culbreath, Tödliches Dreieck · 06/4411
A. C. Crispin, Sohn der Vergangenheit · 06/4431
Diane Duane, Der verwundete Himmel · 06/4458
David Dvorkin, Die Trellisane-Konfrontation · 06/4474
Vonda N. McIntyre, Star Trek IV: Zurück in die Gegenwart · 06/4486
Greg Bear, Corona · 06/4499
John M. Ford, Der letzte Schachzug · 06/4528
Diane Duane, Der Feind – mein Verbündeter · 06/4535
Melinda Snodgrass, Die Tränen der Sänger · 06/4551
Jean Lorrah, Mord an der Vulkan Akademie · 06/4568
Janet Kagan, Uhuras Lied · 06/4605
Laurence Yep, Herr der Schatten · 06/4627
Barbara Hambly, Ishmael · 06/4662
J. M. Dillard, Star Trek V: Am Rande des Universums · 06/4682
Della van Hise, Zeit zu töten · 06/4698
Margaret Wander Bonanno, Geiseln für den Frieden · 06/4724
Majliss Larson, Das Faustpfand der Klingonen · 06/4741
J. M. Dillard, Bewußtseinsschatten · 06/4762
Brad Ferguson, Krise auf Centaurus · 06/4776
Diane Carey, Das Schlachtschiff · 06/4804
J. M. Dillard, Dämonen · 06/4819
Diane Duane, Spocks Welt · 06/4830
Diane Carey, Der Verräter · 06/4848
Gene DeWeese, Zwischen den Fronten · 06/4862
J. M. Dillard, Die verlorenen Jahre · 06/4869

STAR TREK™

Howard Weinstein, Akkalla · 06/4879
Carmen Carter, McCoys Träume · 06/4898
Diane Duane & Peter Norwood, Die Romulaner · 06/4907
John M. Ford, Was kostet dieser Planet? · 06/4922
J. M. Dillard, Blutdurst · 06/4929
Gene Roddenberry, Star Trek (I): Der Film · 06/4942
J. M. Dillard, Star Trek VI: Das unentdeckte Land · 06/4943
David Dvorkin, Die Zeitfalle · 06/4996
Barbara Paul, Das Drei-Minuten-Universum · 06/5005
Judith & Garfield Reeves-Stevens, Das Zentralgehirn · 06/5015
Gene DeWeese, Nexus · 06/5019
D. C. Fontana, Vulkans Ruhm · 06/5043
Judith & Garfield Reeves-Stevens, Die erste Direktive · 06/5051
Michael Jan Friedman, Das Doppelgänger-Komplott · 06/5067
Judy Klass, Der Boacozwischenfall · 06/5086
Julia Ecklar, Kobayashi Maru · 06/5103
Peter Norwood, Angriff auf Dekkanar · 06/5147
Carolyn Clowes, Das Pandora-Prinzip · 06/5167
Diana Duane, Die Befehle des Doktors · 06/5247
V. E. Mitchell, Der unsichtbare Gegner · 06/5248
Dana Kramer-Rolls, Der Prüfstein ihrer Vergangenheit · 06/5273
Michael Jan Friedman, Schatten auf der Sonne · 06/5179
Barbara Hambly, Der Kampf ums nackte Überleben · 06/5334
Brad Ferguson, Eine Flagge voller Sterne · 06/5349
Gene DeWeese, Die Kolonie der Abtrünnigen · 06/5375
Michael Jan Friedman, Späte Rache · 06/5412
Peter David, Der Riß im Kontinuum · 06/5464
Michael Jan Friedman, Gesichter aus Feuer · 06/5465
Peter David/Michael Jan Friedman/Robert Greenberger, Die Enterbten · 06/5466
L. A. Graf, Die Eisfalle · 06/5467

STAR TREK: THE NEXT GENERATION
David Gerrold, Mission Farpoint · 06/4589
Gene DeWeese, Die Friedenswächter · 06/4646
Carmen Carter, Die Kinder von Hamlin · 06/4685
Jean Lorrah, Überlebende · 06/4705
Peter David, Planet der Waffen · 06/4733
Diane Carey, Gespensterschiff · 06/4757
Howard Weinstein, Macht Hunger · 06/4771

STAR TREK™

John Vornholt, Masken · 06/4787
David & Daniel Dvorkin, Die Ehre des Captain · 06/4793
Michael Jan Friedman, Ein Ruf in die Dunkelheit · 06/4814
Peter David, Eine Hölle namens Paradies · 06/4837
Jean Lorrah, Metamorphose · 06/4856
Keith Sharee, Gullivers Flüchtlinge · 06/4889
Carmen Carter u. a., Planet des Untergangs · 06/4899
A. C. Crispin, Die Augen der Betrachter · 06/4914
Howard Weinstein, Im Exil · 06/4937
Michael Jan Friedman, Das verschwundene Juwel · 06/4958
John Vornholt, Kontamination · 06/4986
Mel Gilden, Baldwins Entdeckungen · 06/5024
Peter David, Vendetta · 06/5057
Peter David, Eine Lektion in Liebe · 06/5077
Howard Weinstein, Die Macht der Former · 06/5096
Michael Jan Friedman, Wieder vereint · 06/5142
T. L. Mancour, Spartacus · 06/5158
Bill McCay/Eloise Flood, Ketten der Gewalt · 06/5242
V. E. Mitchell, Die Jarada · 06/5279
John Vornholt, Kriegstrommeln · 06/5312
Laurell K. Hamilton, Nacht über Oriana · 06/5342
David Bischoff, Die Epidemie · 06/5356
Diane Carey, Abstieg · 06/5416
Michael Jan Friedman, Relikte · 06/5419
Michael Jan Friedman, Die Verurteilung · 06/5444
Simon Hawke, Die Beute der Romulaner · 06/5413
Rebecca Neason, Der Kronprinz · 06/5414 (in Vorb.)

STAR TREK: DIE ANFÄNGE
Vonda N. McIntyre, Die erste Mission · 06/4619
Margaret Wander Bonanno, Fremde vom Himmel · 06/4669
Diane Carey, Die letzte Grenze · 06/4714

STAR TREK: DEEP SPACE NINE
J. M. Dillard, Botschafter · 06/5115
Peter David, Die Belagerung · 06/5129
K. W. Jeter, Die Station der Cardassianer · 06/5130
Sandy Schofield, Das große Spiel · 06/5187
Lois Tilton, Verrat · 06/5323
Diane Carey, Die Suche · 06/5432

STAR TREK™

Esther Friesner, Kriegskind · 06/5430
Melissa Scott, Der Pirat · 06/5434 (in Vorb.)
Nathan Archer, Walhalla · 06/5512 (in Vorb.)

STAR TREK: STARFLEET KADETTEN
John Vornholt, Generationen · 06/6501
Peter David, Worfs erstes Abenteuer · 06/6502
Peter David, Mission auf Dantar · 06/6503
Peter David, Überleben · 06/6504
Brad Strickland, Das Sternengespenst · 06/6505
Brad Strickland, In den Wüsten von Bajor · 06/6506
John Peel, Freiheitskämpfer · 06/6507
Mel Gilden & Ted Pedersen, Das Schoßtierchen · 06/6508
John Vornholt, Erobert die Flagge! · 06/6509
V. E. Mitchell, Die Atlantis Station · 06/6510
Michael Jan Friedman, Die verschwundene Besatzung · 06/6511
Michael Jan Friedman, Das Echsenvolk · 06/6512

STAR TREK: VOYAGER
L. A. Graf, Der Beschützer · 06/5401
Peter David, Die Flucht · 06/5402
Nathan Archer, Ragnarök · 06/5403
Susan Wright, Verletzungen · 06/5404 (in Vorb.)
John Betancourt, Der Arbuk-Zwischenfall · 06/5405 (in Vorb.)

DAS STAR TREK-UNIVERSUM, 2 Bde.,
überarbeitete und aktualisierte Neuausgabe!
von *Ralph Sander* · 06/5150

DAS STAR TREK-UNIVERSUM, Ergänzungsband
von *Ralph Sander* · 06/5151

William Shatner/Chris Kreski, Star Trek Erinnerungen · 06/5188
William Shatner/Chris Kreski, Star Trek Erinnerungen: Die Filme · 06/5450

Phil Farrand, Cap'n Beckmessers Führer durch
STAR TREK – DIE NÄCHSTE GENERATION · 06/5199
Phil Farrand, Cap'n Beckmessers Führer durch
STAR TREK – DIE CLASSIC SERIE · 06/5451

Diese Liste ist eine Bibliographie erschienener Titel
KEIN VERZEICHNIS LIEFERBARER BÜCHER!